KB178393

바람이
불어오는
날

바람이 불어오는 날

초판 인쇄 · 2022년 1월 5일
초판 발행 · 2022년 1월 10일

지은이 · 김미수
펴낸이 · 한봉숙
펴낸곳 · 푸른사상사

주간 · 맹문재 | 편집 · 지순이 | 교정 · 김수란, 노현정 | 마케팅 · 한정규
등록 · 1999년 7월 8일 제2-2876호
주소 · 경기도 파주시 회동길 337-16 푸른사상사
대표전화 · 031) 955-9111(2) | 팩시밀리 · 031) 955-9114
이메일 · prun21c@hanmail.net
홈페이지 · http://www.prun21c.com

ⓒ 김미수, 2022

ISBN 979-11-308-1882-5   03810

값 18,000원

바람이 불어오는 날

아무도 말해주지 않는 북한과 북한 사람들의 숨겨진 진실

32
푸른사상
소설선

푸른사상
PRUNSASANG

바람이 불어오는 날을 기다리는 사람은 누구인가.

갈 수 없는 나라의 한 주민인 렴민도 그중 한 사람이다. 나는 그에게 많은 기대를 걸었다. 내 기대가 클수록 그는 더욱 무모해졌다. 무모함 말고는 독재자 앞에 할 수 있는 일이 별로 없어 보였다. 거대악 앞에 대다수 사람들은 순종하며 자신의 삶을 영위하겠지만 렴민은 전혀 다른 선택을 했다. 그런 자의 결말을 누구든 능히 짐작할 수 있다. 부디 사람들의 그런 짐작이 맞지 않도록 분발하라고, 나는 렴민을 더욱 부추겼다. 그래서 아마 이 소설은 누군가에게는 지나치게 비현실적이고 누군가에게는 과도하게 우연적으로 읽힐 것이다. 누군가에게는 오히려 그 정반대로 읽힐 수도 있다. 그 어떤 경우든 나는 지난 3년 동안 렴민과 함께 만든 '무모한 도전'을 후회하지 않겠다.

10여 년 전, 나는 두만강 압록강 너머로 북한의 낯선 풍경을 엿보면서 큰 충격을 받았다. 그 뒤 북한을 알고자 닥치는 대로 탈북민을 만나고 탈북민 단체에서 활동하기도 했다. 북한 관련 자료를 몇 박스를 읽어도 도무지 성에 차지 않아서 대학원의 북한학 강의를 들으러 다녔다. 자료들은 저마다 다른 관점과 내용을 담고 있었고 전문가들은 저마다 다른 북한에 대한 인식과 태도, 대응 방식을 내놓았다. 보통 사람들은 자신과 상관없는 풍문을 전하듯, 북한이라면 온몸의 피부처럼 알 만큼 안다는 듯, 들려주었다. 굳이 알려고 하지 않아도 이미 어느 정도 알고 있으니 오히려 그쪽 이야기는 식상하다는 반응이었다. 그럴수록 렴민의 도전은 더욱 외롭고 무모해 보였다.

작가는 누구인가. 그것은 나는 누구인가라는 질문만큼 난해하다. 이런 난해한 질문이 이 소설을 쓰는 내내 나를 괴롭혔다. 작가가 온종일 자료만 봐도 되는가. 작가가 이렇게 전문가의 이야기만 들으러 다녀도 되는가. 작가가 내 눈으로 확인한 사실을 바탕으로 그 사실이 왜곡되어 세상에 굴러다니고 있다고 이토록 분노하고 다녀도 되는가. 과연 내가 본 어떤 자료가 사실이고 어떤 전문가의 말이 정확하단 말인가. 자료를 볼수록 자료를 불신하게 되고 전문가를 만날수록 전문가를 불신하게 되는 아이러니한 상황 앞에서 말이다.

이런 혼돈의 와중에 김정은은 미국의 대통령을 만나 포옹했다. 북한에 급변 사태가 일어나고 곧 통일이라도 될 것처럼 모두 환호했다. 북한을 조금이라도 안다면 저렇게 반응할 수 있을까. 내 중

바람이 불어오는 날

얼거림에 사람들은 괜한 어깃장을 놓는다는 듯 나를 바라봤다. 나는 조용히 집으로 돌아와서 렴민에게 말했다. 조금만 더 분발하자. 더 이상 무모해지지 않아도 될 때까지. 누구도 막을 수 없을 바람이 불어오는 그날까지.

이 소설을 출간해주신 푸른사상사의 한봉숙 대표님. 감사합니다. 소설을 쓰는 동안 많은 도움을 주신 탈북 작가 도명학 선생님, 남지심 선생님, 이덕화 선생님께도 감사드립니다.

2022년 첫머리
김미수

1

경계인

*

두만강 너머, 숲속 어딘가에서 금세 총알이 날아올 듯하다. 북한 쪽 국경 경비대 군인들이 50미터 간격으로 숲속에 매복한 채 AK 자동소총을 겨누고 강을 살필 것이다. 탁은 중국 쪽 변방대 군인들의 눈을 피해 숲에 숨어서 조선족 브로커의 출발 신호를 기다렸다. 불빛이 두 번 깜빡였다. 탁은 강으로 뛰어들어 차가운 물살을 헤쳤다. 입수해버리면 중국 변방대 군인들이 더 이상 총을 쏘지 않는다던 사실을 알면서도 온몸이 두려움으로 떨렸다. 오늘 밤, 당신이 도착할 거기에, 북한 국경 경비대원은 자리를 뜨고 없을 거야. 미리 손써놨으니까. 조선족 브로커의 호언장담 역시 두 눈으로 확인해야 믿을 수 있을 듯했다. 이대로 어둠 속에 시신으로 떠오른다고 해도 가족에게 인계되겠지만 북한으로 올라간다면 가족에게 생사를 알릴 방법이 있을까. 계획을 포기하고 돌아갈까. 살인죄를 저지른 것도 아닌데, 북한으로 숨어드는 것은 미친 짓 아닌가. 물살을 헤치며 북한 쪽으로 향하는 동안에도 수많은 생각이 스쳐 지나갔다. 그런 망설임을 끊어내듯 풀숲의 질감이 온몸에 느껴졌다. 탁은 반사적으로 흙바닥을 밟고 올라서서 숲속으로 기어들어갔다.

10월의 산바람이 매섭게 얼굴을 할퀴며 갈 길을 막아서고 한밤중의 어둠은 한 치 앞도 볼 수 없도록 갈 길을 덮는다. 눈을 들면 산줄기가 짐승의 등허리처럼 버티고 있다. 작은 산 하나를 타고 넘어야 인가가 나온다는데 산등성이를 오르기도 전에 탁은 고꾸라지기 일쑤다. 밤이 깊어질수록 차가워진 바람이 속살로 파고들며 가뜩이나 을씨년스러운 마음을 휘저어놓는다.

산짐승 소리와 계곡의 물소리, 바람 소리에 귀 기울이며 재빠르게 걷는다. 숲속 나무가 성글어질수록 북한 보위원이나 국경 수비대에 노출될 듯 불안에 떨며 탁은 몸을 잔뜩 구부린다. 마른 나뭇가지가 발에 밟혀 부러지는 작은 소리에도 놀라며 사방을 두리번거린다.

산기슭에 외딴집이 한두 채 보이고 옥수수밭이 어둠 속에 끝없이 이어진다. 사람 키보다 웃자란 옥수숫대 사이로 들어가 몸을 숨기자 마음이 놓인다. 그제야 사방에서 들려오는 풀벌레 소리를 느낀다.

조금씩 내리기 시작한 빗방울이 옷 속까지 파고든다. 엉뚱한 곳을 걷고 있는 건 아닐까. 비현실적인 시간에 빠져든 건 아닌가. 하룻밤이면 도착한다고 했으니 여명이 트기 전에는 분명 추월리에

바람이 불어오는 날

당도할 수 있을 것이다. 마을 초입에 들어서면 거북 모양의 커다란 바위에 '추월리'라고 붉은 글씨로 쓴 지명이 보인다고 했다. 그곳에서 왼쪽으로 방향을 틀어서 한 시간 더 직진하라던 브로커의 말을 떠올리며 쉼 없이 걷는다. 간혹 밭을 감시하거나 농작물을 관리할 목적으로 만든 초막이나 천막, 혹은 돌을 쌓아 지은 구조물들이 어두운 바다의 난파선처럼 드문드문 드러난다. 산등성이를 내려서자 사람 사는 집인지 창고나 축사인지 구별되지 않는 귀틀집 서너 채가 어렴풋이 보인다. 옥수수밭을 지나자 전나무, 잎갈나무, 은사시나무, 가문비나무들이 바람에 흔들리고 간간이 부엉이 우는 소리와 늑대 짖는 소리도 들려온다.

*

거북 모양의 바위에 '추월리'라고 쓰인 마을에 다다른다. 산기슭을 따라 서 있는 다세대 주택이 어둠 속에서 희끗희끗하게 드러난다. 산기슭을 내려가서 몇백 년 된 느티나무가 있는 공터 부근이 도수가 살던 곳이라고 했다.

오래된 느티나무를 지나자 허름한 기와집 옆으로 창고와 빈 가축우리가 널려 있다. 도수의 집을 찾으려면 날이 밝기를 기다려야 하므로 몸을 숨길 창고를 찾아 기웃댄다. 문짝이 붙은 창고보다 문짝이 떨어져 나간 창고가 더 많다. 탁은 그중 창고 문짝이 붙어 있는 곳으로 들어간다. 창고의 흙바닥에 건초 더미가 드문드문 깔렸고 걸음을 옮길 때마다 농기구들이 발에 차여 요란한 소리를 낸다.

탁은 창고 한쪽 벽에 기대앉아 숨을 돌린다. 나무로 만든 창고 문짝은 바람이 불 때마다 덜컹대어 가슴을 졸이게 만든다. 창고 문틈으로 마을의 모습을 찬찬히 살펴본다. 공터를 가운데 두고 산만하게 늘어선 가옥 뒤로 공동 작업장인 듯한 비닐하우스가 보인다. 도수가 귀가 닳도록 말하던 그의 고향 풍경이 분명하다.

드디어 도수의 고향에 도착한 것인가. 안도와 불안이 뒤섞인 마음을 밝히며 희미한 불빛 하나가 눈에 들어온다. 저 집이 혹시 도수가 살던 집이 아닐까. 지금 저곳에 도수가 있는 것은 아닐까. 어쩌면 생각보다 쉽게 도수를 만날 수 있을지도 모른다는 기대로 희미한 불빛에서 눈을 떼지 못한다.

지난 몇 달 동안 중국 쪽에서 두만강 너머를 하염없이 바라보던 때에도 저렇게 희미한 불빛 하나라도 발견하고 싶어서 눈을 치뜨지 않았던가. 그때의 일이 어느새 까마득히 먼일처럼 떠오른다.

중국 공안과 북한의 국경 수비대가 한시도 빼놓지 않고 숲속에서 마주 보며 총을 겨누고 있어서 두만강을 넘는 것이 불가능해 보이던 나날들. 날이 저물면 막막한 심정으로 두만강을 서성이던 숱한 날들. 북한으로 들어간다는 것은 엄두도 내지 못했던, 아니 상상조차 하지 못했던 시간을 지나, 지금 도수의 고향인 추월리에 들어와 있다니, 이런 현실이 꿈만 같고 도무지 믿기지 않는다.

바람이 불어오는 날

*

탁은 지난 10년 동안 소위 말하는 진보 신문의 기자로 살았다. 보수 성향의 사람들은 탁을 '좌파 기자'라거나 '진보 기자'라고 명명했다. 그럴 때마다 탁은 자신이 '생계형 기자'일 뿐이라고 정정해주었다.

신입 기자일 때의 패기와 정의감은 오래가지 못했다. 신문사의 편집 방향이 더 중요했고 편집국장이 원하는 기사를 받아 적느라 바빴다. 여러 부서를 메뚜기처럼 옮겨 다녔으나 유일하게 가장 오래 머문 곳이 북한 전문 부서였다.

북한에 관심을 가진 것은 아버지에게 들었던 조부의 사연 때문이었다. 개성이 고향이던 조부는 부모님을 두고 떠나온 그곳으로 돌아가기를 바랐지만 끝내 소원을 이루지 못한 채 운명하셨다고 했다.

북한 전문 부서에 발령이 난 뒤 누구보다 열성적으로 북한을 취재했으나 특종을 내도 기사화되는 일이 드물었다. 대체로 북한 문제는 정치적인 상황을 고려하거나 신문사의 편집 방향을 고려했고, 그럴 때마다 취재한 자료가 휴지통에 들어갔다.

기사가 나가도 마찬가지였다. 취재 내용을 신뢰하는 독자를 찾기 어려웠고 허위 기사처럼 치부되는 일이 잦았다. 취재원을 밀착 취재하여 북한 현실을 적나라하게 써낼수록 오히려 "어떻게 그런 일이 있겠어요?"라거나 "어떤 정치적 의도로 이런 기사를 내보내는 겁니까?"라는 항의를 받았다.

신비에 싸인 섬처럼 북한이란 곳을 인식하고 있는 독자가 대다수였다. 북한에 대한 선입견까지 보태서 기사를 삐딱하게 보는 경우가 많았다. 북한 인권을 다루는 기사조차도 반공 이데올로기의 등장이라도 되는 듯 치부되었다. 그런 태도는 오히려 반공 이데올로기의 프레임을 씌우고 북한의 현실을 외면하는 것이라고 말해줘도 그들은 들으려고 하지 않았다.

세습 독재가 100년 동안 이어지든, 정치범 수용소에서 인권 유린이 자행되든, 대부분 사람처럼 탁 역시 손사래 치며 외면하기로 마음먹고 있었다. 차츰 북한 취재와 기사 작성에 흥미를 잃어갔으며 무의미한 일에 열정을 쏟았다는 자괴감을 느끼고 있었다.

*

탈북민 도수가 탁을 찾아온 것은 북한 전문 기자 노릇에 넌더리가 난 그즈음이었다.

북한을 탈출한 다른 난민들처럼 그 역시 중국에서 불법체류자로 지내다가 한국에 들어온 경우였다. 특이한 점이 있다면, 그는 한국에 들어온 뒤 손꼽힐 정도로 성공한 사업가로 변신했다는 것이었다.

그를 만난 것은 탁이 마감을 끝내고 느긋하게 커피를 마시고 있을 때였다. 30대 후반으로 보이는 남자가 신문사의 편집국을 기웃거렸다. 머리카락 한 올 남기지 않고 빗어 넘겨 젤을 바르고 유독 하얀 와이셔츠에 카키색 정장 바지를 단정하게 입고 있었다.

남자는 거침없이 탁의 자리로 들어왔다. 도수라고 이름을 밝힌 뒤 자신이 탈북민이며 부탁할 것이 있어서 찾아왔다고 했다. 움푹 들어간 눈자위와 쌍꺼풀진 큰 눈이 인상적이었다. 소파로 안내하자 다리를 꼬아 앉으며 바로 용건을 말했다.

"탁 기자의 기사를 그동안 눈여겨봤소. 북한에 관심을 가져줘서 특별히 호감을 느꼈어요. 그래서 말인데, 나를 인터뷰해서 기사를 내보내주오. 내 사업 계획을 대외적으로 알리고 싶소."

"그런 이야기라면, 저와 상관이 없습니다. 저는 조만간 다른 부서로 옮길 예정이라서요."

"그럼 내 기사까지만 써주고 가오."

"저희 신문사에 조만간 북한 전문 부서가 없어질 겁니다. 야심 차게 만든 부서인데 더는 북한 기사를 다루지 않을 방침이랍니다."

"내 이야기를 들으면 분명히 기사를 써줄 거라 확신하오. 탁 기자가 쓴 기사를 빠짐없이 애독해왔는데, 오늘 탁 기자를 설득해야 대한민국에서 살아남고 성공할 수 있을 거요."

억지스러운 말이었으나 오래 벼르고 온 것은 분명했다.

"죄송하지만, 이런 신문사에서 일개 기자가 마음대로 할 수 있는 일은 없어요."

"오 분만 더 내 말을 들어보오."

도수는 물러서지 않았다.

"우리 회사가 성장하면 탈북민들을 내 회사에 취업시킬 거요. 그들이 우리 사회에 정착할 때까지 도와줄 거고. 그러기 위해 기업을 일으키려는 거요. 탈북민의 기업을 만들어서 그들이 차별받지 않고 일하는 천국을 만들어줄 거요. 그러니 나를 홍보해주면 활용 가치가 높다는 걸 알 거요. 우린 이곳 사업가보다 훨씬 주목받기 쉬우니까. 더군다나 이건 신문사에서 좋은 일 좀 해달라는 거 아니오? 그만한 포부도 있고 사업 구상도 있으니까 성공 확률이 백 프로요."

오 분만 하겠다더니 이야기가 계속됐다. 중간에 자를까 봐 조급하게 말을 이어갔다. 자신의 매력을 보이려는 욕망과 초조감이 배어났다. 준비해온 말이 받아들여질 때까지 끝내지 않겠다는 듯 거침없는 언변이었다. 말을 할 때 자신의 주장을 강조하기 위해 손동작이 유독 컸는데 그의 손은 세련되게 꾸민 외모와는 달리 투박하고 손등 가득 힘줄이 시퍼렇고 굵게 튀어나와 혹독한 노동으로 살아온 이력을 드러내주고 있었다.

*

그날 이후 도수는 집요하게 탁을 찾아왔다. 결국, 편집국장에게 도수가 찾아온 사연을 상세히 설명했다.

"그런 자의 인터뷰를 왜 내보내? 그딴 건 보수 신문사들이 써 날라도 충분해."

　　　　　　　　　　　　바람이 불어오는 날

편집국장은 손을 내저었다.

"도수는 국내에서 탈북민의 기업을 키워 서방으로 수출망을 뚫겠다는 야심가예요."

"그래서?"

"탈북민 중에 그런 자신감 넘치는 야심가는 처음 봤어요. 한 번쯤 기사 내보내주자는 거지요. 사업 구상이나 사업 방향 설정도 남달라요."

"탁 기자, 그 사람 정확히 알아? 적어도 검증 가능한 기사를 써야잖아. 내 말은 그자가 북한에서 뭐 하다가 온 자인지 검증할 수 있냐고. 사업하겠다는데 배후가 어딘지 알아낼 수 있어? 제대로 모르면서 무작정 띄워주자고? 진보 언론에서, 그런 온정에 끌려 기사를 써대면 신문사 정체성은 뭐가 돼?"

"인터뷰 기사를 싣는 게 정체성과 뭔 상관입니까?"

"탁 기자, 우리 신문의 대표 기자 맞아?"

"국장님!"

"아무튼, 그 이야긴 그만해."

결국, 탁은 편집국장의 마음을 돌리지 못했다.

*

그런 뒤 한동안 도수는 찾아오지 않았다. 인터뷰하자고 조르는 것을 포기한 줄 알았는데 두 달 후 도수가 통장을 들고 또 찾아왔다. 통장에는 5억 원이 입금되어 있었고 거액이 입금된 두 개의 다른 통장도 보여주었다.

"내 사업을 위해 투자자들이 미리 입금해준 돈이오. 물론 난 이들에게 높은 이사를 주고 있소. 나를 믿고 이들이 못 입고 못 쓰고 모은 돈을 몽땅 내게 넣어준 거요. 이들이 믿는 건 나 하나 아니오? 나, 도수를 못 믿으면 어떻게 피 같은 돈을 나한테 입금했겠어요?"

탁은 통장의 입금 내역을 살폈다. 많게는 1억부터 몇백만 원까지 입금 내역이 찍혀 있었다. 그것을 살피는데 도수가 탁의 손을 덥석 잡았다. 그런 뒤 자신이 살아온 이야기를 한 번만 들어달라고 했다.

"물류 창고의 물건을 하차하고 매장에 진열하는 일은 물론이고 닥치는 대로 막노동을 하고 살았어요. 사업할 종잣돈을 모으고 유통과 판매망에 대한 전문 지식을 얻기 위해 발로 뛴 이야기는 말로 다 할 수 없어요."

누구나 그 정도의 일은 하며 사는 거 아니냐고 대꾸해주고 싶었으나 그는 끼어들 틈을 주지 않았다.

"내가 하나기업을 성장시키려는 것은 중요한 뜻이 있어서요. 탈북민들이 이곳에서 기업을 성공시킨 신화를 써보려는 거요. 여러 나라를 발로 뛰면서 거래처 개척하느라 고생한 거 밤새워 이야기해도 모자라고요. 잠 못 자고 뛰어다닌 것도 나 혼자 잘 먹고 잘살겠다고 이 짓 하는 게 아니란 말이오. 우리가 탈북해서 하나원에서 귀가 아프게 들은 말이 뭔지 아오? 악착같이 돈 버는 것만이 성

바람이 불어오는 날

공적인 정착의 왕도다. 그러자면 빨리 취업해야 한다는 말. 그리고 한국은 만만한 사회가 아니란 말이었소. 그런데 직업 교육이나 고용이 어렵고, 설사 취업해도 버티기가 어려워서 지자체의 기초생계비에 목을 매거나 알바, 막노동, 파출부를 하는 이들을 돕고 싶은 거요. 이런 뜻이 담긴, 사업 기사가 대대적으로 나오면 분명히 사업에 탄력을 받을 거요. 제발 기사를 좀 내보내주오.”

도수는 급기야 탁에게 하나기업에 직접 가보자고 권했다. 탁은 부탁을 거절할 명분을 쌓기 위해 따라나섰다. 기사로 내보내지 않아도 좋다는 약속을 받은 뒤 차에 올라탔는데, 그의 차는 최신형 아우디였다.

“사장님은 우리에게 월급을 잘 주고 사회에 적응할 때까지 도와주기로 했어요.”

생산 현장에서 만난 직원들 대부분이 입이 마르도록 도수를 칭찬했다. 생산 라인이 설비 단계에 있고 제대로 갖춰지지는 않았지만, 비전이 있어 보였다.

“하나기업을 정부에서 적극적으로 지원하도록 기사 좀 써주시오. 우리 탈북민들, 회사에 취직해도 적응이 어려워서 낙오되는 게 대다수인데 하나기업은 같은 탈북민들이 모여서 일하니까 적응할 때까지 기다려줄 거요. 사실 탈북민들은 북에서 시키는 대로만 일하던 습성이 있어서 이곳 공장에 적응이 어렵거든요.”

도수는 생산 설비를 돌 때나 차를 타고 돌아오는 동안에도 쉬지 않고 탁을 설득했다.

"정부가 우리에게 보상금 몇 푼 쥐여주는 일보다 장기적으로 우리를 고용해줄 회사에 취업시켜주는 게 더 필요해요. 하나기업은 탈북민을 고용해서 성공한 사례니, 앞으로 제대로 키우려는 거요. 탁 기자가 인터뷰 기사를 써준다면 각계에서도 지원이 쏟아질 거고 탈북민에게 좋은 일 하는 거요. 난 앞으로 중국 동북 3성과 화남 지역은 물론이고 일본, 아시아 등지까지 수출을 확대해볼 생각이오."

하나기업을 방문하고 돌아온 뒤부터 탁의 마음은 흔들렸다. 점차 도수를 돕지 않는 것이 직무 유기처럼 부담스러워졌다.

"도수는 대단한 사람입니다."

틈날 때마다 편집국장에게 도수 이야기를 했다.

"그런 사람이 성공해야 이곳이 건강한 나라라 할 수 있어요. 도수는 우리 사회의 소수자나 다름없어요. 이 나라에서 기반이 없는 아웃사이더란 말이죠. 우리 진보 신문이 도수 같은 사람한테 힘을 보태줘야 진보 신문이라 할 수 있잖겠어요?"

"탁 기자, 도수에게 세뇌당했어?"

편집국장은 그렇게 힐난했지만, 도수를 한번 만나보기로 했다.

*

마침내 도수는 편집국장과 테이블을 사이에 두고 마주 앉았다. 탁은 도수의 옆자리에 앉아서 두 사람의 대화를 들었다.

"고향이 어딥니까?"

"함경북도 추월리입니다."

"아, 그 추방자가 많다는 함경북도?"

"맞아요."

"거긴 당에서도 함부로 못 건드리는 곳이라 하던데. 데모도 일으키고 그런다면서요?"

"그건 뭘 모르고 하는 소리요. 감히 데모를 어떻게 하오?"

"그래요?"

"시골도 농장관리위원회에서 농장을 지키는 지휘부가 감시하오. 당과 정부에 아주 드물게 저항은 있었다지만 그 사람들 다 뭉개버렸다는 소문이 돌았소."

"그럼 북한군 쿠데타는 어때요? 듣기로는 그쪽에서 몇 건의 군 쿠데타가 있었다던데."

국장이 도수에게 얼굴을 더 바투 들이밀며 물었다.

"군 쿠데타는 불가능해요. 군단을 움직이려면 군단장과 정치위원장과 보위부장 등 세 명이 뜻을 모아야 하오. 군사령관만 결심이 선다고 쿠데타를 일으킬 수 없소. 수령을 반대한다는 격문이 올라온 건 봤어요. 수령의 퇴진 요구 성명이 발표되기도 했지만, 그 사람들 쥐도 새도 모르게 사라지거나 공개 처형됐소."

"92년 프룬제 아카데미 사건이나 95년 6군단 사건, 2004년 용천역 열차 폭파사건, 2012년 김일성광장 기관총 발견 사건 등 나도 취재한 내용이 꽤 있어요. 군 쿠데타가 아예 없었다고 할 수는 없을 텐데요?"

탁이 취재했던 기억을 더듬으며 물었다.

"그 사건들은 실제로는 쿠데타가 아니라 김정일의 조작에 의한 반대파 숙청 사건이었을 뿐이오."

"숙청 사건이었다고요?"

탁이 되물었다.

"프룬제 아카데미 사건은 당시 소련에 유학 중인 학생들이 김정일과 북한 체제에 대한 불만을 쏟아내자 김정일이 이들을 모두 귀국시켜서 '소련 간첩'이라는 죄목을 씌워 제거한 거요. 이 사건을 일으킨 뒤 다섯 해 동안 천여 명을 숙청해서 김정일에 충성하도록 꾸민 일이오. 6군단 사건도 마찬가지요. 94년에 김일성이 사망하고 민심이 악화하자 6군단 장교들을 휴전선에 배치된 9군단과 맞교대시켜 숙청했소. 그래놓고는 6군단 정치위원이 야심을 품고 평양 진격을 하려다 실패했다고 수습한 거요. 당시 6군단은 사금이나 송이버섯 채취, 양귀비 밀매 등을 통한 외화벌이에 주력하다 보니 군단 정치위원과 장교들 사이에 부정부패가 심하고 마약도 돌았소. 그러다가 김영춘이 후임으로 와서 보니 정치위원과 장교들이 야합해서 군사훈련은 뒷전이고 돈 버는 일에만 혈안이 된 데다가 자신을 따돌리자 그들을 숙청하려고 김정일과 꾸며낸 짓이오."

"북한 정보는 제각각 달리 말하니 도무지 뭐가 사실인지……. 내가 들었던 것과는 사뭇 다른 소릴 하니."

국장이 투덜거렸다.

"그럼 심화조 사건은 뭐요?"

바람이 불어오는 날

탁이 물었다.

"98년에 2만여 명이 숙청된 심화조 사건도 저들이 조작한 거요. 당시 고난의 행군으로 민심이 흉흉하니까 6·25전쟁 때 들어온 고정간첩을 잡아내겠다는 명분을 내세워서 숙청하고 민심 이반을 막으려 한 거요."

국장은 자신이 알고 있던 것과 다른 견해를 말하는 도수에게 관심을 보였다. 그런 뒤 화제를 돌렸다.

"한국에 오니 살기가 어때요?"

"자유롭소. 몇 가지 어려운 점이 있다면 차별하는 사람이 많다는 거요. 국장님도 우릴 도와달라는 기사를 신문사 사주들 눈치 보느라 못 내주는 거 아니오?"

"허허. 기사를 내준다고 가정하고, 뭘 써주길 원해요?"

"탈북민이라서 융자도 받기 어렵고 탈북민 기업인이라고 냉대도 많이 당해요. 기업 하려는 우릴 곱지 않은 시선으로 보는 것도 여전하고요. 여긴 재벌 기업 위주로 정부 정책을 펴니까 중소기업 하기가 힘든데 나 같은 탈북민 기업인은 오죽하겠소? 이런 어려움을 털어놓아서 우리 사업체에 투자하게 만들고 싶은 거요. 탈북민들이 한국에서 잘 정착해서 통일되면 북한 경제를 건설하는 핵심 일꾼이 되도록 도와줘야 하지 않겠소?"

도수는 준비해온 글을 읽듯 유창하게 말했다.

"이곳에서 처음 몇 년 동안은 하는 일마다 안 되고 먹고살기도 힘들었소. 죽을까 마음먹기도 했을 정도고. 그러다가, 죽으러 고향

버리고 여기까지 왔나, 하고 마음을 돌려먹었소. 죽더라도 고향에 돌아가서 죽어야지, 그렇게요. 지금까지 우리 회사는 중국의 유통망을 잘 관리해왔소. 이제는 상품들을 자체 개발해서 더 성장해야 할 때가 온 거요. 그러니 한 번만 도와주오."

국장의 얼굴이 점차 상기되었다. 그와 면담이 끝나자 편집국장은, 도수를 인터뷰해서 특집기사 한번 내보내보라고 허락했다. 도수가 탁을 찾아온 지 거의 서너 달 만이었다.

*

탁이 기사를 쓰자 도수의 예언은 적중했다.

진보 신문에서 도수의 인터뷰 기사를 내놓자 보수 언론이 대거 도수에게 관심을 보였다. 도수가 언론에 등장하고 사람들의 이목을 끄는 데는 그리 오래 걸리지 않았다. 고속 비행이었다. 방송사들의 메인 뉴스에도 기업인 도수의 인터뷰가 방영되었다. 기업인 도수를 도와주자는 언론 매체의 움직임이 지속하자 이참에 덩달아 숟가락을 얹어 생색을 내려는 정치인도 늘어났다. 대출과 지원을 해주겠다고 약속하는 정치인과 광고주들의 구애가 줄을 섰다. 언론에 노출될수록 하나기업은 하루가 다르게 투자자를 끌어모았다.

하나기업이 천여 평의 공장 용지를 확보했고 그곳의 생산 공장에는 6라인의 기계 설비를 들여놓을 계획이라는 기사가 신문마다 도배되었다. 사업 청사진이 생중계되다시피 하면서 실시간으로 방송을 탔다. 하나기업은 화장품과 비누, 치약뿐만 아니라 식품 사업에도 뛰어든다고 기염을 토했다. 도수가 직접 TV에 출연해서 북한의 고유 식품을 생산 판매하는 전국 가맹점을 모집한다는 홍보도 했다.

그 무렵 도수는 탁에게 자주 전화를 걸어왔다.

"최근 사업장을 또 확장하오. 한번 와서 우리 공장을 취재해주오."

"물론 축하 겸 기사를 써줘야죠."

탁은 도수의 기업으로 곧장 달려갔다. 도수를 돕고 하나기업을 취재하는 동안 처음으로 기자라는 직업에 보람을 느꼈다. 이제는 자신이 '생계형 기자'가 아닌 것 같았다. 사회와 사회의 약자를 위해 이바지한다는 생각에 뿌듯했다.

"여긴 그리 큰 공장은 아니오. 강원도에 또 하나의 부지를 확보했는데 거기가 대박 날 거요. 거기 공장이 가동되면 러시아로 물건이 막 들어가요. 그쪽 무역 라인을 열나게 뛰고 있어요."

탁은 도수가 말하는 대로 받아 적었다. 도수가 거목처럼 보여서 누구를 만나도 도수가 경영하는 하나기업에 투자해보라고 부추길 정도였다.

탁의 권유로 도수에게 투자하는 사람도 많아졌다. 탈북민들은 언론에 노출된 도수의 유명세를 신뢰하여 자신들이 한국으로 넘어와서 받은 정착금까지 모두 하나기업에 투자금으로 털어 넣었다. 그 대신 자신들은 하나기업에 취업했다. 투자금을 넣고 높은 이자를 받으면서 하나기업에 취업하니 그들로서도 좋은 조건이라고 입을 모았다.

나중에는 도수에게 투자할 방법을 물어오는 사람도 있었다. 전 재산을 도수에게 투자할 수 있도록 그와 연결해달라는 청탁도 들어왔다. 더 놀라운 변화는 도수가 탁을 룸살롱으로 데려가서 대접하는 일이 생겼다는 것이다. 탈북민이 진보 신문사의 기자를 그런 곳으로 불러냈다는 것보다 더 놀라운 것은 룸살롱에 앉아서 양주를 마시는 도수가 그 분위기에 썩 어울린다는 사실이었다.

"도수 이 사람, 너무 띄워주는 거 아냐? 기자가 객관적으로 써야지 취재원에게 엎어지면 되겠어?"

시간이 지날수록 탁에게 비아냥거리거나 반발하는 동료 기자가 생겼다.

"탈북민이 만든 기업이 국제적인 수출망을 뚫는다고? 우리 중소기업도 망하는 판에. 더군다나 고금리 이자를 미끼로 홍보 담당이 발로 뛰어 자금을 만들어낸다고? 그런 경영 방식이 제대로 된 기업을 이끌어가겠다는 마인드와는 거리가 멀잖아."

"아직 투자 단계라서 그렇지. 차관 없이 시작한 기업이 있어?"

탁은 그렇게 도수를 적극적으로 변호하고 나섰다.

바람이 불어오는 날

*

"도수가 도망쳤어요."

어느 날 신문사에 있던 탁에게로 전화가 빗발쳤다.

"튀었대요. 돈을 깡그리 싸 들고 갔대요."

전화를 걸어온 사람들은 두 가지 이야기를 묶어서 했다. 거액의 돈을 들고 해외 출장을 간 도수가 실종되었고 그 뒤 전화 연락이 끊긴 지 일주일이 지났다는 것이다. 도수에게 당했다는 결론을 내린 사람들은 도수의 그런 행동을 탁이 책임져야 한다고 달려들었다. 도수가 실종된 일주일 동안 탁은 사건의 자초지종을 이해하기도 어려웠고 피해자에게 해명하기에도 턱없이 부족한 시간을 보냈다.

도수가 잠적한 뒤 피해자들은 서울중앙지방검찰청에 도수를 고소했다. 플래카드를 들고 신문사와 검찰청을 오가며 시위를 벌였고 탁이 근무하는 신문사 앞에 몰려와서 항의했다. 돌아가서 기다리라고 사정했지만, 하루도 빠지지 않고 몰려와서 시위를 벌였다. 손수건으로 연신 눈물을 훔쳐내는 수십 명의 피해자가 TV와 신문에 도배되었다. TV 인터뷰에 나온 40대 여성은 도수의 사기 행각을 고발했다. 회사 홍보부장이 찾아와서 계약서를 내밀고 끈질기게 투자를 요구해서 들어주었다가 수천만 원을 떼였다고 하소연했다. 피해 사례는 대체로 비슷했다.

결정적으로 그들이 도수를 믿고 투자한 이유는 언론에 자주 언급된 도수의 홍보 기사들 때문이라고 밝혔다. 그것을 통해 도수와 하나기업을 신뢰했다고 울먹였다. 투자하면 투자금의 일정액을 매달 수익금으로 돌려주겠다고 했다는 것과 도수의 직인이 찍힌 계약서로 직접 투자금을 받아갔다는 사실, 많은 이자가 들어온 것을 본 사람들이 또 다른 지인을 소개하는 방식으로 투자금은 눈덩이처럼 불어갔다는 사실이 드러났다.

"우리 사장님은 절대 그럴 사람이 아닙니다."

도수가 잠적한 뒤에도 그를 변호하는 사람이 많았다.

"사업상 해외 무역 거래 중이라서 돌아오지 못하고 있는 것이며 곧 돌아올 겁니다. 이곳에서 난리를 피우니까 진정되면 돌아오려고 시간을 벌고 있을 뿐, 돌아오면 모든 게 정상적으로 돌아가요. 사장님을 사기꾼으로 몰아서 아주 완벽히 망하게 만들지 않으려면 가서들 기다려요."

도수에게 시간을 주어야 하는데 사기꾼이라고 까발리는 바람에 완전히 망하게 생겼다고 주장하는 피해자도 있었다. 시간이 지날수록 도수가 잠적한 것이 아니라 북한에 제 발로 돌아갔거나 아니면 중국의 국경 지대로 갔다가 북한에서 나온 보안원에게 납치당했을 것이라는 추측성 기사들도 넘쳐 났다.

"북한의 식당 지배인은 보위부에서 파견된 요원이고 여종업원들도 보위부에서 특별 교육을 받은 사람들이야. 그러니 북한의 식당은 보위부 출장소라 할 수 있는데 도수가 그곳에 드나들었단 말이야. 그런데도 무슨 말인지 모른다고?"

바람이 불어오는 날

국장이 탁을 불러 질타했다.

"아, 그러니까……."

"탁 기자, 아예 넋이 나갔구먼. 달러 송금이나 외화벌이를 하는 자를 잡아가려고 북한에서 파견 나온 보위부들이 눈에 불을 켜고 들락거리는 식당에 도수가 나타났다면 더 말해 뭣 하겠어?"

국장의 빈축이 이어졌다.

탁은 하루도 빼놓지 않고 도수의 회사로 차를 몰고 갔다. 경비실, 식당, 사무실, 물류 창고를 돌아다녔다. 공장은 가는 데마다 굳게 닫혀 있었다. 회사의 정상화를 위해 신규 법인을 설립한다는 쪽지만 바람에 나달거리며 붙어 있었다.

공장 토지 건물이나 사무실 모두가 대출받은 은행과 개인에게 담보로 설정되어 있어서 투자자들은 투자금 회수가 불가능한 상황에 몰려 있었다.

*

며칠 뒤, 신문사로 김수희라는 여자가 탁을 찾아왔다.

그 여자와 신문사 근처의 커피숍에서 마주 앉았다. 여자는 기미가 잔뜩 낀 얼굴을 아래로 떨어뜨린 채 말하기도 힘든 듯 연거푸 한숨을 내쉬었다.

"당장 도수를 찾아내세요. 당신 때문에 벌어진 일이니까요. 도수가 어디에 있을지 잘 알 거 아니에요?"

여자의 목소리가 점점 커졌다. 변명할 시간도 주지 않고 대들었다.

"지금의 남편 만나서 십만 원씩 지난 칠 년 동안 모은 돈 사천만 원을 모두 떼였어요. 시누이한테 빌린 돈 육천만 원을 합해서 일억을 투자금으로 도수에게 맡겼는데."

"죄송합니다."

"죄송하다고요? 난 남편과 갈라서게 생겼어요. 다 책임지세요. 내 돈보다 시누이 돈 떼인 거라도 돌려줘야 하는데."

여자는 기어이 눈물을 쏟았다.

"돈을 맡긴 지 두 달 만에 도수가 사라졌어요. 주변에서 도수에게 투자하란 말을 수없이 들었어도 모른 척했단 말이에요. 탁 기자가 쓴 기사를 보고 마음이 돌아섰어요. 탁 기자가 티브이에 도수와 함께 나와서 하나기업이 내실 있고 도수가 대단한 기업가라고 칭찬하는 말을 듣고 마음이 돌아섰단 말입니다."

여자는 흘러내리는 눈물을 닦지도 않았다.

"그날 티브이를 본 사람은 거의 마음을 돌려서 도수에게 투자했을 만큼 그 대담 프로가 인기를 끈 거 아시죠? 종편에도 재방송되었잖습니까? 여기 나와서, 칠 년 동안 모은 돈을 다 털어서 내줬는데……."

죄송하다고, 조금만 기다려보자고, 그렇게 머리를 조아리는 것밖엔 해줄 일이 없었다. 여자를 달래서 간신히 돌려보낸 지 닷새가 지났다.

바람이 불어오는 날

한 남자에게서 전화가 왔다. 커피숍에서 이야기를 나눴던 김수희라는 여자의 남동생이라는 남자는 전화기에 대고 소리쳤다.

"누나가 죽었어. 도수에게 돈을 떼인 충격으로……. 당신은 살인자야. 당신을 가만두지 않겠어!"

전화를 끊고 탁은 멍하니 앉아 있었다.

점차 두려움이 밀려왔다. 무작정 신문사에서 나와서 어디에서 어디로 얼마 동안 걸었는지 모른 채 걸어 다녔다. 여자의 집을 찾아가야 한다는 생각을 하면서도 차마 그 가족을 대면할 자신이 없어서 무작정 걸었다.

'도수를 찾아야 한다.'

'지구 끝까지 다 뒤져서라도 도수를 찾아야 한다.'

그 외엔 다른 생각이 떠오르지 않았다. 도수가 갔을 만한 곳을 집중해서 생각해보거나 도수가 오갔을 동선을 머릿속으로 그리며 찾아가보았다. 그렇게 사흘을 보냈으나 소용없었다.

항의 전화의 폭주로 도저히 얼굴 들고 근무할 형편이 못 되어서 결국 회사에 사표를 썼다.

도수가 진보적이며 뚜렷한 기업가로서의 철학이 있으며 균형 잡힌 시각을 가진 인물이라고 그를 신뢰하고 가까이했으나 환상에 불과했다. 그런 환상을 기사화해서 도수를 영웅으로 만들었고 그럴수록 그의 실체는 허울에 가려졌다. 도수는 탈북민의 영웅이 아니라 수백 명 탈북민이 간신히 마련한 삶의 기반을 통째로 날려버린 죄인이 되었다. 가정을 파탄 내고 피해자가 죽게 만든 것도 자신의 책임 같았다.

도수를 찾아 날마다 각지를 뒤지고 다녔다. 저녁이 되면 어떤 정보라도 얻을 수 있을까 하고 도수와 곧잘 가던 음식점이나 술집을 훑고 다녔다. 어디서든 도수라는 사람을 알지 못한다는 말뿐이었다.

언론에서는 도수가 중국 국경을 넘어 북한으로 도망쳤을 거라는 기사가 이어졌다. 믿고 싶지 않아서 고개를 저었지만, 시간이 지날수록 언론의 진단처럼 그가 북으로 넘어갔을지 모른다는 생각이 들었다. 그가 늘 말하던 고향인, 추월리와 그가 그려준 그곳의 지도가 떠올랐다. 두만강의 국경 지역으로 가면 한달음에 찾아가 볼 수 있을 정도로 가깝다면서 상세히 설명해주던 곳, 국경을 넘어 산 하나만 넘으면 그 아래가 바로 자신의 고향이라고, 큰돈을 벌면 반드시 고향에 돌아가겠다고, 술 취하면 버릇처럼 떠벌리던 그의 말이 떠올랐다.

탁은 허름한 여관에 누워 저녁에서 아침까지, 아침에서 다시 저녁까지 지냈다. 방 안에서 술을 마시며 술이 깨기를 기다려 잠을 잤고 술에서 깨면 술을 깰 때의 숙취가 끔찍해서 취할 때까지 마셨다. 그러면서 도수를 찾기 위해 중국으로 갈 결심을 굳혔다. 도수를 만나지 않고는 어떤 일도 시작할 수 없을 듯했다. 피해자에 대한 죄스러운 마음도 컸으나 도수에 대한 배신감 역시 시간이 지날수록 걷잡을 수 없이 커졌다.

결국, 중국으로 가는 비행기를 탔다. 두만강을 사이에 두고 함경

　　　　　　　　　　　　　바람이 불어오는 날

북도 온성, 남양과 마주한 북·중 최접경 도시인 중국 지린성 투먼을 서성거렸다. 투먼은 옌볜 조선족 자치주로 도로나 철도 교량을 통해 두만강 건너편의 남양으로 들어갈 수 있도록 연결되어 있었다. 두만강이 얕아서 누구라도 쉽게 건너갈 정도였지만 배를 타고 본 북한 쪽 수풀에는 병사들이 50미터마다 매복한 채 총을 들고 국경을 지키고 있었다.

도수가 국경을 넘었다면 이 부근일 듯했다. 탁은 국경 부근의 식당을 돌아다니면서 도수의 사진을 보여주었다. 그를 강 건너편으로 넘어가도록 도와준 브로커가 있는지 수소문하고 다녔다.

보름이 지나도 아무런 단서가 없자 괜한 짓이라는 자포자기 상태에 빠졌다. 무엇을 더 해야 할지 알 수 없어서 헛웃음만 나왔다. 혼자 술을 마시고 있는데 조선족 사내가 동석을 하여 술잔을 기울였다. 인사가 오가자 탁은 지푸라기라도 잡는 심정으로 도수의 사진을 보여주며 그를 본 적이 있는지 물었다.

"도수? 많이 듣던 이름인데?"

조선족이 아는 척을 했다. 주머니에서 전화기를 꺼내 누군가와 통화를 했다.

"뭐라 합니까?"

"내 아는 자가, 국경을 넘게 해줬다오."

사내의 말에 탁은 벌떡 일어섰다.

"정말입니까? 이자를 안다고 합디까? 그렇다면 당장 그 사람에게 데려다주시오."

탁은 지갑을 꺼내 위안화를 손에 잡히는 대로 사내에게 건네주었다. 사내는 입을 벌리며 위안화를 세더니 환한 얼굴로 고개를 끄덕였다.

"내일 네 시에 이곳으로 오시오. 그자를 데리고 올 테니."

탁은 사내의 손을 쥐고 약속을 지키면 두 배의 돈을 더 주겠다고 했다.

*

도수를 국경 너머로 보내주었다는 조선족 브로커를 식당에서 만났다.

"그자가 사는 마을은 내가 아오. 우리가 밀수하러 몰래 드나들던 곳이오. 강 건너서 산 하나만 넘으면 갈 수 있소."

"저, 정말입니까?"

"동생이라고 하면 그자가 한달음에 쫓아올 거요. 동생이 곧 국경을 넘기로 했다고, 그 동생이 연락을 해오면 자기에게 바로 전화 달라고 했으니 꼭 이곳으로 돌아올 거요. 동생을 넘겨주는 비용까지 주고 갔으니까. 그자가 돈이 아주 많았소."

탁은 그제야 도수가 말하는 동생이 누군지 알 듯했다. 도수에게는 함께 탈북한 남동생이 하나 있었다. 친동생은 아니었지만, 도수의 수족이 되어주던 충성스러운 자였는데 횡령 사건 뒤 도수와 함께 잠적했다. 사내는 도수에게 전화해서 내일 새벽에 국경에 나오

바람이 불어오는 날

도록 하겠다고 약속했다. 탁은 사내의 말을 믿고 카드로 돈을 찾아서 사내가 원하는 대로 건네주었다.

새벽, 두만강 변으로 나갔지만, 도수는 나타나지 않았다. 브로커는 욕설을 퍼부으며 국경을 오랫동안 노려보다가 탁에게 돌아가자고 했다. 탁은 다리에 힘이 빠져서 주저앉았지만, 사내에게 이끌려 일어섰다.

"교대 군인이 나타나기 전에 어서 철수해야 하오. 도수, 이자가 냄새를 맡고 약속을 지키지 않은 거요. 통화할 때는 꼭 나오겠다고 하더니. 어서 가요."

조선족이 재촉했으므로 탁은 사내와 함께 마을로 돌아올 수밖에 없었다.

"나로선 최선을 다한 거요."

"내가 찾는 도수가 맞는지, 전화 연결이라도 해주시오."

사내는 통화를 연결해주는 대가로 돈을 더 요구했다. 탁은 돈을 건네주었고 그제야 사내는 도수에게 전화를 걸었다. 통화 연결이 되자 조선족 사내는 전화기를 탁의 귀에 가져다 댔다. 도수의 목소리가 맞는 듯했지만, 전화는 곧 끊어졌다. 조선족이 다시 통화를 시도했으나 받지 않았다.

"저기 골목 담벼락에 보위원이 왔다 갔다 하며 우릴 살피니 그만 헤어집시다. 저자가 당신을 수상히 보는 눈치요."

"보위원이 무섭다고 지금에 와서 대책도 없이 가라니, 왜 이러는 겁니까? 난 아까 통화하던 사람이 도수라고 단정하기도 어려워요."

"사람을 어찌 보고 이러오?"

"다시 전화를 해주시오. 난 기어이 그자와 통화를 해야 하니……."

"나와 통화하기로 한 시간이 지나서 그자가 오늘은 전화를 안 받을 거요. 전화 받을 준비를 시켜놔야 통화가 가능하오. 저쪽에서 휴대전화를 쓰다가 걸리면 목숨이 달아나오. 얼마 전에도 중국 휴대전화를 사용해서 이쪽과 연락을 주고받던 군수공장 노동자가 적발되는 바람에 총살당했다고 들었소. 안부만 주고받아도 저들은 간첩 행위를 했다고 난리가 나오."

"전화를 걸어 연락하는 일이 쉬운 일처럼 말했잖습니까?"

"내가 언제 그랬소? 저들이 독일에서 감청 장비까지 들여와서 추적하는데 어쩌겠소? 단속을 피해 이십 리를 걸어서 산으로 올라가 전화를 해도 들킬까 봐 오 분 이상 통화를 못 하오. 통화가 끝나자마자 전원부터 끄니 어쩌겠소?"

"그러면 내가 준 돈도 돌려주시오. 난 도수와 통화 한마디 못 하고 이렇게 물러설 수는 없어요."

조선족의 얼굴이 빨갛게 변했다.

"이자가 말을 못 알아듣소? 내일 오라 하지 않았소? 저기 보위원이 의심스럽게 쳐다보니까 일단 나가시오. 내일 이 시간에 회나무 옆의 바위에 앉아 있으시오. 저들을 따돌리고 가서 그자와 연락할 방법을 찾아볼 테니."

탁은 사내와 일단 헤어질 수밖에 없었다.

*

다음 날 탁은 사내가 말한 회나무 아래 너럭바위로 가서 앉았다.

도수를 알고 있고 국경을 넘도록 도와준 브로커 사내도 있으니 도수의 행방은 분명히 밝혀졌다. 그와 통화가 된다면 김수희라는 사람이 당신 때문에 죽었다는 말과 다른 피해자들이 어떤 상황에 놓였는지 말해주고 당장 돌아와서 수습하라고 할 것이다. 어떤 의도로 자신에게 접근했는지, 처음부터 사기를 칠 작정이었는지, 언론에서 떠드는 대로 북에서 내려보낸 첩자였는지, 물어야 했다.

도수를 찾기 위해 할 수 있는 일을 다 동원해서 있는 곳을 알아냈지만, 국경 너머로 도망친 그를 어떻게 끌고 올지, 뾰족한 수가 없는 현실에 밤새 한숨도 이루지 못했다.

약속한 시각이 되자 조선족 브로커가 나타났다.

"무슨 일인지 모르지만, 그자가 전화를 받지 않아요. 그자를 이쪽으로 유인하기가 불가능하오. 죽고 못 사는 그자의 애인이나 있다면 건너오겠지만 그렇지 않고는 틀린 거 같소. 아마 그자가 수상하다 냄새 맡은 모양이오."

"왜 이제야 그런 말을 합니까. 돈만 받아먹으면 그만이란 수작 아니오?"

"보위원들이 눈치를 주는 게 안 보이오? 조용히 하시오."

조선족의 말에 고개를 드니, 주위를 돌면서 탁을 힐끗거리는 북한 보위원들이 눈에 띄었다.

"이제 어쩌겠단 거요?"

탁의 목소리가 갈라져 나왔다.

"그쪽에서 한번 들어가 보겠소?"

"어딜 말이오?"

"어딘 어디요?"

사내가 손으로 두만강 너머를 가리켰다.

"아니, 미쳤어요? 나더러 저기로 들어가란 거요? 제정신으로 하는 말이오?"

"그자를 꼭 만나려면 그 방법밖에는 없는 것 아니오?"

"국경으로 불러내준다고 하지 않았어요?"

"그자가 눈치를 채고 전화도 안 받는 걸 어쩌란 거요? 따지지 말고 건너갈지 안 갈지 정하시오."

"북한 보위원에게 돈이라도 먹은 거요? 북으로 사람 넘겨주면 돈 받기로 한 거냔 말이오."

"아니, 이자가……."

조선족이 버럭 화를 냈다.

"그런 일 없수다. 이만 포기하고 돌아가요. 이러다가 보위부나 공안에게 끌려가기 쉬우니. 그래도 내 알 바 아니오."

"믿는다 칩시다. 저곳에 들어간다고 어찌 그자를 만나고 또 여기로 어떻게 돌아올 수 있단 말이오?"

"그야 걱정하지 마시오. 우리가 접촉하는 국경 수비대나 보위원에게 미리 뇌물을 괴어 손을 쓰면 얼마든지 따돌릴 수 있어요. 그자를 만나고 정확히 며칠 후에 나오겠다면 국경을 열어놓도록 하면 되는 거요."

"……."

"도수 고향으로 가는 길도 정확히 알고 있으니 만나고 돌아오면 될 거 아니오?"

"그자의 집 주소를 알려주겠다? 여기로 돌아올 방법도?"

"아, 속고만 살았나? 그쪽 사람들이 우리와 밀수하느라 오가는 일은 쉬운 일이오. 그리 어렵게 생각할 건 아니오. 손쓰면 여긴 안 되는 일이 없으니까. 다만 제 날짜에 정확히 와야 하오."

지푸라기라도 잡는 절박한 심정으로 인해 그의 말을 흘려듣지 못하고 도리어 매달렸다.

"도수란 자가 냄새를 맡고 우리네 전화를 안 받는 이상 그자와 다신 연결이 안 될 거요. 그자를 포기하든가 한 번 들어갔다가 오든가."

"저 두만강을 건너서 공안들의 총알을 뚫고 나더러……."

"우리가 누굽니까? 브로커 아니오. 그쪽이 약속만 잘 지키면 식은 죽 먹기란 말이오."

"식은 죽 먹기?"

어이없어하는 탁에게 사내는 도수의 고향 위치를 자세히 설명했다. 도수가 탁에게 말하던 곳과 일치했다. 나올 수 있도록 통로를 열어준다는 말이 사실이라면 모험해볼 만했다. 카메라 하나 들고 취재를 위해 세계 어디든 다니지 않았던가. 국경을 오갈 수 있도록 도와주겠다는 브로커를 만났는데, 명색이 기자였다는 자신이, 이대로 도수를 포기하고 도망치는 것은 용납하기 어려운 결정이었다.

"그, 그곳에 가면 당장 말투나 옷차림부터 표시가 날 텐데."

"결심이 서면 내일 우리가 주는 옷으로 갈아입으시오. 말씨가 이상하다 하면 개성 인삼을 팔러 중국 국경을 넘나드는 장사꾼이라고 잡아떼면 그리 의심하지 않을 거요. 우린 그렇게 많이 넘나드니까, 걸리면 돈을 양껏 집어주면 저들이 적당히 봐줄 수도 있고……."

"누구는 평생을 못 넘어가는 국경을 당신들은 쉽게도 여닫을 수 있다니, 대단합니다만……."

"그런 말 마시오. 우리 조선족도 여기 국경 지역을 벗어나서 함부로 북한 내륙으로 들어갈 수 없소. 도강증을 발급받아야 국경 지역의 목적지만 드나들 수 있소. 여행증 같은 것도 발급 안 해주니 북한은 우리도 들어갈 수 없는 곳이라 보면 맞소. 당국의 특혜를 받은 사람은 여권을 발급해준다지만 그것도 다른 지역으로 이동하는 것은 어렵고 정해진 목적지만 들어갔다가 나와야 하오."

"그런데 나더러 저 국경을 넘어서 도수를 만나고 오라니, 말이 되는 소리요? 보위부가 파놓은 함정에 날 빠뜨려서 체포되는 거 아니오?"

"싫으면 관두오. 뭔 말이 그리 많소? 내가 받은 돈이 있어서 염치를 차리려고 봐주겠다는데."

"좀 더 생각할 시간을 주시오."

"어떻게 결정하든 내 책임은 내일로 끝난다는 건 명심하오. 내일 돈 돌려달란 말 마오. 생각 있으면 위안화 많이 챙겨 들고 내일 저녁 다섯 시에 오시오. 내일은 내가 아는 보위원이 출근하는 날이라서 손쓰기 쉬우니까 바로 강 건너갈 수 있을 거요."

사내의 말을 뒤로하고 돌아섰다. 당장이라도 없던 일로 하자고, 어떤 미친놈이 국경을 넘어 월북하냐고, 그러고 싶지만, 이 모든 상황을 뒤로하고 한국으로 태연히 돌아갈 용기 역시 없었다.

*

운명을 가르는 선택 앞에 탁은 한숨도 못 자고 밤을 꼬박 새웠다. 점차 마음은 국경을 넘어가는 쪽으로 기울어졌다. 할까 말까 망설일 때는 하는 쪽으로 결정하라는 것이 기자를 하면서 가진 소신이었다. 뒤척이면서 기자 시절 탈북민들과 나눴던 이야기를 하나씩 떠올렸다.

강을 넘어 월북한 군인이 유치장에 갇혀 조사를 받은 뒤 아파트를 받고 북한 군인들을 선동하는 임무를 맡았다는 이야기였다. 한국 군대를 험담하거나 한국 사회를 비난하고 주체사상을 동경해서 넘어왔다고 연설하는 일을 맡아 한다고 했다. 그 군인의 연설을 탈북자에게 전해 들으면서 탁은, 제 발로 넘어가서 그런 식으로 사는 미친놈이 있을까 의심했다. 하지만 지금 막다른 골목에 다다른 자신의 처지를 보면, 그 군인처럼, 붙잡히면 살기 위해 무슨 짓이든 할 수 있겠다 싶었다.

선택의 갈림길에 선 날이 밝았다.

창 안으로 햇빛이 스며 들어왔다. 탁은 빛을 향해 얼굴을 들이밀며 가족의 얼굴을 떠올렸고 오래전 보았던 〈올 이즈 로스트〉란 영화도 떠올렸다.

배를 타고 가던 주인공은 혼자 조난되어 죽음의 순간까지 사투를 벌인다. 8일간의 조난 상태에서 쪽배 하나와 거대한 바다와의 사투였다. 주인공은 결국 죽음의 순간을 맞이하지만, 그 죽음의 순간은 암흑과 절망이 아니라 환한 빛이 자신을 빨아들이는 듯한 신비의 순간으로 느끼게 된다. 사투를 벌이고 전력을 다해 살아남으려 했던 그에게 축복처럼 펼쳐진 마지막 순간의 빛이 사투를 다한 자에게 신이 어루만져주는 손길처럼 은혜롭고 풍성해 보였다. 더는 사투하지 않아도 될 때 비로소 주인공은 시련과 응전에서 벗어날 수 있었다.

탁은 한때 많은 것을 가지면 자유로워질 줄 알았다. 또 어느 때는, 원하는 것을 얻으면 자유로워질 줄 알았다. 혹은, 하고 싶은 것을 얼마든지 선택할 권력이나 재력이 있으면 자유로워질 줄 알았다. 그래야만 비로소 자유가 시작될 줄 알았다.

아니었다. 언제든 사투의 시간이 유지되며 또 다른 구속의 상황에 내던져질 뿐이었다. 하나의 단계를 넘어서면 또 다른 단계가 놓여 있고 그 단계를 넘어선 자리에서 오히려 가진 자의 탐욕과 극심

바람이 불어오는 날

한 스트레스가 시작되는 것을 경험으로 알게 되었다. 자유를 잃게 만드는 경쟁과 사회 구성원으로서 맡은 바 임무가 밧줄처럼 튼실하게 몸을 묶었고, 탁은 묶여서 여전히 대롱거리고 있었다는 것을 깨달았다.

'다 놓아버리자.'

탁은 영화를 보던 그때처럼 중얼거렸다. 국경을 넘는다면, 독재의 저 땅으로 들어간다면, 자신이 느꼈던 자유와 속박과는 전혀 다른 의미의 구속이 기다리고 있을 것이 분명했다. 그러나 그 속으로 들어갈 수밖에 없다고 결론짓고 있었다.

'두만강을 건너는 일은 금지된 경계를 넘어가는 일이야. 강을 건너는 일. 경계를 넘는 일. 그것이 유일한 해결의 실마리야. 회피하지 말자.'

국경 수비대에 붙잡혀서 보위부에 넘겨지고 수용소에 갇히거나 심문을 받는다고 해도 어쩔 수 없다고 자신을 다독였다.

탁은 햇빛이 비쳐드는 창문을 열고 밖으로 나왔다. 국경을 넘기 위해 돈을 찾아야 하고 가방에 필요한 물건을 챙겨 넣어야 했다. 준비 없이 즉흥적으로 강을 건넌 것이 아니라 자신의 의지대로 강을 건넜다는 것을 자신에게 증명하고 싶었다.

그렇게 탁은 국경을 넘어 이곳, 도수가 살던 마을 추월리에 다다른 것이다.

창고 안에서 여명이 트기를 기다리다가 깜빡 잠이 들었다. 짧은
잠에 긴 꿈을 꾸었다. 두만강을 넘어오느라 계속 쫓겨 다니는 꿈을
꾸다가 눈을 뜨니 여전히 창고 안이었다.

탁은 창고 문틈으로 밖을 내다보았다. 어두운 거리는 텅 비어 있
는데 누군가 뛰어오는 발소리가 들렸다. 창고 앞으로 다가온 것은
여자였는데 숨을 곳을 찾는 듯 허둥댔다. 산발이 된 긴 머리카락과
두 가슴이 드러나도록 풀어헤친 웃옷 아래로 허연 다리가 맨살을
드러내고 있었다. 여자는 문짝이 떨어져 나간 맞은편 창고로 뛰어
들었다.

또 한 남자가 뛰어오는 기척이 났다. 이번에는 키가 큰 남자였
다. 남자는 여자가 숨은 곳을 찾으려는 듯 창고 문을 여닫았다. 탁
은 자신이 숨은 곳으로 남자가 들어올세라, 창고 문 뒤에 서 있었
다. 다행히 남자는 산발한 여자가 들어간 창고로 뛰어 들어갔다.
순간 여자의 비명이 터져 나왔다. 탁은 반사적으로 소리가 난 곳으
로 뛰어나갔다. 문짝이 떨어진 창고 안에 키 큰 남자가 여자의 몸
을 덮친 상태였다. 여자가 남자의 힘을 감당하지 못하고 버둥댔다.
여자의 비명이 또 창고 밖으로 새 나왔다. 소름 끼치도록 끔찍한
비명이었다.

여자는 더는 움직이지 않았고 남자는 여자의 몸 위에 쓰러지듯
엎어졌다가 상체를 일으켰다. 남자가 허둥대며 여자의 이름을 부

르며 몸을 흔들더니 상의를 벗어 여자의 목에 감았다. 여자는 축 늘어진 상태에서 반응이 없었다. 남자가 여자의 몸 위에 고개를 떨어뜨린 채 흐느꼈다.

탁은 어쩔 줄 몰라 창고 벽에 기대 숨어 있었다. 한 발도 뗄 수 없을 정도로 급작스럽게 벌어진 일이었다. 어깨를 흔들며 흐느끼던 남자가 비틀대며 일어서더니 창고 밖으로 나왔다. 공터를 지나 집들이 늘어선 골목으로 들어가는 남자의 뒷모습을 본 뒤에야 탁은 쓰러진 여자에게로 다가갔다.

창고 안에는 피 냄새가 진동했다. 여자의 목을 감싼 옷은 피로 흥건히 젖어 있었다. 칼이 여자의 머리 위에 던져져 있는 것으로 보아 칼에 벤 목을 지혈하려 했던 모양이다. 여자의 맥을 짚어보았으나 이미 숨이 끊긴 상태였다.

어쩔 줄 몰라 머뭇대고 있는데 창고 쪽으로 다가오는 발소리가 들렸다. 현장에서 잡혔다가는 살인죄 누명을 쓸 상황이었다. 재빨리 흙바닥에 엎드려 밖으로 기어 나와 창고 뒤편에 몸을 숨겼다. 창고로 다가온 사람들은 조금 전 살인을 저질렀던 키 큰 남자와 안경을 쓴 또 다른 남자였다. 창고 안으로 들어간 두 사람의 대화가 창고 밖으로 고스란히 들려왔다.

"절명했어, 절명."

"거짓말, 거짓말임다. 우리 연이가 죽었을 리 없소."

"조용히 해. 누가 듣겠어."

"연이가, 우리 연이가……."

"어쩌다 이 지경을 만든 거야?"

"연이가 칼을 갖고 휘두르는 바람에, 그래서, 칼을 뺏는다는 것이 그만……."

"목을 찔렀어. 급소를 찔렀으니 절명한 거지. 이젠 손쓸 도리가 없어."

"연이가 죽다니……. 거짓말같이……. 우리 연이를 ……."

"조용히 해. 날 밝기 전에 연이를 집에 옮겨놔야 해. 누가 보기 전에."

"……."

"연이 데려다 놓고 바닥에 묻은 피를 없애. 피 묻은 것도 다 태워 버리고. 서둘러!"

한동안 두 사람은 말이 없었다.

"내게 업혀. 뭐 해. 어서!"

"네?"

"어서 업히라니까. 뒤에서 떨어지지 않게 잘 붙잡고 따라와."

안경 쓴 남자가 여자를 업었고 키 큰 남자가 뒤따라갔다. 두 사람이 골목 안으로 사라질 때까지 탁은 숨죽이고 그들을 지켜보았다. 그들이 보이지 않자 그는 후들거리는 다리를 끌고 처음에 숨었던 창고로 돌아갔다. 다리에 힘이 풀려 곧바로 바닥에 주저앉았다.

바람이 불어오는 날

얼마나 지났을까. 창고 문이 열리는가 싶더니 안경 쓴 남자가 들어왔다.

"누구야?"

남자가 다짜고짜 탁의 멱살을 잡더니 일으켜 세웠다. 안경 너머로 남자의 부리부리하게 큰 눈이 번득이며 그를 노려보았다. 뭐라 변명할 틈도 주지 않았다. 남자의 한 손에는 권총이 들려 있어서 탁은 소스라치게 놀랐다.

남자는 집 안으로 탁을 끌고 가더니 짐짝처럼 방에 던져 넣었다. 그가 나뒹굴자 몸 위에 올라탔다. 간신히 얼굴만 알아볼 수 있을 정도의 작은 전등이 켜진 방이었다.

"당에서 나왔어?"

앞뒤 맥락을 가늠할 수 없는 질문이었다. 낮고 빠르지만, 감정이 실리지 않은 딱딱한 말투였다. 탁은 있는 힘을 다해 고개를 저었다.

"창고에서 뭘 봤지?"

"장사 다니다가, 물건 다 팔고……."

"장사꾼?"

"네, 장사꾼입다. 이 동네에 산다는 친구를 찾아서 왔는데, 한밤중이 되어 할 수 없이 창고에서 날이 밝기를 기다린 겁니다. 밤중에 아무 집에나 들어갈 수는 없잖습니까?"

"보따리도 없는 놈이 무슨 장사야? 어디서 온 놈이야?"

"개성……."

"개성? 어째 말투가 이상하다 했더니……."

"중국으로 다니면서 인삼을 파는 외화벌이꾼이오. 인삼은 다 팔고……."

탁은 조선족이 일러준 대로 말했지만, 조부의 고향이 개성이어서 자연스럽게 사투리 억양이 튀어나와 다행이었다.

"그래? 개성에서 인삼 장사한단 말이지? 그렇다 치고, 창고에서 뭘 봤지?"

"아무것도."

섬뜩하고 서늘한 총구가 그의 관자놀이에 박히는 것 같은 통증이 느껴졌다.

"외화벌이꾼? 개성에서 친구를 만나러 왔다? 그 말을 그대로 믿으라고?"

남자가 중얼거리더니 탁의 머리에 댄 총을 떼어 번쩍 들어 올리더니 개머리판으로 머리에 내리쳤다. 탁은 정신을 잃고 그 자리에 쓰러지고 말았다.

*

탁은 무거운 눈을 억지로 떴다. 습하고 서늘했다. 동굴 특유의 퀴퀴한 냄새가 났고 천장에서 물이 한 방울씩 떨어져 내렸다. 흙과

바람이 불어오는 날

돌이 섞인 동굴 바닥에 새우등을 하고 누웠던 그는 몸을 일으켰다. 손발이 두꺼운 끈에 결박되어 있었다. 동굴 입구 쪽에서 쇠젓가락처럼 가느다란 빛이 들어왔다. 밖은 대낮인 듯했다. 탁은 빛이 비쳐 드는 입구 쪽으로 꿈틀거리며 기어갔다. 동굴 입구를 막은 쇠문은 빛이 새어들 틈 외에는 완벽하게 외부를 차단하고 있었다. 몸으로 쇠문을 밀어보았지만 꼼짝하지 않았다. 다시 기어서 원래 있던 자리로 와서 동굴 벽에 기댔다.

'여기가 어디지?

안경 쓴 남자가 휘두른 총에 머리를 맞은 기억이 났다.

'내 돈!'

탁은 속옷 속으로 손을 넣어보았다. 속옷 솔기에 넣어둔 돈이 손에 잡혔다. 그나마 다행이었다. 돈만 있으면 목숨을 구할 수 있는 곳이 북한이라던 도수의 말이 떠올랐다. 도수를 찾으러 왔는데 동굴에 감금되다니. 도수가 이런 몰골을 보게 된다면 커다란 눈을 쉴 새 없이 굴리면서 특유의 빈정거리는 말투로 떠들 것이다.

'그러게, 북한엔 왜 기어 들어와? 여기에 목숨 걸고 들어오는 미친놈이 어디 있어?

도수는 평소 버릇대로 아랫입술과 턱을 비틀며 웃음을 터뜨릴 것이다.

북한으로 들어오기 전, 그러니까 도수가 실종되기 전, 도수는 탁에게 말하곤 했다.

"한국으로 도망쳐서 살게 되니까 처음엔 머리가 팽글팽글 돌았소. 하고 싶은 게 많기도 하고 뭐부터 해야 할지도 모르겠고. 자유란 걸 누려봤어야 자유를 누릴 줄 아는데 뭘 어떻게 해야 할지 몰랐소. 우리는 대체로 위에서 지시하는 대로 움직이기만 하면 됐거든요. 우리에게 가장 큰 적은 개인적인 생각이나 행동이었는데, 여긴 뭐든 내게 결정하란 거요. 선택이 얼마나 어려운지, 결정이 얼마나 힘든지, 그런 게 얼마나 부담스럽던지."

도수는 북한에서 35년을 살았던 남자답게 자유를 누리는 일이 가장 어렵다고 토로했다. 오랫동안 감금되었다가 나온 장기수처럼 사고나 행동이 굳어져 있는 도수를 보면 이질감이 느껴졌다. 그래도 적극적으로 도와서 못 누린 자유를 마음껏 누리게 해주고 싶었지만, 도수는 사업 외엔 관심이 없었다. 다양한 것을 받아들이지 못하고 복잡한 것을 회피하거나 선택할 자유를 누릴 능력이 부족했다.

도수와의 일을 떠올리는 동안에도 시간은 흘러가고 있다. 동굴의 천장에서 떨어진 물방울이 눈으로 들어가는 바람에 눈이 쓰라리다. 입술과 혀가 타들어간다. 침 한 방울도 입안에 남지 않은 듯 건조해서 숨을 쉴 때마다 목구멍이 따가울 지경이다.

살아남기 위해 좋았던 기억을 떠올려본다.

사방에 물방울을 퍼뜨리며 떨어지던 폭포의 물소리. 폭포 위로 선명한 무지개가 걸리고 그 위로 푸른 하늘과 주변 숲들의 단풍나무의 붉은빛들. 눈앞에 떠오르는 장면이 그림처럼 지나가지만 잠시뿐. 호흡이 힘들어지고 추억을 떠올리는 일조차 버겁다.

2

홀린 자, 머저리

*

희명은 집회를 마친 사람들을 대문 밖까지 배웅한다.

배웅이 끝난 뒤 희명은 렴민에게 인사를 하고 집으로 돌아가려하는데 렴민이 희명을 끌어안는다.

"이렇게 평생 같이 살았으면 좋겠다."

희명은 그 말뜻을 헤아려본다. 절대로 안전하지 않다는 말이다. 평생 같이 살 수 없을 것이며 언제 위험이 닥칠지 모른다는 심정을 표현한 것의 다름 아니다.

평생 같이 산다는 말은 평생 같은 길을 간다는 의미기도 하다. 렴민이 가는 길을 가겠다는 약속은 결단이 필요한 일이다. 그래도 함께 가자는 제안에 이의를 달 수는 없다. 렴민의 말에 이의를 단다면 비겁하고 부끄러운 일이다.

아들 석이만 아니라면 렴민이 하자는 대로 지옥이라도 갈 자신이 있다. 렴민을 따라가는 길이 석이의 앞길에 치명적인 위험이 될 수 있으므로 주저하고 머뭇거려온 날들이었다.

"그만 가봐야 해요."

희명은 렴민의 품에서 빠져나온다.

희명은 방으로 돌아와 잠자리에 눕는다. 내일 농장에 출근하려면 서너 시간이라도 자두어야 한다. 희명은 이불을 덮어쓰고 눈을 감는다. 렴민의 따뜻하고 넓은 가슴과 열기가 그대로 느껴진다. 얼굴을 만지던 손가락의 감각도 느껴지고 포옹할 때 스스럼없이 귓가에 속삭이던 사랑한다는 말도 달콤하다.

깜박 잠이 들었던 희명은 어수선한 기운에 눈을 뜬다. 개 짖는 소리가 요란하다 싶더니 여자의 비명도 들린 듯하다.

'환청인가. 너무 예민하단 말이야. 요새.'

새벽에 여자가 비명을 지를 이유가 뭐란 말인가 싶으면서도 잠이 순식간에 달아난다. 희명은 방문을 열어본다. 밤하늘에는 쏟아질 듯 주먹만큼 큰 별이 반짝이고 마당에는 나뭇잎이 바람에 쓸리는 소리만 가득하다. 희명은 이불을 머리 위까지 올려 쓰고 잠을 청한다.

*

"나야."

문밖에서 렴민의 목소리가 들리는가 싶더니 방문이 열린다. 새

　　　　　　　　　바람이 불어오는 날

벽의 여명과 찬 공기를 묻힌 채 렴민이 방 안으로 들어온다. 피비린내에 희명이 놀라 일어난다.

"무슨 일이에요? 이 새벽에."

렴민은 안경을 검지로 밀어 올릴 뿐, 벽에 기대고 앉아서 숨을 고르며 한동안 말이 없다.

"무슨 일이에요?"

"……"

"누구와 싸웠어요?"

"연이가 죽었어."

"네?"

"연이가 죽었다고."

마치 연습한 말을 내뱉는 것처럼, 감정이 실리지 않은 목소리로 말한다.

"그게 무슨 말이에요? 어제만 해도 멀쩡했는데."

"마을 앞 창고에서 일이 터졌어. 그래서 연이를 업어서 방에 데려다 놨어. 창고에 내버려둘 수는 없잖아."

"누가 그런 짓을……"

"알려고 하지 마. 그게 덜 위험해."

"어제도 멀쩡하게 일 다녀왔는데 죽었다니, 어떻게 믿어요?"

렴민은 허공만 올려다본다.

*

벽으로 난 작은 창문으로 희미한 빛이 새어든다. 연이의 죽음을 기정사실로 받아들이라고, 또 다른 하루가 시작되었다고 말하는 빛이다. 시간이 지나면 모든 일이 지난 일이 될 것이니 닥친 일은 과거로 넘기라고 명령하는 빛이다. 빛에 드러난 사물들은 어제와 다름없을 것이다. 사물들을 만지작거리던 사람이 죽고 없어도 사물들은 그 자리에 그대로 놓여 있을 것이다. 수돗가의 바가지, 부엌 앞의 빗자루, 하늘을 가르는 빨랫줄 같은 것은 미동도 없이 그 자리를 지키고 있을 것이다. 무엇보다 끈질기게 자리를 지키고 있는 것은 '일상'이다. '일상'은 누가 죽든 말든 산 자가 받아들여야만 하는 것이다.

"연이가 죽었다는 사실을 넌 모르고 있는 거야. 알겠지?"

"그럼 연이는 어디 갔다고 해야 하나요?"

"그것도 모른다고 해야지. 실종된 거로 처리해야지."

렴민이 말한다. 연이의 죽음을 아는 척하지 않고 실종되었다는 말조차 하지 말고 살라는 주문이다.

"평소처럼 농장에 출근해. 태연히 사람들과 어울리고."

"아무리 가족이 없다 해도……. 어떻게 이렇게 허망하게……."

"갈아입을 옷 좀 줘. 피가 묻었어."

그제야 렴민은 생각났다는 듯 상의를 벗으며 말한다. 희명은 옷장 속에 넣어둔 셔츠와 바지를 꺼낸다. 남편이 입던 옷을 내밀자

바람이 불어오는 날

렴민은 묵묵히 갈아입는다.

"지금부터 내 말 잘 들어. 알고 있어야 할 사실이 있어."

렴민이 말한다.

"연이가 죽은 걸 본 사람이 있어. 중국에서 온 자야. 외화벌이하러 다니는 장사꾼이라고 했어. 개성에서 인삼 장사를 하고 다녔다는데 믿을 수는 없어. 여하튼 그자가 어젯밤 여기로 흘러 들어온 모양이야. 친구를 찾으러 왔다는데, 아무 창고나 들어가서 날이 밝기를 기다리다가 살인 현장을 목격한 거야."

"그자는 지금 어딨어요?"

"한과 정에게 시켜서 동굴에 가두라고 했어. 연이가 죽는 걸 목격하고 내가 연이를 창고에서 업고 나가는 걸 본 게 분명해."

"가둬두고 어쩌려고요?"

"살려두기엔 위험 부담이 크고 그렇다고 아무 죄도 안 지은 자를 무작정 죽일 수도 없고. 연이 사건이 일단락되면 동굴로 가볼 거야."

"그래서요?"

"그다음은 그자의 태도를 봐야지. 또 한 가지, 희명에게 부탁할 일이 있어."

희명은 렴민을 쳐다본다.

"이따 퇴근할 때 연이 집에 들러줘. 가방을 찾아와야 해. 회색 가방인데, 다락에 있을 거야. 꼭 찾아와."

"누가 연이를 죽였는지 말해주지 않으면 아무것도 하지 않겠어요."

"모르는 게 좋다니까."

희명은 그럴 수 없다고 애원하지만 렴민의 입은 끝내 열리지 않는다.

*

농장으로 가는 동안 마을 풍경이 완전히 달라 보인다.

산등성이와 가로수와 논밭의 풀들이 한꺼번에 시들었고 농장으로 가던 길도 평소보다 팍팍하다. 이 길을 걸을 때마다 연이가 연신 떠들던 목소리가 떠오른다. 매사에 명랑하고 사소한 일에도 잘 웃던 연이. 사방에서 연이의 웃음소리가 들리는 것 같아서 기웃거려보지만, 어디에도 연이는 없다.

퇴근 후 연이 집으로 찾아간다. 신발 두 켤레가 마당에 굴러다닌다. 그것을 정돈해놓고 심호흡을 크게 한 뒤 방문을 연다. 피 묻은 이불이 방구석에 아무렇게나 처박혀 있다. 비린내에 구역질이 나서 수돗가로 가서 토한다.

"거기서 뭣 하네?"

옆집 노인이 희명을 보고 대문 안으로 들어선다. 희명은 화들짝 놀라며 노인에게로 다가간다.

"연이를 만나러 왔어요."

"연이?"

노인은 주위를 살피더니 희명의 귀에 대고 속삭인다.

"새벽에 차 한 대가 대문을 열고 들어갔네. 생쥐처럼 들락거리던 기철이가 오늘은 새벽부터 차에 싣고 연이를 데려갔네. 연이가 며칠 전에 나한테 와서 기철이 때문에 못 살겠다고 울고 가더구먼."

"그랬소? 새벽에 연이를 데려갔소?"

"지금 방에 연이가 있네?"

고개를 젓자 할머니가 혀를 끌끌 찬다. 렴민은 누가 그런 짓을 했는지 알려주지 않았지만, 기철이 분명한데, 모른 척하라니. 희명은 아랫입술을 깨문다. 기철이가 차를 가져와 연이를 야산에 암매장했단 말인가. 눈물이 왈칵 쏟아진다.

"방에 들어가서 연이 올 때까지 기다려보려고요."

희명은 눈물을 감추려고 얼른 돌아서며 대문을 닫는다.

다락문을 열자 연이의 가방이 다락의 상자에 잘 보관되어 있다. 희명은 상자에서 가방을 꺼내 든다.

*

연이는 흰 얼굴에 유독 큰 눈, 밝은 성격과 싱그러운 미소 때문에 누구에게나 인기가 좋았다. 그로 인해 기철의 눈에 띈 것이 연이에게는 불행의 시작이었다.

기철은 큰 키에 유독 배가 나온 30대 후반의 노총각이었다. 연이가 중국으로 건너간 것은 실종된 남편을 찾겠다는 결심 때문이기도 했지만, 남편이 실종되자마자 노골적으로 접근하는 기철이가 끔찍했던 탓도 컸다. 기철은 틈만 나면 연이의 남편이 어디로 갔는지 조사하겠다고, 심지어 한밤중에도 기습적으로 들이닥쳐서 집을 난장판으로 만든다고 했다.

연이를 알기 전까지만 해도 기철은 자기 임무에 철두철미한 모범적인 보안원으로 정평이 나 있었다. 가족 모두가 당원이라는 좋은 성분에 걸맞게 그는 사적인 이해관계에 얽매이지 않고 임무를 수행하는 충실한 보안원이었다. 당이 내린 지침을 바르게 수행하는 것은 아름다운 일이며 당 지침에 어긋나는 행동을 하는 것은 추악한 패륜이라는 말을 입에 달고 다녔다.

그런 기철이도 연이 앞에서는 철저히 무너졌다. 연이의 남편이 실종된 뒤 기철에 대한 나쁜 소문이 떠돌았다. 기철이 연이를 가로채려고 남편을 수용소에 보냈을 거라는 소문이었다. 오직 연이만 그 소문을 믿지 않았다.

연이가 실종된 남편을 찾아 몰래 국경을 넘어 중국으로 간 뒤 돌아오지 않던 때, 기철은 미쳐가는 몰골이었다. 눈이 퀭했고 구석에 서서 잎담배를 물고 초췌하게 서 있었다. 가뜩이나 빠른 하관은 더욱 뾰족해졌다. 하루에도 몇 번씩 텅 비어 있던 연이의 집에 들락거려서 사람들의 입에 오르내렸다. 연이의 빈 집으로 들어갈 때도 마치 만날 약속을 한 사람처럼, 연이 왔어? 다정하게 물으면서 들어갔다. 밤이면 술병을 들고 연이의 방으로 들어가서 밤을 새우고 아침에 곧바로 직장으로 출근하는 적도 많다는 소문이 돌았다.

연이가 남편 찾는 것을 포기하고 추월리로 돌아온 뒤, 기철은 연이를 조사한다는 핑계로 매일 보안소로 불러냈다. 기철은 다시 돌아온 연이를 한결같이 좋아했다. 오직 연이를 사랑하기 위해 태어난 남자 같았다.

*

희명은 마루에 앉아서 산등성이로 넘어가는 해를 바라본다. 산등성이로 넘어간 해가 어딘가에서 새로 뜨고 있을 거란 생각을 하지만, 그렇다고 해도 연이가 죽고 없다는 사실은 달라질 수 없다. 희명은 중국에서 지내던 연이가 들려준 이야기를 떠올렸다.

연이는 탈북한 뒤 중국의 식당에서 일했다고 했다. 때로는 2차를 나가야 하는 식당이었다. 연이는 어느 날 식당의 단골손님에게서 성경책을 선물로 받았고, 밤마다 그 성경책을 노트나 휴지에 필사하면서 자살 충동을 견뎠다고 했다. 연이는 성경이 무엇인지조차 모르는 마을 사람들을 위해 성경을 필사한 노트를 한 권씩 나눠주겠다는 꿈을 안고 고향으로 되돌아왔다. 중국에서 남편을 찾는 것보다 고향에서 남편이 돌아오기를 기다리기로 마음을 바꾸었다고 했다.

돌아온 연이는, 누구나 이곳에 사는 여자들이 그렇듯이, 아침 일곱 시부터 오후 다섯 시까지 일했고 하루 작업을 마치면 30분씩 작업반별로 하는 작업 총화에 불려 다녔다. 인민반장이 새벽 네다섯 시에 마당 쓸기나 큰길 정리를 요구하면 누구보다 먼저 나가서 일했다. 그러면서도 연이는 배급받은 밀가루를 아껴뒀다가 칼국수를 만들어 팔기도 하고 텃밭에서 거둬들인 먹거리를 장마당에서 판매하는 억척을 보이면서 노트를 사 모았다.

무엇보다 연이는 성경책을 읽을 수 없는 것을 괴로워했다. 성경책을 가지고 있다는 사실만으로도 끌려가는 것이 이곳의 법이었다. 연이는 중국에서 돌아올 때 상의 안 단을 뜯어내어 성경책 낱장을 꿰매 들어왔다고 했다. 밤마다 이불을 뒤집어쓴 채 손전등을 밝히고 필사를 이어가던 중 기철이 기습적으로 연이의 방에 들이닥쳤다. 기철이 이불을 들췄을 때까지 연이는 인기척조차 못 느꼈다고 했다. 기철이 노트를 빼앗았다.

"중국에 있을 때 들었던 것을 재미 삼아서 베껴 써본 겁니다."

"재미 삼아서? 한 장도 아니고 이렇게 여러 장을? 이렇게 적어서 누구 주려는 거지?"

"누굴 주려는 건 아니에요."

"나를 속여? 난 지금껏 한 번도 속아 넘어간 적이 없어. 눈빛만 보면 알아."

"……."

"이건 당과 수령님을 배신하는 짓이야."

"지금껏 누굴 준 적이 없어요. 사실이에요."

"그래? 그럼 봐줄 테니까 누가 이런 짓을 시켰는지 바른대로 말해."

"절대 그런 사람 없어요. 나 혼자 한 일이라니까요."

기철이의 추궁은 밤새 이어졌다.

"필사한 노트는 모른 척해주세요."

"모른 척해주면 날 위해 뭘 해줄 수 있지? 당장 옷을 벗을 수 있겠어?"

기철로서는 처음 걷는 당에 대한 배신이자 엇길이었다.

기철에게 당한 그날 밤의 이야기를 전해 듣던 날, 희명은 연이에게 조언했다. 기철에게 또 당하지 말고 차라리 중국으로 다시 나가서 살라고.

"가도 똑같아요. 불법체류자라서 거기 남자와 결혼하든지 아니면 식당이나 술집에서 숨어서 일하면서 살 수밖에 없어요. 아니면 공안에 잡혀서 곧바로 북송되니까요."

"그래도 성경책은 마음껏 읽을 수 있잖아."

"나 혼자 성경 읽으려고 돌아온 게 아니에요. 여기 있는 사람들에게 성경을 알게 해주려고 온 거지."

"기철에게 들켰으니 앞으론 필사도 못 할 거야. 기철에게 평생 끌려다니게 된 거라고. 약점까지 잡혔으니 언제 당에 널 고발할지 몰라."

그런 충고를 일삼아 해줬지만, 생각보다 불행이 빨리 닥친 것이다.

'종교는 반동적이고 비과학적이다. 사람들이 종교를 믿으면 계급의식이 마비되고 혁명하려는 의욕이 없어진다. 종교는 아편과 같다.'

희명은 학교 교과서를 통해 어릴 때부터 그렇게 배웠다. 어떤 형태의 종교든 허위적이고 미신이라고 했다. 종교는 지배계급이 인민을 속이고 억압 착취하는 도구라 했으며 대중의 혁명의식을 마비시키고 착취와 억압에 무조건 굴종하는 무저항주의를 고취하는 아편이라고 배웠다.

희명의 아버지는 희명에게 지하 교회 이야기를 들려준 적이 있었다. 아주 어릴 때 들었던 이야기며 마을 사람들이라면 누구나 한두 번 들었던, 흔히 떠돌아다니는 이야기였지만 희명은 그 이야기를 듣던 날 잠을 설쳤다. 세상에는 학교에서 가르치고 당에서 지시한 것과 다르게 사는 사람들이 있다는 사실에 받은 충격은 컸다. 어린 시절 아버지에게 들었던 지하 교회 사람들의 이야기를 희명은 아직도 선명히 기억하고 있다.

교회 시설은 6·25 이후 몰수되어 공산당 회의장이나 선전장으로 쓰여서 예배당이 남아 있지 않았다. 하나님을 믿는 자는 무조건 수용소로 끌려가거나 처형했으니 종교 생활을 할 수가 없었다. 단지 종교 생활을 위해 하수구에 숨어서 연명하던 사람도 있었다고 들었다. 어릴 때, 당에 대한 충성심이 넘쳤던 희명은 그런 사람을 이해할 수 없었다. 수령의 뜻을 배신하고 다른 것에 홀린 자들이니 머저리라고 욕했다. 그때 아버지는 희명의 입을 손으로 막으며 착잡하고 슬픈 눈으로 희명이를 내려다보았다.

*

연이가 죽은 뒤 아무 일 없이 또 하루를 보냈다.

퇴근하는 길에 희명은 분주소 앞을 서성거렸다. 혹시라도 기철을 볼 수 있을까 하고. 기철을 만나면 무슨 말부터 할지 정한 것도, 어떻게 할 작정을 한 것도 아니다. 그런데도 발길이 그쪽으로 향했다.

분주소 앞에 다다르니 기철이 보였다.

"무슨 일이오?"

"저어⋯⋯."

"왜 그러냐고 묻잖소."

"혹시 우리 연이가 어디로 갔는지 압니까?"

기철의 얼굴이 일그러졌다. 위험한 질문인 줄 알면서도 가슴에 담긴 불덩이가 쑥 나왔다. 기철의 얼굴이 단숨에 창백해졌다. 쏘아보는 기철의 시선을 피하려고 고개를 떨어뜨렸다. 기철이 신은 검은 구두에 손톱만 한 얼룩이, 연이가 흘린 핏자국 같다.

"연이가 또 남편 찾겠다고, 저기, 거, 중국으로 도망이라도 쳤소?"

기철이 웃는다. 실성한 듯 웃는 소리에 희명은 고개를 들어 기철을 쳐다본다. 기철은 웃음을 거두고 희명을 노려본다. 희명은 기철의 얼굴을 외면하며 돌아선다.

"여보시오!"

기철이 희명을 불러 세운다.

"연이에게 무슨 일이 있으면 말해주오."

기철이 말한다.

"그리고 저기, 거, 연이 보면 분주소에 들르라고 꼭 전하오. 조사할 게 있으니 꼭 나한테 들르라고."

희명은 기철의 목소리가 다시 들려올세라 달아나듯 재빠르게 걷는다.

바람이 불어오는 날

3

갇힌 사람, 가둔 사람

*

"정신 좀 들어?"

몸을 흔들며 뭐라 떠드는 소리에 탁은 간신히 눈을 뜬다. 손전등 불빛이 눈을 찔러 결박된 두 손을 들어 눈을 가린다. 불빛을 치우라고 손을 내젓자 손전등을 바닥에 내려놓은 남자가 탁을 내려다본다. 창고에 숨어 있던 탁을 끌고 가서 개머리판으로 머리를 내리치던 안경 쓴 남자다. 남자는 가방에서 칼을 꺼내더니 탁의 손을 들어 올린다. 결박된 손발의 끈을 자르자 손발에 노끈 자국이 선명하다.

"난 렴민이라 하오. 초면에 고생시켜 미안하오."

렴민이 물통을 내민다. 탁은 타들어가던 목을 축이느라 단숨에 들이켠다. 다 마신 물통을 렴민의 얼굴에 던지며 욕을 퍼붓는다. 그는 태연히 안경을 벗어 물기를 닦아낸 뒤 다시 쓴다.

"창고에서 벌어진 살인 사건 때문에 정신없이 지내다 보니 이리 늦게 찾아와서 미안하오. 그쪽 신분을 몰라서 일단 가둔 것이니 이해하시오. 추월리는 정체 불명자를 함부로 마을에 들이지 않아요. 바깥 상황이 좋아지면 곧바로 추방하려 했는데 일이 순조롭지 못했소. 그날 창고에서 벌어진 일은 죽을 때까지 묻고 가시오."

"살인을 왜 은폐하고 살인자를 감싼 거요?"

"살인자가 이 마을의 보안부장이오. 그자가 끌려가면 후임자가 올 거고 우리 추월리 사람들에게 힘든 일이 닥칠 수도 있기 때문이오."

탁은 후임자가 온다고 왜 힘들어지는지 물었다. 그는 자세한 것은 말해줄 수 없다고 말했다.

"죽은 여자도 이 마을 사람 아닌가요? 이 마을 사람을 죽인 자를 그대로 두면서 마을 사람들을 위한 일이라니, 앞뒤가 안 맞는 말 아니오?"

렴민은 탁의 말에 인상을 쓸 뿐 별다른 대꾸를 하지 않았다. 입이 유독 무거운 남자였다. 무슨 꿍꿍이속인지 알 수 없어서 더욱 답답했다.

"난 억울해요. 그날 새벽에 살인 현장을 봤다는 이유로 가둬두다니. 어서 풀어주시오. 살인자와 공모해서 시신을 업고 나간 건 그쪽 아니오? 살인자가 보안부장이라고 해도 그자를 신고해야 하지 않아요?"

"이해하기 어렵겠지만 추월리는 다른 마을과 달라요. 차차 말할

　　　　　　　　　　　　　　바람이 불어오는 날

기회가 있을지 모르지만. 아무튼, 누굴 만나러 왔다고 했소? 이름이?"

"도수란 자요. 추월리가 고향이라 했으니 그자를 모를 리 없을 테고."

렴민이 검지로 안경을 올려 쓰며 눈을 크게 뜬다.

"도수? 그자를 어떻게 아오?"

"그자와 중국에서 사업을 했어요. 사업 자금을 횡령해서 고향으로 도망쳤다는 소문을 듣고 잡으러 온 거요. 지금 당장 도수의 집에 데려다주시오. 난 그자를 끌고 곧바로 중국으로 갈 겁니다. 다른 건 관심이 없어요. 더군다나 내가 왜 살인 사건을 떠들고 다니겠어요?"

렴민은 무언가 궁리하는 듯 고개를 숙이고 오랫동안 턱을 만진다. 수염이 거뭇한 턱이 유독 단단해 보인다.

"도수를 중국에서 만났다는 말을 들으니 당에서 내려보낸 자는 아닌 게 분명하군. 나이가 나보다 어린 거 같으니 이제부터는 말은 놓겠네."

"당에서 내려보내다니, 천만에요. 난 그런 사람 아닙니다."

렴민은 손으로 탁의 입을 가린다. 자신이 한 말을 일일이 기억하고 떠들면 그게 칼이 되어서 자신을 벨 수 있으니 특별히 조심하라고 주의를 준다. 살인 현장은 물론이고 서로 나눈 대화도 절대 어디서든 발설하지 않겠다면 이곳에서 내보내주겠다고 약속한다.

"도수는 아직 이곳에 나타나지 않았어. 이곳에 온 게 맞다면 내가 수소문해보겠어."

도수가 이곳에 없다는 말에 탁은 온몸에 힘이 다 풀린다. 그렇다면 도수를 만날 수 없다는 말인가.

"중국에서 사라졌다면 고향에 돌아올 가능성이 크겠지. 일단 동굴에서 며칠 더 기다려. 섣불리 행동하다 다같이 죽을 일 만들지 말고."

렴민의 말에 반발할 사이도 없이 그는 물통과 빵을 꺼내놓더니 일어선다. 순식간에 동굴 입구로 걸어 나가 자물쇠를 잠그고 사라진다.

*

또다시 혼자 견뎌야 하는 시간이 이어진다. 이대로 렴민이 돌아오지 않으면 어쩌나. 이대로 동굴에 방치되어 죽는다면 이곳에서 시신을 거둬 갈 사람도 없을 텐데.

탁은 동굴에서 영영 못 나갈 것이라는 불길한 예감을 털어내려고 애쓴다. 도수를 찾아준다던 렴민의 말을 되뇌면서 매시간 버틴다. 그의 말이 사실이라면, 동굴에 숨어 있다가 도수를 만나고 돌아가는 것이 최선이다.

그자가 누군지 알 수 없으니 그자의 말이 어느 정도 신뢰할 만한 것인지도 확신이 서지 않는다. 탁은 렴민이란 자를 떠올려본다. 안경 속에 숨은 외꺼풀의 긴 눈매와 고집스러워 보이던 우뚝한 콧날,

바람이 불어오는 날

깐깐한 인상을 주던 꾹 다문 얇은 입술, 군인처럼 깃이 목까지 올라온 제복 같은 옷차림, 사투리 억양 없는 표준어로 절도 있게 끊어내는 듯한 말씨, 탁에게 미안함을 표시하던 교양 있는 태도. 탁은 렴민의 모습을 떠올리는 동안 그가 돌아올 것이라고 믿어보기로 한다.

갇혀 있는 시간이 무한정으로 길어지자 가슴속에는 아무것도 할 수 없을 것 같은 절망감이 차오른다.

*

"정신 차려! 나야, 렴민."

귀에 익은 목소리에 눈꺼풀을 힘겹게 들어 올리자 어둠 속에 안경을 쓴 남자가 내려다보고 있다.

"고생 많았어. 이제 마을로 내려가도 돼. 어느 정도 수습이 됐으니까. 자, 옷부터 갈아입어. 그런 차림으로 돌아다니다가는 큰일나."

렴민에게 솟구치던 분노가 슬그머니 가라앉고 억눌렀던 기대감이 차오른다. 다리에 힘이 없어서 몇 번이나 주저앉은 뒤에야 옷을 다 갈아입는다.

"도수는 수소문해봤어요? 도수 찾았어요?"

"아니. 아직 추월리에 없어. 수소문하고 있으니, 찾는 즉시 추월리로 들어오도록 조처해뒀어."

도수를 만날 수 있다는 말에 탁이 정색해서 렴민을 쳐다본다. 렴민은 당장 마을로 출발하자고 서둘러 앞장선다.

"도수 만날 때까지 일단 우리 집에서 지내. 여기저기 기웃거리고 다니다가 잡혀갈까 봐 불안해서 안 되겠어. 중국에서 외화벌이 다니는 자들이 드나드는 빈방이 하나 있거든."

"또 가두는 건 아닙니까?"

"하하. 가두는 건 맞지. 어딜 가나 갇혀 지내야 할 거야. 여긴 누구도 자유롭지 않으니까. 그래도 우리 집에 있으면 도수를 만날 수 있고 보안원도 적당히 봐줄 거야. 내가 보안원과 허물없이 지내거든."

동굴을 지나 산기슭을 내려가자 물소리가 들리는 계곡이 드러난다. 렴민이 시키는 대로 냇가로 가서 간단히 씻는다. 계곡에서 벗어나며 렴민은 탁에게 쉬지 않고 주의를 준다. 마을에 가면 벙어리가 되라는 말부터 시작해서 살인 사건은 물론이고 도수를 만나러 왔다는 이야기도 철저히 비밀로 하라는 것이다. 입을 완전히 붙여야 한다는 말을 서너 번 했다.

탁은 알았다고 말하며 렴민에게 자신이 동굴에서 며칠 있었는지 물었다. 사흘이라고 했다. 조선족 브로커에게 일주일 안에 국경을 넘겠다고 했으니 이제 탁에게는 이곳에 머물 시간이 나흘이 전부인 것이다. 그전에 도수를 만나지 못한다면 이대로 떠날 수도 없고, 그렇다고 브로커의 도움을 받아 국경을 넘는 것을 포기할 수도 없는 딜레마에 빠진 듯하다. 도수의 행방을 수소문해주겠다는 소

바람이 불어오는 날

리를 듣고도 그를 만나지 않고 이곳을 떠날 수는 없는 일이었다.

"마을 사람에게는 먼 친척이 올 거라고 말해놨어. 여긴 워낙 폐쇄적인 동네라서 일거수일투족이 다 사람들의 눈에 띌 거야. 몸이 안 좋아서 우리 집에서 한 보름 휴식할 거라 했으니까 입만 꾹 다물고 지내면 될 거야."

렴민은 계곡을 지나 마을로 가는 동안 쉬지 않고 탁에게 시나리오를 만들어 주입한다. 탁은 렴민의 말을 들으면서도 눈으로는 경사가 완만한 산을 개간하여 산마루까지 계단식으로 만들어진 떼기밭을 훑는다. 도랑에는 피농사가, 논두렁에는 콩이나 감자를 심었을 것이다. 작업 중임을 표시하는 붉은 깃발이 작업장 주변에 여럿 세워져 있다.

마을에 가까워질수록 집단농장이 보이고 그 한쪽 담벼락에 기대어 쉬고 있는 농장원 같은 사내들이 보인다. 그들은 두 손을 주머니에 찌르고 엉거주춤한 자세로 서 있다. 벽에 드리워진 그들의 그림자가 벽에 붙어 서서 그들을 내려다보는 것 같고 흙바닥에 길게 늘어진 그림자가 서 있는 사람들을 올려다보는 것 같기도 하다.

농장 부근의 허름한 창고 같은 것들은 농장원을 감시하는 초소가 분명해 보이는데, 잠시 걷는 동안에도 대여섯 군데나 눈에 띈다.

렴민은 마을에 다다르자 탁에게 모자를 깊이 씌워준다. 그런 뒤 성큼성큼 앞장서서 걷는다.

인민반장의 집으로 가서 숙박 대장에 여행 사유를 쓰고 언제까지 머물 것인지 확인한다. 보름 안에 떠나니 걱정하지 말라며 가방에서 봉투 하나를 꺼내 인민반장에게 건넨다. 먼 친척이니 잘 부탁한다고 덧붙인다. 인민반장이 도장을 찍어준 뒤 렴민에게 인사하며 문밖까지 배웅해준다. 렴민을 대하는 태도가 지나치게 공손하다 싶었지만, 탁은 모른 척 렴민을 뒤따른다. 숙박 대장과 여행증을 들고 보안소에 가서 다시 여행 증명서에 확인 도장을 찍었다. 보안소에서 나오면서, 이제야 우리 집에 머물 자격이 생겼다고 렴민이 안도의 숨을 내쉰다.

*

서른 가구 정도 되는 집들이 줄 선 듯 나란히 붙어 서 있다. 소위 하모니카 집이라고 불리는 다가구 주택 같다. 옆집과의 간격이 거의 떨어지지 않아서 사생활이 보장되지 않을 듯하다. 2, 3층짜리 연립주택 등 다양한 가옥들을 일별하며 렴민을 뒤따른다. 복잡한 탁의 마음을 알 리 없는 새들이 허공을 가로질러 수수밭 위로 날아다닌다.

렴민은 공터를 지나 슬레이트 지붕에 흙벽돌로 지은 단층집으로 들어선다.

철대문을 열자, 대문 옆의 문간방과 연결된 부엌, 안채가 한눈에 들어온다. 부엌에서 한 여자가 나오며 렴민에게 인사를 한다. 나이는 사십 대 초반 같은데 고생을 많이 한 듯 얼굴에 기미가 가득 앉았다.

"이웃에 사는 희명이야. 이쪽은 탁이고. 집은 좀 떨어져 있지만, 부엌은 같이 쓰는 사이야. 둘 다 혼자 사니까 밥을 같이 먹을 때가 많아. 사실은 희명이 내 식사를 잘 챙겨주는 편이지만. 탁 동무도 끼니때가 되면 부엌에서 알아서 식사를 해결하도록 해."

희명과 간단한 인사를 끝내자 렴민은 탁을 문간방으로 안내한다.

오랫동안 사용하지 않은 듯 바닥은 눅눅하고 벽으로 번진 곰팡내가 진동한다. 창문을 열려고 일어섰으나 창틀을 유리 대신 비닐로 막아놓아서 환기를 시키는 것이 불가능하다.

탁은 할 수 없이 방문을 조금 열어두고 앉는다. 방에는 나무 궤짝 같은 이불장 하나와 벽에 걸린 수건 하나가 전부다. 대문 옆에 붙은 창고를 개조해서 만든 방 같다. 누우면 꽉 찰 듯 작은 방이다.

"이거, 동굴에 떨어뜨려서 내가 주워 왔어. 이런 거 여기선 안 통해!"

렴민이 열린 문 안으로 여행증을 던져주고 돌아간다. 탁은 여행증을 들고 이리저리 살핀다.

국경 부근을 서성거릴 때, 식당을 하는 중국인 주인에게 얻은 위조 여행증이다. 도수 때문에 중국에 드나들면서 위조할 수 있는 여러 서류에 대해 알고 있었다. 중국에는 여행증이나 공민증을 감쪽같이 만들어내는 곳이 많다고 했다.

위조증까지 만들면서 누가, 왜, 북한에 들어가겠냐고, 수첩에 서류를 위조할 수 있는 상점의 정보를 적어주는 도수에게 묻던 기억이 난다. 그때만 해도 위조된 서류를 숨기고 북한에 들어가는 일은 상상조차 못 했다.

"한번 다녀오오. 거기도 사람 사는 데니까. 잡혔다고 신문에 나면 내가 올라가서 구해줄 테니까 쫄지 말고⋯⋯."

그렇게 농담하던 도수의 목소리가 생생히 들리는 듯하다.

탁은 여행증을 지갑에 넣으며 방문을 조금 더 연다. 10월의 찬바람에 열에 들뜬 이마가 식는 것 같다.

조선족 브로커에게 돌아가겠다고 약속한 지 사흘이 지났으니 앞으로 나흘 안에 도수가 나타나야 할 텐데.

문득 마음이 조급해진다. 그러면서도 도수와 지내던 일이 생생하게 스쳐 지나간다.

*

도수가 갑자기 전화를 걸어왔던 어느 날 새벽. 그날 도수는 지금 호수에 있으며 밤새 혼자 술을 마셨다고 했다. 보고 싶으니 와주면 안 되겠냐고 물었다. 출근을 두 시간 일찍 하는 셈 치고 호수로 가던 새벽, 산책로 주위에 흰색과 연분홍 개망초가 바람에 흔들리고 있었다. 새벽 운동을 나온 여자들이 두 팔을 가볍게 흔들며 지나갔다. 호수면은 해를 받아내려고 은밀히 물결쳤다.

호수 주위는 해 뜨기 전의 활기로 가득 찼지만, 도수는 호수의 구석진 산책로 바닥에 구부정하게 쪼그려 앉아 있었다. 탁이 다가가자 올려다보는 도수의 눈은 실핏줄이 터져서 빨갰고 술 냄새가 진동했다. 도수가 손가락으로 호수를 가리켰다.

"저 아래에 무언가 떠 있었소. 일 년 전에 저 호수에 빠져 죽었던 여자가 은이었소."

북한에서 넘어와서 처음 알게 된 여자라고 했다. 그날은 은이가 자살한 지 1주기 되는 날이었다.

"호수에 갑니다, 라는 문자 메시지를 보았을 때는 새벽이었고 그것을 보자마자 달려갔더니……."

"……."

"은이는 대단한 여자였어."

도수는 은이의 이야기를 이어갔다.

"북한에서 이곳으로 넘어온 오 년 동안 지각 한 번 하지 않고 공장에 다닌 여자요. 성실해서 공장에서도 칭찬이 자자했지. 은이는 노력하고 인내해야 자유를 얻게 된다는 걸 온몸으로 가르쳐준 여자였소. 자유는 그 어떤 대가를 치르고서라도 꼭 얻어야 하는 소중한 거라고."

도수는 그날 은이의 이야기를 쉬지 않고 늘어놓았다.

"우리 탈북민은 어려운 과정을 못 견디는 편이오. 은이는 이곳에서 그런 과정을 극복하고 자유를 누렸소. 자유롭게 뭐든 할 수 있다는 사실에 열광했소. 그래서 돈을 모으는 일에 더 집착했고. 그런데 은이가, 그렇게 성실하게 살던 여자가, 죽은 거요. 그날 새벽에."

도수는 한동안 말을 잇지 못했다.

"은이와 같이 공장에 다니는 여자가 그걸 목격했다잖소. 경찰차가 오고 병원차가 은이를 실어가는 걸 봤다오. 은이는 술을 거의 못 먹는데 다른 데서 술을 좀 마시고 왔던 것인지. 기분 좋게 취해서 사 들고 온 소주를 또 마셔댄 것 같소. 답답하다면서 순식간에 호수로 뛰어들었다니 말이오."

"왜, 뛰어들었단 겁니까?"

"술에 취하자 자기가 건너온 강으로 착각했던 모양이오. 자유를 얻었으니 이제 자유롭게 돌아가겠다고. 여기선 세상의 어디든 갈 수 있는데 왜 돌아갈 수 없겠느냐고. 그러면서 호수로 뛰어들더란 거요. 순식간에. 몇 초도 안 걸릴 만큼."

도수의 팔을 끌고 호수를 지나오는 길은 온통 회색빛이었다. 바로 앞에는 한 여자가 여유 있게 걷고 있었다. 허리 한가운데 무당벌레가 앉아 있었다. 여자가 걷는 동안 무당벌레는 꼼짝도 하지 않고 붙어서 여자가 가는 곳이 어딘지도 모른 채 달라붙어 있었다.

"은이는 늘 말했소. 자기는 뿌리 없이 연못에 핀 연꽃 같다고. 그 말이 얼마나 쓸쓸하게 들렸는지 모르오."

그날 이후 탁은 도수에게 연민을 품게 되었다.

"그런데 여기서 오래 살다 보니까 내가 살던 고향에 다시 가고 싶소. 세월이 갈수록 떠나온 고향이 너무나 그립고."

도수는 이곳의 삶에 익숙해지자 북한을 떠나올 때 겪었던 고통을 잊은 듯했다. 자신의 성분 탓에 평생 탄광 노동자로 살아야 하는 운명을 벗어나려고 떠나온 북한, 노동의 대가도 지급 못 하는 가난한 곳, 감시와 강제가 일상인 그곳, 배급마저 끊겨서 배를 곯아야 하는 생활을 못 견뎌서 목숨을 내걸고 두만강을 넘어온 그날을 잊은 듯, 그곳으로 돌아가고 싶다고 했다.

"그렇게 그리우면 차라리 북한에 남아 있는 가족을 데려오지요. 국경을 넘나드는 브로커에게 돈을 주면 충분히 가능하잖아요."

"나도 사람을 넣어서 알아봤는데 아내와 아들이 거부했다고 하오. 영문을 모르겠소. 그러니 내가 가족을 만나려면 직접 북한으로 가는 수밖에."

도수는 말끝을 흐렸다.

"이곳에 정착한 이상 거긴 평생 못 돌아가오. 만약 돌아가면 들어올 수 없소. 그게 거기의 법이니까. 금지된 대로 따라야 하는 법."

"……."

"이럴 줄 몰랐소. 내가 잘살게 되면 가족을 데려올 마음이었는데. 가족을 만날 수 없다면 내가 북한으로 돌아갈 수밖에 없으니까. 물론 거기 들어가서 수용소에 갇히지 않으려면 큰돈이 필요하오. 큰돈을 번다면 북한으로 올라갈 거요. 돈을 싸 들고 국경을 넘는 방법은 누구보다 내가 잘 아오."

그런 이야기가 오간 날이면 도수는 탁에게 자신이 국경을 통과해온 날의 이야기를 들려주었다. 국경 수비대를 따돌리는 방법과 국경을 넘을 수 있는 확실한 루트도 알려주었다.

그때는 그런 이야기가 남의 일처럼 들렸다.

그런데 지금 꿈을 꾸는 것처럼 도수의 고향에 들어와서 도수를 만날 날을 기다리고 있다. 탁은 어둠 속에서 웃음소리가 흘러나오는 것을 듣는다. 누구의 웃음소리인지 선뜻 구별되지 않는 웃음소리.

*

탁이 조선족 브로커에게 돌아가기로 한 날이 이틀 후로 다가왔다. 렴민은 도수가 찾아온다는 소식을 전해주기는커녕 간밤에 집에 들어오지도 않았다. 새벽이 되어서야 렴민이 들어오는 기척을 들었고 탁은 아침이 밝기를 기다렸다. 출근을 서두르며 부엌에서 아침 식사를 하는 렴민에게 찾아갔다. 도수의 소식이 있는지 물었지만, 아직 정보가 없으나 힘껏 알아보고 있다는 말이 전부였다. 그렇다고 렴민에게 조선족 브로커와 국경을 넘기로 약속한 날이 이틀밖에 남지 않아서 초조하다고 털어놓을 수도 없었다. 한숨을 내쉬자 렴민이 힐끗 쳐다본다.

"쓸데없이 집 밖으로 나가거나 사람들과 대화하고 다니지 말고 하루 이틀 더 기다려봐."

답답해서 죽겠다고 하소연해도 렴민의 대답은 한결같다.

렴민이 출근한 뒤 탁은 온종일 방에서 뒹굴다가 마당을 서성인다. 가을바람이 한없이 부드럽고 하늘도 유난히 높고 푸르다. 대문 밖으로 산기슭의 뙈기밭이 보인다. 대문 밖으로 나가서 마음대로 돌아다니고 싶다. 호기심조차 이곳에서는 위험한 일이다. 금기를 깨뜨려야 알 수 있는 생의 이면처럼 국경을 넘어왔으므로 이곳의 이면을 들여다볼 수 있을 줄 알았으나 대문 밖으로 한 발짝도 나가지 못하고 지내야 한다니. 얼굴색이 다르거나 언어가 다르지 않은데 대문 밖 마을을 돌아다니는 사소한 일조차 금기라니.

*

저녁 무렵 폭우가 쏟아진다. 렴민이 비옷을 입은 채로 뛰어 들어온다.

"도수를 찾았어!"

탁이 자리에서 벌떡 일어선다.

"네? 그게 정말입니까? 어디 가면 만날 수 있는 겁니까?"

"아들 만나러 추월리로 오는 중이라고 들었어."

"도수 아들이 지금 추월리에 사는 겁니까?"

"그렇진 않아. 하지만 도수 아들이 특별 휴가를 받아서 집에 와 있다고 해. 탄광전문학교에 배치되어 있었는데 아마 도수가 추월리에서 아들을 만나게 해달라고 부탁했던 모양이야. 그 일이 오늘에야 성사된 거고."

도수가 과연 국경을 넘어 이곳으로 들어왔을지 확신할 수 없어서 노심초사하던 탁은 눈을 감고 안도했다. 도수를 찾아다니면서 앞이 캄캄했던 기억이 한꺼번에 밀려왔다.

"그렇다면 도수는 지금껏 어디에 있었대요?"

"보위부에서 조사받고 그쪽에서 시키는 역할을 하고 있었다고 했어. 석이가 일하는 탄광소에 연락해서 석이가 휴가 나올 수 있게 힘쓴 걸 보니, 횡령한 돈을 다 당에 바친 모양이야. 도수도 많이 변한 모양이네. 어떻게 변했을지 궁금하네."

"도수와 꽤 가까웠던 모양입니다?"

"그랬지. 말을 트고 지냈지. 희명이도 함께. 참, 희명에게 탁 동무가 도수를 만나러 추월리로 들어왔단 말은 안 했지?"

"안 했습니다만, 왜요?"

"도수가 희명이 남편이거든."

"네? 그게 사실입니까?"

"그러니 탁 동무가 도수를 찾아왔다고 했을 때 내가 얼마나 놀랐겠나. 희명이 남편이 돌아왔단 말이니. 내가 사방에 사람을 넣어서 백방으로 찾아냈지. 도수와 통화도 했고."

"그래서 저를 여기로 데려온 겁니까?"

렴민은 가타부타 말이 없다.

"그나저나 희명이도 도수가 여기로 오고 있다는 걸 아나요?"

"말해줬지만 다신 도수를 만나고 싶지 않대. 자리를 피하고 석이 혼자 있을 거야."

탁은 놀라서 입을 다물지 못한다.

"도수가 아내를 얼마나 그리워했는데……."

"그랬어? 두 사람 일을 우리가 어떻게 알겠어. 어서 가지."

렴민이 우산을 펴며 대문을 나선다.

4

흩어진 가족

*

탁의 마음은 폭우보다 더 거세게 요동친다. 혹시, 했는데 도수를 이곳에서 만나게 된다니, 실감이 나지 않는다.

횡령한 거액을 들고 이곳으로 도망쳐 와서 가족과 살겠다고 작정했단 말인가. 희명은 오래전 렴민의 여자가 된 듯한데 그렇다면 도수는 어떤 아내를 찾아 여기까지 왔단 말인가. 도수는 낙동강 오리 알 신세가 되는가. 여러 생각에 사로잡힌 탓에 비바람 속에서도 화끈거리는 얼굴이 식지 않는다.

도수가 사라지고 한 달 뒤, 언론은 그가 중국의 한 호텔에서 사라졌으며 그곳에서 북한으로 간다는 말을 들었다는 증인이 있다고 보도했다. 그가 실종되었을 때 북한 식당에서 그를 보았다는 증언도 잇달았다. 언론은 그가 지난 10여 년 동안 사업을 핑계로 북한과 거래를 해왔을 가능성도 흘렸다. 확실한 것은 없었다. 추측성

바람이 불어오는 날

기사가 이어졌고 피해자들과 그를 믿었던 언론인들만 애간장이 탔다. 도수가 사라진 뒤 피해자가 할 수 있는 일이 거의 없었다. 도수가 운영하던 공장으로 몰려가든가 그가 살던 아파트로 찾아가는 것이 고작이었다. 어디도 문이 열리지 않는 곳이었다. 그때 탁은 얼마나 혼란스러웠던가. 이를 갈며 분개하면서 도수의 정체를 알아내기 위해 몸부림쳤다.

탈북민을 파탄 낼 작정을 하고 들어온 간첩이었나. 사기성 투자금을 끌어들여 기업을 하다가 망한 사업가인가. 처음부터 거액 횡령을 목적으로 쇼를 벌인 것인가. 여러 경우의 수를 놓고 밤잠을 설치던 날들이 떠오른다. 그토록 수령의 3대 세습이 끔찍하다더니, 이곳으로 돈을 싸 들고 와서 당에 바쳤다니. 탁은 어금니를 악다물어도 자꾸만 치가 떨린다.

비바람이 우산을 다 날려 보낼 정도로 거세진다. 우산을 쓰고도 얼굴과 온몸이 다 젖는다.

"렴민 동무, 어디 가오?"

폭우에 가려져 보이지 않던 보안원이 골목 어귀에서 불쑥 나오더니 검문하듯 묻는다.

"탄광전문학교 다니는 석이가 휴가 나온다고 해서 가는 길이네."

"그렇소? 당분간 조심하오. 밤늦게 돌아다니는 사람을 단속하라는 지시가 내렸소. 국경 마을에 두 가족이 도강하다가 또 잡혔소. 저녁에 어슬렁거리는 자들을 잡아들이라고 해서 밤새 감시에 들어갈 거요."

"수고 많네. 당에서 며칠 동안 국경 쪽 경비를 강화한단 말은 이미 들어서 알고 있네."

"당에서 온 보위원도 깔렸으니 당분간은 강 쪽으로 얼씬도 마오."

보안원이 거듭 당부하더니 골목 어귀로 돌아가서 보초를 선다.

*

"석이 왔나?"

렴민이 인기척을 내자 한참 만에야 문이 열린다. 도수를 빼닮은 스무 살가량 되어 보이는 청년이 나온다.

"잘 지냈어?"

반항기 가득한 눈빛이 예사롭지 않다.

"인사해. 이 사람은 네 아버지를 잘 아는 사람이야."

"내겐 아바이가 없소."

석이는 탄광촌이라는 폐쇄된 곳에 있어서인지 유독 사투리 억양이 강하다.

"없는 게 아니라 실종됐던 거지."

렴민이 정정해준다.

"어마이가 어릴 때부터 말했슴다. 아바인 죽었다고."

"아니라니까. 곧 아버지가 올 거야. 이분은 아버지와 중국에서 같이 사업하던 분이니까 궁금한 거 있으면 물어봐."

탁은 렴민이 눈짓하는 대로 방으로 따라 들어간다.

"아버지가 당에 돈을 바쳐서 북조선을 배신한 죄를 탕감 받았어. 당분간 감시를 하겠지만 큰돈을 당에 바쳤으니 영웅 대접 받을 거야."

"아바이 같은 거 필요 없다 말임다."

다혈질이고 직설적인 말투도 도수와 똑같다.

"아버지가 아들 이야기를 입에 달고 다녔어. 고향 가면 꼭 아들을 대학에 보내겠다고 돈도 악착같이 벌고."

"일없슴다. 난 바로 떠날 거임다."

"떠난다니, 어디로?"

"아바이가 이곳에 왔다니 내가 떠날 차례임다. 아바이가 오면 난 두만강을 건너 여길 아예 떠날 것임다. 아바이와 같은 데서 살기 싫슴다. 탄광 일도 끔찍했는데 잘됐슴다. 떠난 사람들이 다 돌아왔으니 이제 내가 떠나면 그만임다."

석이가 흥분을 가라앉히느라 잠시 말을 멈추고 가슴에 응어리진 것을 꺼내놓으려는 듯 숨을 고른다.

"엄만 어쩌고."

"내가 누굴 걱정할까? 아바인 죽어가는 동생과 우리 가족을 다 두고 도망간 주제에. 어마이도 마찬가짐다. 삼 년도 넘게 나를 버려두고 중국으로 떠났다가 돌아왔으니. 이제 내가 강을 넘을 차례임다."

"그래도 결국은 부모님이 모두 돌아왔잖아. 여기가 고향이니까. 다른 데 가서 잘 산다 해도 고향을 잊을 수도 버릴 수도 없으니까.

넌 여기서 제대로 살아야지. 제대로 살 수 있게 변화시켜야지. 모두 이곳을 떠나면 남은 사람들은 어떻게 되겠나?"

"여길 도망치는 게 능사가 아니라고 말했습까? 그래서 나한테 무슨 말을 하고 싶은 것임까?"

석이의 기세가 수그러들지 않는다. 탁은 렴민과 대화하는 석의 모습을 물끄러미 쳐다본다. 도수가 말하던 아들의 작고 연약한 모습은 어디에도 없고 직접 만난 석이란 아들은 도수보다 강단 있어 보이는 반골 청년이다.

"여길 제대로 바꿔야 한다고 했습까? 웃기는 소리 그만합서. 여길 누가 바꾼단 말임까? 누가 여기에서 반기를 든단 말임까? 반기를 들면 일가족이든 친척이든 다 끝장나는데, 우린 여기서 할 수 있는 일이 하나도 없습다."

석은 렴민에게 대들듯, 화풀이하듯, 속마음을 쏟아낸다.

"그건 그렇다 쳐도 아버지를 부정한다고 해도, 만나야 해. 명심해. 아버지가 널 보고 싶어서 목숨 걸고 돌아왔다는 걸."

"당위원이 나더러 아바이 만나고 오라 명령했으니 만나려고 온 것이지 사실은 도망치고 싶다. 얼굴도 보기 싫습다."

석이의 작은 얼굴이 미움으로 터질 듯 붉게 타오른다.

"어마이에게 술 사 오라고 소리치던 아바이가 부끄러웠습다. 텃밭 일도 논밭 일도 어마이가 해왔습다. 그때 아버지가 나하고 눈이 마주치면 뭐라 했는지 암까? 넌 왜 웃지 않니? 그렇게 물었습다. 사라지기 전에 마지막으로 한 말이 뭔지 암까? 이제 웃지 않아도 된다. 웃기지 않은데 꼭 웃고 다닐 필요 없다. 그랬슴다."

석이가 일어선다.

"저, 바람 좀 쐬고 오겠슴다. 머리가 빠개질 거같이 아파서 말임
다."

석이가 대문을 나선다.

"저런! 내가 가서 석이를 돌려보낼게."

"돌아올까요?"

"그럼. 아버지가 왔다는데…… 석이는 돌려보내고 난 집에 가
있을 테니 도수 만나고 와."

"왜 같이 안 있으시고?"

"탁 동무가 도수 만나는데 내가 없는 게 낫지? 나야 언제든 도수
만날 수 있을 테니까 자리를 비켜줘야지."

렴민이 탁의 어깨를 툭 치며 일어나서 석이를 찾아 나선다.

*

폭우가 진정되었으나 바람은 여전히 거세다. 나무들이 바람 불
어오는 곳으로 휘어져 곧 꺾일 듯 휘청댄다. 창고 문도 바람에 덩
달아 덜컹거린다. 모두 나가고 없는 방에서 한동안 마당을 내다보
며 석이든 도수든 나타나기를 기다린다.

이윽고 석이가 젖은 몸으로 들어온다. 물기가 방바닥에 흥건히
떨어져서 수건으로 연신 닦아낸다. 젖은 카키색 웃옷이 등허리에

들러붙어 있는 것을 마른 수건으로 닦아준다. 등은 하도 말라서 척추의 뼈마디가 그대로 드러난다. 탁은 두고 온 중학생 아들을 대하는 듯, 콧등이 시큰하다.

석이는 불안한지 손마디를 꺾거나 두 손으로 머리카락을 감싸 쥔다. 감성적인 얼굴은 희명을 닮았고 냉정하고 차가운 인상의 도수와는 사뭇 다른 분위기를 풍긴다.

"아버지 만나면 무슨 말부터 할지 생각해봤어?"

"왜 왔냐고."

"그리고?"

"왜 우릴 버리고 떠났냐고."

"……."

"하지만 아임다. 사실은 하나만 말할 거임다."

"뭔데?"

"다신 날 찾지 말라고."

석이의 말 너머에 다른 말이 보인다. 도수에 대한 분노의 감정이 껍질을 벗고 그 너머로 부재했던 아버지에 대한 그리움이 머리를 내밀고 있다.

*

도수가 오기를 기다리는 동안 똬리를 틀고 머리를 빳빳이 세우며 혀를 날름대는 독사 같던 도수가 어떻게 변해서 나타날지 궁금

바람이 불어오는 날

하다. 서늘하고 끈적대는 뱀 껍질 같은 피부를 가진 도수. 대화를 시작하면 상대방의 마음을 꿰뚫어 보겠다는 듯 강렬한 눈빛을 쏘아 보내던 도수.

대문 열리는 소리가 나더니 도수가 들어온다. 그의 옆에는 한 남자가 따라붙는다.

"담당 보위 지도원이 같이 왔어요."

"그래? 난 자리를 피해줄게. 아버지를 만나는 자리니까."

탁은 보위 지도원이 같이 왔다는 말에 재빨리 다락으로 올라가 숨는다. 다락문 틈으로 도수의 움직임이 보인다. 마당에서 동행한 남자와 한참 동안 이야기를 주고받은 뒤 무언가를 건네주더니 남자를 돌려보낸다. 상체를 약간 건들거리며 걸어오는 검은 점퍼와 얼룩무늬 군복 하의를 입은 도수에게 예전의 모습을 찾아볼 수 없다. 회장님으로 불리던 때, 아우디 승용차를 몰고 다닐 때, 흰 와이셔츠에 빨간색 넥타이를 맨 정장 차림일 때, 손가락에 큼직한 반지를 끼고 있을 때, 그때의 도수는 어디에도 없다. 오랫동안 소원하던 아들을 만나러 온 사내답지 않게 두 볼이 움푹 팰 정도로 초췌하다.

"석이냐? 아비다."

다락의 모서리에 바짝 붙어 앉아서 문틈으로 두 사람을 살핀다. 석이는 오랜 이별의 공백을 무슨 말로 메워야 하는지 모르는 것처럼 눈만 끔벅이고 있다. 도수가 헛기침을 몇 번이나 쏟아낸다.

"너무 늦게 와서 미안하다."

"……."

"고생 많았지? 탄광전문학교는 이제 그만해도 될 거다. 당에서 조처해준다고 약속했다."

아버지로서 할 만큼 했다는 자부심이 묻어나는 목소리다.

"그 말을 믿을까?"

"보위부에서 조사를 다 받고 이제 나왔으니 널 위해 뭐든 해줄 수 있어. 당에 공을 세웠으니까 앞으로 얼마든지 네가 하고 싶은 걸 할 수 있게 됐단 말이다."

준비해 온 선물 보따리를 풀어내듯 말한다. 석이에게 그동안 자신이 얼마나 많은 돈을 벌었으며 이곳에 얼마나 오고 싶어 하는지 말하는 목소리가 떨린다.

"이제 내가 말해도 됨까?"

"그래. 말해라. 얼마든지."

"그동안 벙어리처럼 살았슴다. 조심조심하면서……. 이제 마음을 잡을 만하니까 또 불쑥 나타남까?"

"이젠 고생 끝이라고 했잖아."

"나한테 감시하는 사람이 더 붙은 거 모름까?"

"그게 무슨 말이야?"

"내 친구 아버지도 사라진 뒤 돌아왔지만, 그 가족이 하루아침에 보위부 차에 끌려간 뒤 소식이 없슴다. 하지 말아야 할 말을 떠들었다고 붙잡아 갔슴다."

"그건 우리가 조심하면 되는 거야."

바람이 불어오는 날

"소용없슴다. 걸려들게 되어 있으니까."

"아니라니까. 글쎄……."

"탄광 일하게 만들어놓고 이제 날 수용소에 끌려가게 만들려고 함까? 다시는 아바이 때문에 피해 보고 싶지 않슴다. 그러니까 난 인제 그만 가봐도 됨까?"

"어딜?"

"상관하지 맙서, 예?"

"널 만나러 왔는데 어떻게 상관하지 않겠니."

"여기서 정말 살 수 있을 거라고 생각함까?"

"당연하지. 내 아들을 두고 또 어디로 가서 산단 말이냐?"

"……."

"네 마음을 모르는 건 아니야. 내가 밉겠지. 하지만 한시도 널 잊은 적이 없어. 그동안 난 이곳으로 돌아오려고 별짓을 다 했거든. 돈을 모을 수 있다면 무슨 짓이든 했어. 넌 어려서 내가 가져온 돈으로 뭐든 할 수 있고 잘 살 수 있게 된 걸 아직도 실감 못 하는 거야. 네가 마음만 먹으면 넌 대학도 갈 수 있어."

"돈 벌기 위해 무슨 짓이든 했다니. 그게 자랑임까? 나더러 여기서 잘 살자고 했슴까? 내가 그렇게 시시한 놈 같슴까? 여기가 어떤 곳인지 십 년 동안 완전히 잊어서 그런 말이 나옴까?"

"그래. 난 고향에서 가족하고 같이 살고 싶어."

"가족? 다 버리고 가더니 가족이라고? 난 아바이 없슴다. 내 아바이는 없단 말임다."

도수의 손이 석이의 **뺨**을 후려친다.

"당신이 뭔데? 머저리같이! 우리 아바인 내가 어릴 때 죽었습다. 나한테 이래라저래라 하지 맙서. 나도 알 건 다 암다."

"내가 얼마나 널 그, 그리워했는데……."

"그리워했다고 하지맙서, 예? 십 년이나 사라졌다가 나타나서 그리웠다고?"

"……."

"거지처럼 더럽게 남의 것을 먹고 살지는 않아야 한다는 것. 강도처럼 남의 것을 훔치지는 말아야 한다는 것. 살인자처럼 남을 죽이지 말아야 한다는 것. 그런 것 정도는 아는데, 그렇게 많은 돈을 벌어 왔다면 그건 훔치지 않고는 불가능하다고 했습다. 다들 수군대고, 또 내게 그렇게 대놓고 말했습다. 훔쳐 왔을 거라고."

"대체 누가 그런 소릴 해?"

도수의 목소리가 떨린다. 분노인지 슬픔인지 알 수 없다.

"먹고 사느라 삼 년 동안 막노동을 했어. 돈 벌 자유와 돈 벌지 않을 자유밖에 없었으니까. 일에만 매달려서 살았어. 그때 어떤 생각이 든 줄 알아? 뭘 해도 이상했어. 감시받고 시키는 대로 하는 게 익숙해 있어서 적응하기가 힘들었어. 여긴 감시해서 사람을 힘들게 하는 곳이고 마음껏 능력을 펼칠 수도 없는 곳이지만 내가 살았던 곳은 달랐어. 감시도 없고 자유롭고 돈 벌고 싶으면 얼마든지 벌 수 있는 곳이었어. 그래도 여기로 돌아왔어. 오직 너와 네 엄마가 그리워서. 죽을 때까지 같이 살고 싶어서. 브로커를 보내서 남으로 오라고 해도 네 엄마도 너도 오지 않겠다고 했지. 그래서 내가 어떻게든 여기로 돌아올 수밖에 없었어. 그런 나를 두고, 뭐라고?"

"돌아가오. 그렇게 좋은 곳이면 말임다."

도수가 더는 말을 잇지 못한다. 다락문 틈으로 석이와 그 맞은편에 앉은 도수의 왼쪽으로 약간 휜 것같이 삐뚜름한 등허리가 무너질 듯 위태로워 보인다.

"이거면 우리 식구는 이제 돈 걱정 없이 살 수 있어."

도수는 주머니에서 꺼낸 돈을 방바닥에 내려놓는다.

"난 당에 거금을 바쳤어. 여기서 난 영웅 대접 받으며 살게 될 거야. 너도 하고 싶은 걸 다 할 수 있어. 이제는."

석이가 일어선다. 도수가 손을 잡자 석이는 도수를 밀어버린다. 도수가 나뒹굴더니 나가려는 석이의 다리를 잡는다. 석이가 달아나려고 하고 도수는 붙잡으려고 하느라 두 사람이 엎치락뒤치락한다. 화가 난 석이가 도수의 몸 위로 올라탄다. 도수는 석이의 몸 아래에 깔려서 버둥댄다. 석이가 도수의 목을 조르자 도수가 곧 숨이 넘어갈 것처럼 캑캑댄다.

"다신 날 찾지 말란 말임다! 알겠슴까?"

석이는 짐승처럼 울부짖는 소리를 낸다. 폭탄처럼 품고 있던 분노를 도수에게 남김없이 던질 기세다. 내버려뒀다가는 도수의 숨이 넘어갈 듯해서 탁은 앞뒤 가리지 않고 다락에서 튕겨 나온다. 도수의 목을 조르고 있는 석이의 손을 억지로 떼어낸다. 석이는 탁을 보자 제정신으로 돌아온 듯 목을 조르던 손을 내려놓는다. 도수는 바닥에 머리를 대고 두 손으로 목을 만지며 숨을 몰아쉰다. 통증 때문이 아니라 아들에게 당한 뒤 넋이 나간 듯하다. 석이는 도수를 위로해주기는커녕 뒤돌아보지 않고 곧장 대문 밖으로 뛰어나간다.

*

"꼴좋군."

그제야 도수는 탁을 알아본다. 입을 다물지 못하고, 도무지 실감이 나지 않는다는 표정으로 도수는 탁을 멀거니 올려다본다.

"여긴 어떻게……."

참았던 분노라면 도수의 얼굴을 주먹으로 갈겼을 것이다. 도수의 코와 입에서 피가 흘러내려도 짓밟아줬을 것이다. 아들에게 당한 도수의 처량한 모습만 보지 않았어도 무슨 짓을 했을지 모른다.

"혼자 살겠다고 기어 올라와? 이렇게 도망치면 끝날 줄 알았지? 끌고 가서 꼬락서니를 보여줘야지. 돈도 다 토하게 만들고."

"……."

"내가 죽기 전엔 도망칠 수 없어. 알겠어?"

엎드려 있던 도수가 일어나 앉으며 소매와 옷깃을 바로 한다. 지금 상황을 이해할 수 없다는 듯 눈을 껌벅인다. 모든 것을 체념한 사람처럼, 아무 일도 중요하거나 놀랍지 않다는 듯, 무표정으로,

바람이 불어오는 날

힘겹게 벽에 몸을 기댄다.

"나를 만나러 여기까지 왔다? 좋아. 이 정돈 돼야 탁 기자라 할 수 있지. 무사히 돌아갈 수는 있겠나?"

"돌아가는 거, 걱정한 적 없어. 널 끌고 갈 생각뿐이지."

"확실히 머저리야. 머릿속에 뭐가 든 건지 모르겠네. 중요한 건 안 중요하다고 하고 안 중요한 건 중요하다니, 도대체 말이 통해야지. 세상이 제멋대로 된다고 설치고 세상이 얼마나 무서운지 몰라. 주먹 한 방이면 나가떨어질 것들이 잘도 나불대지. 무식하면 용감하다고, 여기가 어디라고 와? 목숨이 몇 개나 되나?"

"……."

"그나저나 아래쪽 사람들은 잘 지내?"

"빚더미에 올라서 죽지 못해 살아. 생활고로 이혼당한 여자도 있고. 항의하고 데모하고 난리야. 이렇게 도망치면 그 사람들 다 죽으란 거야?"

"아래쪽은 기회의 땅 아닌가? 뭐든 해 먹고 살 텐데?"

"김수희 씨가 죽었어. 자살."

"저런!"

"네놈이 그 사람들 살아갈 희망을 거덜 냈다고!"

도수는 또 한 개비의 담배를 피운다. 무표정하게 허공을 보고 담배 연기를 뿜어댄다. 한 번도 본 적 없는 표정이다. 한때 도수는 거드름을 피우는 회장이었고 뱀처럼 건너다보면서도 차갑고 서늘한 느낌을 주는 사내였다. 북한에서 만난 도수는 수더분한 노동자 같은 태도로 납작하게 자신을 내려놓고 있다. 고향으로 돌아온 그는 더 자신을 미화할 필요도, 과장할 필요도 없어진 듯하다.

"누가 뭐래도 횡령할 수 있게 도와준 것은 자네야. 자넨 사죄하고 온 건가, 아니면 도망친 건가?"

도수는 탁이 딱하다는 듯 혀를 찬다. 탁은 도수에게 물었다. 처음부터 이렇게 도망칠 작정이었나. 처음부터 탈북민을 망가뜨릴 작정으로 그들의 돈을 빼돌렸나. 기업을 키워서 탈북민을 돕겠다는 말은 모두 거짓이었나. 질문이 이어졌으나 도수는 고개만 젓는다.

"같이 국경을 넘자고. 어차피 석이도 돌아올 것 같진 않으니까. 강 건너가서 속죄하고 죗값을 받아야지."

"속죄? 그 사람들이 나한테 당했다고만 생각해? 아니지. 애초에 자기들이 자초했네. 다 자기들 욕망 때문에 그렇게 된 거지. 이미 다 알고 있었다니까. 어디까지 욕망하는 게 득이 되고 어디부터는 치명적인 독이 될지를. 대다수 사람은 알아서 절제하며 아슬아슬하게 그 경계를 넘어서진 않아. 내게 당한 자들은 욕망에 눈이 어두웠던 벌을 받은 거야."

"무슨 궤변이야."

"남쪽 사람들은 대체로 그렇게 살지 않아? 여기서 넘어간 자들도 그렇게 살게 된 거고. 자기 얼굴을 잊고 욕망을 좇아 헤매다 지쳐 쓰러져 잠드는 곳. 그들이 나와 손잡은 이상 대가도 각오했을 거야. 사랑도 그렇잖아. 달콤하다고 빠져들다가 오랫동안 쓰디쓴 맛

을 보잖아. 하도 써서 달콤했던 적이 없었던 것처럼 말하지만 그건
아니지. 안 그래?"

"무슨 소릴 하는 거야. 남을 기만하고 횡령해서 도망친 주제에
잠꼬대 같은 소리나 하다니."

"난 여기서 살 사람이니까 못 본 거로 하고 어서 도망쳐. 더 머뭇
거리다간 영영 이곳에서 못 나가."

"뭐?"

"우정으로 해주는 말이니까 내 말 들어. 가서 아들하고 아내 만
나야지. 너무 늦게 돌아가서 내 꼴 되지 말고."

도수는 담배를 마저 태우면서 눈을 느리게 감거나 뜨곤 한다.

"그나저나 어떻게 이 집엔 찾아온 거지?"

탁은 렴민의 집에서 지내다가 도수를 만나러 온 과정을 대충 들
려준다. 지금은 렴민의 집에 숨어 있다고 하자 도수의 눈이 휘둥그
레진다.

"희명이와 렴민이 붙어 지내던가?"

"글쎄, 난 모르지."

"렴민이 추월리로 추방당한 뒤 사람들이 달라졌지. 희명이도 마
찬가지였어. 뭘 하는지 그 집을 들락거렸지. 그땐 사는 게 귀찮을
때였으니까 신경 안 썼지. 렴민을 추앙하는 분위기가 싫었지. 십
년 만에 돌아와도 여전한가 보네. 아니, 더 심해졌겠지."

도수가 고개를 떨어뜨린다. 북에 두고 온 아들이 얼마나 자신을
닮았는지, 아내는 얼마나 예쁜지 늘 자랑했지만 돌아오니 잘났던

아들도, 곱던 아내도, 없다고 한다.

"잘됐네. 돌아갈 이유가 충분해. 이제 가족들에게 미안할 필요도 없잖아. 강을 넘어서 피해자들에게 돌아가."

"난 안 가. 절대로."

그가 단호히 말한다.

"처음엔 그곳으로 내 가족을 불러들일 작정이었지만 아내도, 아들도 안 나오겠다고 해서 이렇게 된 거네. 보고 싶은 사람이 있고 죽으면 날 묻어줄 아들이 있어서야. 그런데 왔더니, 여기도 나 혼자라니."

도수는 처량하게 중얼거린다. 그를 끌고 강을 건너려면 무슨 말을 해야 할지 궁리해보지만, 선뜻 떠오르지 않는다. 강을 건너는 것이 더 좋은 선택이라는 것을 설득시켜야 하는데 그의 축 늘어진 어깨 탓에 말도 꺼내지 못한다.

＊

기척도 없이 갑자기 방문이 열리더니 군인 두 명이 모습을 드러낸다.

"석이가……."

군인 한 명이 숨을 몰아쉰다.

"석이가 왜?"

도수가 방에서 나가며 다급히 묻는다.

바람이 불어오는 날

"우리 차에 태워 밤 아홉 시까지 탄광전문학교로 데리고 가야 하는데 아직 나타나지 않고 있습니다. 오 분만 바람 쐬고 오겠다고, 그때 출발하자고 부탁하더니 한 시간이 지났는데……."

"그럼 석이가 어디로 갔단 거요?"

"그걸 모르니 우리도 환장하겠습다. 빨리 찾아서 데려다주지 않으면 우리가 큰일 치릅니다. 어디로 간단 말은 없었습까?"

"조금 더 기다려보오. 우리 석이가 어디로 도망이라도 쳤겠소? 어디로 도망을 칠 데가 있기나 하냔 말이오."

"도망치지 않았다면 왜 한 시간이 지나도 돌아오지 않는단 말이오?"

군인의 목소리에 화가 잔뜩 실려 있다. 도수는 당황한 듯 일어서서 밖으로 나간다.

"같이 찾아봅시다. 그럼!"

도수가 군인을 따라 상체를 흔들며 집을 나선다. 탁이 방에 남아 있다는 것도 잊은 듯. 탁은 도수가 돌아올 때까지 기다렸으나 감감무소식이다. 새벽이 되어서야 탁은 렴민의 집으로 돌아온다.

5

추방당한 남자

*

탁은 렴민에게 석이가 어디론가 사라졌다는 말을 전한다. 렴민은 검지로 안경을 올린 뒤 생각에 잠겨 한동안 반응이 없다.

"석이는 돌아오지 않을 거야."

"네?"

"석이는 눈치챘겠지. 도수가 돌아온 게 자기에게 불리한 일이라고. 도수가 실종된 뒤 석이가 겪은 고생이 말도 못 하거든. 실종자의 아들이란 게 얼마나 끔찍한지 겪어보지 못한 사람은 몰라. 사상적으로도 늘 의심받고 분주소로 툭하면 불려가고, 그 시간을 버텨서 이제 머리가 굵었는데 도수가 아버지라고 불쑥 나타났으니 석이 마음이 혼란스러웠겠지. 또 어떤 시련이 닥칠지 모른다는 공포를 느꼈을 거야."

"그 정돕니까?"

"석이만 이곳을 못 견뎌 하는 게 아닐 거야. 도수 역시 결코 여기서 살 수 없어. 강을 건너 나갈 수밖에 없을 거야. 혹시라도 도수가 여기서 입 다물고 당이 시키는 대로 해도 도수의 눈빛도, 도수의 행동도, 여기 사람과 예전처럼 섞일 수 없을 거야. 도수가 거금을 가져와서 당장은 영웅 취급 받겠지만 이미 거금이 당에 넘어갔으니 도수가 쓸모없어질 거야."

"……."

"도수도 눈치챘겠지. 머리가 워낙 빨리 돌아가니까."

"눈치 빠른 건, 능가할 자가 없죠."

렴민과 이야기를 주고받다가 문득 이상한 생각이 들었다. 렴민이 스스럼없이 자신의 속마음을 드러내는 의도가 수상했다.

"이런 이야기를 나 같은 외지인에게 쉽게 말해도 되는 겁니까?"

"좀 수상한가? 여긴 내막을 모른 척해야 살아남는 곳인데 말이지."

탁은 얼떨결에 고개를 끄덕인다.

"탁 동무도 내게 내막을 털어놔 봐. 정체가 뭔지."

"네?"

"사실은 도수에게 다 들었어. 도수와 처음 통화한 날 다 들었다고. 탁이란 자를 아느냐고 물었더니 술술 다 불더군."

"그래서 저를 집으로 데려간 겁니까?"

"당연하지. 그런 내막도 모르고 내 집에서 지내게 하고 도수를 만나게 도와줬겠어? 더군다나 내 친척이라 하고? 알 만큼 다 아니까 이제 날 속이려 들지 마."

"다 알면서 왜 저를?"

"사실 난 탁 동무 같은 자를 기다렸거든."

"네?"

"우리에게 와서 우리를 보고 갈 사람. 우리가 어떻게 사는지, 있는 그대로 세상에 고발해줄 사람. 우리를 보고 간 사람들 대다수가 떠들다가 테러라도 당할까 봐 가이드라인을 치고 말하잖나? 탁 동무는 우리 이야기를 적나라하게 보고 가서 사실 그대로 전해주지 않겠나? 기자답게, 다른 기자들과는 달리."

"그건⋯⋯."

"하하. 뭘 그렇게 쫄아? 여기도 다 사람 사는 데고, 나도 피가 도는 인간이야. 이렇게 만난 것도 인연 아닌가? 돌아가면 다시 오기 어려운 곳이 여기잖아. 많이 보고 듣고 가. 아주 재밌는 일도 많이 겪게 해줄 테니까. 잘 보고 가서 증언해달란 말이야."

"그런 의도로 온 게 아닙니다. 다만 저는⋯⋯."

"그럼 의도를 이제부터 바꿔. 내가 시키는 대로. 하하."

"가야 할 날짜가 다 되어서, 오래 머물 수 없습니다."

"우리 조직이 무사히 국경 넘게 해줄 테니까 다른 계획은 다 잊어. 그리고 앞으로 마을이 좀 어수선할 거야. 당분간 국경 넘는 것도 어려울 거고. 지금 같은 비상 상태가 한참 갈 거야. 그게 풀려야 누구든 넘어갈 수 있어."

"⋯⋯."

바람이 불어오는 날

"사실 우리가 하던 일이 연이가 죽는 바람에 많이 꼬였거든. 연이가 죽자 기철이가 매일 술을 마시고 망가지고 있어. 감정적으로 되어서 어떤 일을 벌일지 조마조마하거든."

"……."

"탁 동무는 내 집에 들어온 이상 내가 시키는 대로 움직여야 살수 있어. 지금 상황에서 혼자 두만강을 건널 수도 없지만, 그렇게 해서도 안 된다는 말이야. 내가 알아서 보내줄 테니까 그때까지 머물러. 그러면서 내게 쓸모 있는 사람이 되어주면 더 좋고."

"쓸모 있는 사람? 그건 또 무슨 말입니까?"

"차차 알게 될 거야. 나를 믿어봐."

갈수록 알 수 없는 말이다. 이러다가 이곳에서 잘못 엮이는 건 아닌가 싶다.

"제게 약속을 하나 해준다면 고려해보겠습니다."

"약속? 일단 말해봐."

"도수가 횡령해서 여기로 도망쳤고 제가 붙잡으러 온 것은 사실입니다. 어떻게든 도수를 붙잡아 함께 강을 건널 겁니다. 혼자 돌아갈 거라면 목숨 걸고 들어오지 않았을 겁니다. 저들이 도수를 내쫓으려고 혈안이 되어 있다니 나로서는 반가운 일이지만 도수가 결심할지는 알 수 없으니 그게 문젭니다. 석이가 중국으로 건너갔다 해도 희명을 포기하고 강을 건널까 싶기도 하고. 그러니 도수를 설득시켜서 저와 함께 강을 건너게 해준다고 약속해 주십시오."

"그러지."

의외로 렴민은 선뜻 대답한다. 자신감에 넘치는 말투다.

"기다리고 있어. 내 지시가 떨어질 때까지. 반드시 함께 가도록 해줄 테니까. 도수가 여기 있으면 우리 추월리가 위태로워져. 보위부가 사방에서 도수를 감시하고 다니니 추월리 사람들도 부담스러운 일이 늘어날 거야. 내 힘으로 안 되면 희명이에게 설득하도록 부탁해봐야지. 희명이 말은 더 잘 들을 테니까."

*

"난 추방자야. 일만 터지면 당 중앙 보위부에서 나와서 전과자 조회하듯 나부터 조사하거든."

"언제 여기로 추방당한 겁니까?"

"십 년이 되어가. 또 추방되면 수용소겠지. 여기보다 더 오지로 보낼 리는 없고. 말이 정치범 수용소지, 거기 한 번 들어가면 일하다가 병들거나 늙어 죽을 때까지 사는 데야. 추방되던 때를 생각하면 아직도 자다가 벌떡 일어날 정도야."

렴민은 잠시 허공을 바라보고 생각에 잠긴다.

"내 이야기 좀 들려줄까?"

"그렇지 않아도 궁금한 게 많습니다."

"오지인 산골로 추방되자 두렵고 떨렸지. 당장이라도 나를 추방했던 군인들이 나타나서 공개 처형장으로 끌고 갈 것 같았으니까. 새벽, 학교 기숙사에서 불려 나갔더랬지. 복도로 나가니 두 명이 한꺼번에 포위하더니 내 팔짱을 끼고 끌고 갔어. 학교 복도를 지나니 밖에 지프가 대기해 있는 거야. 어디로 가는지, 누군지 물어도 대답해주지 않고 차는 한나절을 달렸지. 요깃거리도 주지 않았어. 양옆에 앉은 두 명의 병사와 차를 운전하는 군복을 입은 남자 역시 눈짓 한 번 없었으니까. 밤중이 되어서야 차가 멈추더니 끌어 내렸어. 얼마나 어리둥절했겠어?"

"······."

"아버지가 반동 짓을 저질렀기 때문이라는 말만 들었어. 가족을 만나지도 못하고 이곳으로 왔는데 아버지가 어떤 반동을 저질렀는지 말해주지 않으니 환장할 노릇이었지. 어머니와 여동생도 잡혀갔는지 어찌 됐는지 아직도 몰라. 나중에 들은 소문으로는, 내가 추방된 뒤 우리 가족은 모두 어디론가 끌려갔다는데 거기가 어딘지도 몰라. 수소문해도 봤다는 사람이 없으니 이미 이 세상 사람이 아닐 수도 있어."

렴민의 목소리가 힘없이 가라앉는다.

"거의 한 달 동안 잠을 설치고 벽에 기대앉아 보냈어. 나중에 들리는 말에 의하면 내 조부가 조국 독립을 위해 앞장선 공로 덕분에 그나마 내가 제거당하지 않고 여기로 추방되었다고 했어."

"아버지가, 문제 될 일을 하던 사람이었습니까?"

"글쎄, 문제 될 일이라면······. 어디서 모여든 사람인지는 말해주지 않았지만 대여섯 명이 한 달에 몇 번씩 첩보 작전을 방불할 정도로 비밀리에 모였다고 했어. 생활총화를 하는 것처럼 위장해서 몰래 금서를 읽었다니 위험천만한 일이었지만 아버지는 두려움을 넘어선 분이었어. 누군가는 목숨 내놓고 해야 할 일이라고 했지. 아버지 말로는, 대수롭지 않게, 서방에서 가져온 책을 돌려보는 정도라고 했지. 그런 책도 못 보게 하는 독재자에게 울분을 터뜨린 적도 있었지. 물론 내 앞에서만 그랬지만 말이야."

"서방에서 가져온 책이라면 소설이나 뭐 그런 겁니까?"

"여러 종류였겠지. 이곳은 책을 구하는 일이 자유롭지 않으니까. 어릴 때 딱 한 번 아버지의 심부름으로 그 장소에 간 적이 있어. 아버지가 서류 봉투를 챙겨 가지 못했다고 내 책가방에 넣어서 가져다 달라고 했지. 나는 무서웠지만 시키는 대로 했어. 그때 모여 있던 사람들이 뭘 하는지 알 수 없었지만 그들의 열기는 얼마나 후끈했는지, 아직도 그 방에 감돌던 분위기와 열띤 목소리가 생생하게 느껴져."

"……."

"내게 당에서 대학에 입학해도 좋다는 허가가 떨어지자 아버지는 나를 붙들고 말했지. 다음은 네 차례라고. 조부가 당신에게 그랬듯이, 이제는 네가 해나갈 차례라고. 난 그것이 무엇인지 묻지 않았지. 겁이 났거든. 아직 어릴 때였으니까. 금지된 것을 사람들에게 알려주라는 거구나, 막연히 알아챘지만, 자신은 없었어. 그러면서도 눈물이 글썽한 눈으로 나를 안쓰럽게 쳐다봤지. 언젠가는 이런 일을 하지 않아도 될 날이 왔으면 좋겠다. 너는 그런 세상 만나서 살았으면 좋겠다. 그러던 아버지가 내가 대학에 들어간 지 얼마 되지 않아서 결국 붙잡힌 거지."

그제야 탁은 렴민에 대해 조금이나마 알 수 있었다.

"나도 곧바로 이곳으로 추방당해서 협동농장에서 일했어. 노동하고 있을 때가 되려 맘이 편했어. 퇴근해서 쉬거나 잘 때가 더 섬뜩하고 무서웠어. 누구라도 문을 열고 팔짱을 끼고 데려갈 거 같아서. 동네 사람들은 누구도 나를 가까이하지 않았어. 추방자와 어울려도 탈이 나니까."

렴민은 추방당했던 첫 일 년이 인생에서 가장 긴 시간이었다고 말하면서 몸서리친다.

"잘 들어봐. 우리한테는 절대 쓸 수 없는 금기어가 있어. 투쟁이란 말. 평생 한 번도 입 밖에 못 내놓은 말이지. 하지만 조부는 조국의 독립을 위해 투쟁했고, 아버지는 학문의 자유를 위해 투쟁했어. 한순간도 쉰 적이 없었지. 죽기를 각오하고 투쟁했던 거야. 이제는 내 차례지."

렴민은 심각한 이야기를 끝낸 뒤, 너무 심각한 표정 짓지 말라면서, 탁의 어깨를 툭 친다.

*

탁이 부엌에 들어가니 희명이 손님상을 차리는 중이다. 허 씨라는 노인이 렴민과 저녁 식사를 같이하기로 했다는 것이다. 허 씨 노인은 렴민 조부의 제자라고 했다. 렴민의 조부가 평양에서 꽤 이름난 분이었는데 중국에서 독립운동을 하다가 해방 후 다시 평양으로 돌아와서 청년들을 교육시킨 적이 있었다. 그런데 허 노인이 어떤 일에 연루되어 20년 전에 추월리로 추방당했고 렴민과 10년 전에 이곳에서 만났다고 한다.

희명의 이야기를 들으며 옥수수밥에 김치와 절인 생선 한 조각이 전부인 식사를 한다. 희명이 주전자에 끓인 물을 연신 채워준다. 고맙다는 인사를 할 때마다 희명은 손을 저으면서 별거 아니라고 겸연쩍어한다. 희명과 이야기를 하다 보면 북한에 들어온 것이 사실인지 헷갈릴 정도다. 한국에서 탈북자를 만나서 이야기를 나눌 때의 느낌과 크게 다르지 않다.

식사를 끝내고 부엌에서 나오는데 대문 안으로 백발노인이 들어온다. 허리를 곧게 펴고 활짝 웃으며 들어온 노인에게 탁이 인사를 한다. 인기척을 듣고 나온 희명이 탁을 소개해주자, 탁의 손을 덥석 잡더니 반갑다고 마구 흔든다. 렴민의 친척이 찾아왔다니, 자신의 피붙이를 만난 것처럼 기쁘다고 어서 방으로 들어가서 대화를 나누자고 한다. 탁은 마지못해 렴민의 방에서 노인과 마주 앉는다.

"렴민 동지와는 어떻게 되는 친척인가?"

"외가 쪽 먼 친척이라서 촌수를 따지기는 좀 그렇습니다만."

허 노인이 자세히 물을까 봐 방어막을 친다.

"렴민 동지의 친가 쪽은 대충 아나?"

"제가 어릴 때 집안이 다 중국에서 나가 살아서 잘 모릅니다."

"렴민 동지의 조부는 중국이나 일본으로 두루 유학을 다녀와서 신학문을 했던 분이네. 모든 것에 통달했으니, 그때 참 많은 것을 배우고 깨쳤네. 여기서 렴민 동지를 만났으니 참 우리의 인연은 대단한데, 이렇게 친척을 만나니 여간 반갑지 않아서 이러는 거네. 외가가 평양 어디였는지 알겠나?"

탁은, 하마터면 조부가 개성에서 살다가 월남한 이야기를 털어놓을 뻔했다. 탁이 알고 있는 이곳과의 인연은 그것이 전부였다.

"어디라고 하더라? 갑자기 기억이……."

허 노인은 눈치를 보더니 더는 묻지 않고 렴민의 조부가 어떤 분이었는지 이야기를 시작한다. 조부의 이야기는 렴민의 부친 이야기로 옮아가고 렴민과의 인연으로 이야기가 이어진다. 탁은 허 노인이 자신에 관해 물을까 봐 고개를 크게 끄덕여주면서 이야기에 호응해준다. 탁이 배가 아프다고 핑계 대면서 그만 돌아가서 쉬겠다고 하자 노인은 자신의 집 약도를 그려주면서 내일 반드시 찾아오라고 신신당부한다.

*

방으로 돌아온 탁은 허 노인의 질문에서 벗어날 수 있어서 다행이라고 가슴을 쓸어내리며, 가슴에 품었던 지갑에서 사진을 꺼내본다.

조부의 사진은 아버지의 품에서 간직되다가 탁에게로 전해져서 늘 지갑에 지니고 다니던 것이다. 아버지는 평생 간직한 사진 중

두 장을 탁에게 건네주며 잘 간직하라고 당부했다. 아버지의 사진은 지니지 않았지만, 조부의 사진은 몇십 년 동안 동고동락한 셈이다. 사진은 손바닥에 올려놓을 만큼 작고 구김이 갔고, 색이 바래진 흑백이지만 탁은 절대 잃어버리면 안 될 부적처럼 가슴에 품고 다녔다.

조부는 개성에서 문맹자 퇴치를 위한 교육운동에 앞장서며 젊은 시절을 보냈다고 들었다. 해방 후 김일성 치하가 되자 친한 친구가 종교 박해로 죽음에 이른 것을 보았고 그길로 월남한 조부는 평생 고향에 되돌아가지 못한 한을 품고 눈을 감았다. 사진이 바랬어도, 사진 속 조부의 눈빛만은 살아 있는 듯 형형하다. 탁은 모처럼 조부의 사진을 오랫동안 들여다본다. 이곳이 할아버지가 그토록 오고 싶어 하던 곳인가. 차마 이곳이 어떤 곳인지 전해줄 수 없다는 생각이 든다. 할아버지가 살던, 그토록 가고 싶어 하던 고향은, 어디로 간 것인지 알 수 없다.

*

다음 날 점심을 먹은 뒤 렴민의 모자를 눌러쓰고 저수지 부근에 있다는 허 노인의 집을 찾아간다. 허 노인을 만나고 오라고 렴민이 명령처럼 말했고 인적이 드문 길을 적은 쪽지도 건네주었다.

헐벗은 산 밑에 '모든 산을 황금산 보물산으로 만들자'라고 쓴 구호가 보인다. 추수를 끝낸 고추밭 주위에 감시 초소도 자주 눈에 띈다. 부업 농사는 개인의 소유이기 때문에 필사적으로 농작물을 지켜내려는 듯하다.

사방을 두리번거리며 걷는다. 산 아랫마을에는 서너 채의 집들이 있다. 기와지붕을 인 가옥도 서너 집이 어울려 있다. 나무 기둥 두세 개를 연결해서 만든 전신주가 보이더니 살림집이 몇 채 더 보인다. 창문도 없이 비닐로 대충 바람을 피하도록 막아놓은 허름한 집들이다.

송이를 채취하려고 다니는 사람들을 만날 수 있으니 모른 척 지나치라는 렴민의 말이 떠올랐다. 송이가 국가 통제품이라는 것을 알면서도 송이 채취꾼들은 산을 헤집고 다니면서 송이를 따서 식량과 바꾼다는 것이다.

큰길을 건너 돌층계를 내려가자 물이 말라붙은 양어장이 보인다. 석축을 쌓아 수로 공사를 한 흔적은 있는데 물을 끌어들이지 못한 듯하다. 주변에 심은 버드나무도 덩달아 말라버린 듯 축 늘어져 보인다. 양어장을 지나자 10여 분이면 한 바퀴를 돌 수 있을 정도의 아담한 저수지가 드러난다. 저수지 주변의 갈대가 바람이 불 때마다 스산한 노래라도 부르는 듯 소란스럽다.

저수지를 벗어나자 작은 판잣집 지붕 위에 소반에 담은 옥수수 낱알을 말리고 있는 허 노인이 보인다. 허 노인은 탁을 발견하자 맨발로 뛰어나오며 반갑게 맞아준다.

집 안은 밖에서 보기보다 넓다. 두 칸 방과 넓은 거실이 한눈에 들어온다. 거실의 넓은 테이블 앞에 앉자 허 노인이 국화차를 끓여

준다. 한 모금 마시자 국화 향이 입안 가득 번진다. 얼마 만에 느끼는 여유인가. 탁의 미소를 본 허 노인이 만족스럽게 웃는다.

"사는 게 각박할수록 차라도 마시라고 늘 말하네. 차를 마시면 배가 부르냐고 물으면, 차를 마시면 마음이 풍요로워진다고 말해주지. 주민들이 마음을 다스리는 일을 중요하게 여기지 않는 게 문제야. 사는 것에 급급해서. 그러면 우린 언제까지나 후진 인생을 살다 가는 거라고 말해줘도 소용없지. 마음이 달라져야 변화도 일어나고 변화가 일어나야 살길이 생긴다는 걸 이해하는 사람이 드물어. 그래도 난 귀에 딱지가 앉도록 말해주네."

"차를 마시니 머리가 맑아집니다."

"난 배를 곯아도 차는 마시네. 사실 예전에 차는커녕 이곳에서 도망칠 궁리만 했네. 렴민을 만나면서부터 차를 마시기 시작한 것이니 내 행복도 그때 시작된 셈이네. 지금 난, 이 추방지에서 아주 행복하네. 농장에 끌려가서 일하고 배급받아서 먹고사는 똑같은 일상이 지긋지긋했지만, 십 년 전 렴민 동지를 만난 뒤로 일상이 완전히 달라진 거네. 렴민 동지와 이야기가 잘 통하니 천군만마를 얻은 것처럼 감개무량했네. 렴민 동지도 나를 처음 봤을 때 부친이 찾아온 줄 알고 놀랐다고 했네."

"렴민 동지의 부친은 실종되었다던데 지금 어디 계신가요?"

"정치범 수용소에 가둬졌겠지. 부친이 살아서 돌아오는 날까지, 내 목숨이 붙어 있는 날까지, 렴민 동지를 도울 거네."

허 노인의 눈이 청년처럼 반짝인다. 그때 밖이 인기척으로 소란

바람이 불어오는 날

스럽다. 노인이 거실 창문으로 밖을 살피더니 놀란다.

"아니, 저자가 이 시간에 무슨 일이지? 보안원 기철이야. 일단 방으로 들어가 있어. 나하고 만나는 걸 보이지 않는 게 좋을 거네."

허 노인은 찻잔을 치운 뒤 탁을 구석방으로 안내하며 탁의 신발을 신발장에 넣는다.

"허 노인 있소?"

소리와 동시에 현관문이 열린다.

"아, 우리 기철 동무 무슨 일이오? 이 시간에."

"여기 오늘 모이는 날임까?"

"아니, 당분간 모이지 말라고 하지 않았소?"

"낯선 사내가 이 집에 들어갔다는 신고가 있어서 와본 거요. 저수지를 서성거리고 돌아다니다가 여기로 들어갔다던데."

"누가 날 찾아 여기까지 오겠소?"

"누구라도 낯선 이를 집에 들이지 마오."

"그야 당연하지요."

"하긴 민 씨가 그리됐으니 노인이 경거망동할 리는 없고."

"사흘 후면 우리 집사람 일주긴데. 여부가 있겠소?"

"그땐 그래도 봐줬지만 이젠 누구도 봐줄 수 없소. 요새 국경 경비도 삼엄하지만, 우리 마을에서 일어나는 일이 죄다 보고되고 있으니……. 도수란 작자까지 이 마을로 들어와서 휘젓고 다니는 통에."

"도수?"

"희명의 남편 모르오? 사라졌던 자가 거금을 당에 기부하고 추월리 가족과 접촉하는 모양인데, 요 며칠째 당에서 감시하라고 해서 여간 골치가 아픈 게 아니오. 민 씨 때문에 내 손에 피를 묻혔는데 이제 추월리에서 절대 내 손에 피 묻히기 싫소. 어디 아무도 없는지 방을 한 번 봐야겠소. 사내 하나가 들어왔다고 신고가 들어왔으니까, 도수라도 숨겨둔 거 아니오?"

허 노인이 펄쩍 뛰면서 무슨 말이냐고 했지만, 기철은 거실로 올라선다. 탁이 숨은 방 앞에서 멈춘다. 탁은 숨이 멎을 듯 놀라서 몸이 굳어버린 듯하다.

"저번에 맡겨둔 술이나 한잔하시오."

노인이 말한다. 기철이 방문에서 돌아선다.

"술? 아, 저번에 술을 맡겨놨지. 그렇지 않아도 오늘 기분이 엿같았는데 한잔 마시고 들어갈까. 보안원으로서 철두철미하게 감시 임무를 소홀히 하지 않겠지만 한잔 마시는 거야 뭐라 하겠소?"

"기분이 안 좋아 보여서 술 이야기를 한 거요. 어서 이리로 앉으시오. 곧 술 내올 테니."

허 노인이 술을 가져오자 기철은 큰 컵에 술을 따라 물처럼 마신다.

*

노인이 준 탁주를 기철은 세 병째 비운다. 술 마시는 동안은 말수

　　　　　　　　　바람이 불어오는 날

가 부쩍 줄더니 세 병을 다 마시자 취한 듯 속에 든 말이 터져 나온다.

"연이 때문에 렴민 동무가 시키는 대로 했는데……. 이젠 달라질 거요. 허 노인도 예전처럼 대충 넘어갈 생각 마오. 내게 걸려들면 당에서 시키는 원칙대로 처리할 거니까. 그건 렴민 동무한테도 마찬가지요. 여기 누구라도 모이면 당에 신고하고 박살을 낼 거요. 예전처럼 봐주는 일 없을 거요. 안 그러면 민 씨처럼 포승줄에 묶여서 수용소에 처박혀 죽을 일 생길 테니까."

탁은 기철이가 하는 말을 듣는다. 창고에서 살인을 저지른 기철이란 자가 분명하다. 발음이 갈수록 엉망인 것으로 보아 술이 세지 않은데 어지간히 취한 모양이다. 제복 상의를 벗어던지고 속내의 차림으로 술을 마시는 그의 등이 초로의 노인처럼 구부정하다. 연이의 이름을 한 번 뱉은 뒤부터는 모든 이야기가 연이에서 시작해서 연이로 끝나기를 반복한다.

"내 나이 벌써 서른일곱이오. 나한텐 연이밖에 없었소. 올핸 꼭 장가가려 했는데. 연이하고 아이 낳고 살려 했는데. 꼭 연이를 닮은 아이 낳고 싶었는데."

"연이가 어디로 갔는지 모르오?"

"연이가 어디로 갔냐고요? 연이가 간 곳을 내가 가보지 않았는데 어떻게 알겠습까? 그런데 말이오. 우리 연이가 사라지고 나니까 누가 원망스러운지 아오? 바로 렴민이오."

"뭔 뜬금없는 소리요?"

"자, 내 이야기 잘 들어보오. 영감님은 이런 일이 왜 나한테 생겼는지 아오? 렴민이 하는 이야기가 우리 연이에게는 수령님의 교시보다 귀했다. 이겁니다. 우리 연이의 머릿속에 렴민 그자가 도대체 뭘 집어넣은 검까?"

"렴민 동지는 사람들에게 골고루 잘 해주니까 그런 거 아니오?"

"내 말 들어보오. 영감님도 알잖소? 난 당에서 시키면 일하고 먹으라면 먹고 자라면 잤소. 당이 시키는 대로 하고 살았단 말이오. 그런데 왜 내가 이런 일을 당해야 하오? 우리 수령님이 생전에 하던 말 기억 나오? 난 똑똑히 기억하오. 어둠 속에서 우리의 청년들은 자기의 생활을 사랑하고 인민은 노래를 부르며 우리의 생활은 힘차게 흘러가고 있다고. 그때 난 그런 말을 들으면서 감격스러웠소. 난 수령님의 동상 앞에서 연이와 결혼하는 게 꿈이었단 말이오."

"......"

"추월리에서 열일곱 살 때부터 군인이었소. 난 오래전부터 이곳의 감시자였단 말이오. 여기 추월리는 내가 없으면 무너지오. 내가 있어서 추월리가 지금까지 유지되었고 이렇게 질서정연하게, 중앙당에서 벗어나서, 자체적으로 운영이 된 거란 말이오. 웬만한 건 내가 다 눈감아주고 미리 방비해줬단 말이오. 렴민 같은 반동분자도 내 도움에 살아남을 수 있던 거 잘 알 거임다. 그자를 도와줄 때마다 난 솔직히 무서웠소. 전기 철조망이 사방으로 쳐져 있고 망루가 높다랗게 세워진 곳, 무장 보초가 내려다보고 서 있는 그 망

바람이 불어오는 날

루가 있는, 그런 정치범 관리소로 들어가는 악몽을 꾼 적도 얼마나 많았는지 아오? 그런데도 연이와 혼인할 꿈으로 모든 어려움을 견뎠는데 연이가, 우리 연이가……."

기철은 또 한 잔의 술을 마신다.

"이제 난 예전의 기철이가 아니오. 연이가 죽은 뒤부터 예전의 나로 돌아갈 수 없어진 거요. 내가 뭘 잘못했는데, 내게 이런 일이 생기나 싶어서 돌아보니, 내가 당을 배신하고 있어서 이런 일이 벌어진 거 같더란 말이오. 난 연이에게 눈이 뒤집히고 렴민 동무의 세 치 혀에 놀아나서 당을 배신했던 거요. 내가 수령님께 얼마나 용서를 빌었는지 아오? 눈물로 통곡했는지 아느냐 말이오."

"……."

"난 이제 렴민 동무를 내 손으로 처단할 거요. 그자가 한 짓을 다 알고 있고 그자가 무슨 짓을 꾸미는지도 알고 있단 말이오. 아직 렴민 동무를 그냥 뒀던 건, 아직 연이가 그리워서 그런 거요. 아니오. 정말 아니오. 이제부터는 렴민 동무부터 잡아들일 거요. 당이 내게 벌을 내리면 당에 대한 충성 맹세를 하면서 그 명령에 절대복종할 거요."

"과거는 묻어두고 지금부터라도 당에 충성을 다하면 될 거 아니오?"

"천만에 말이오. 난 어리석은 짓을 한 참회를 수령님께 올려야 하는 거요. 새로 태어나겠단 말이오. 수령님의 은혜를 저버린 나 같은 놈은 천벌을 받아도 당연한 일이오. 그전에 렴민 동무부터 처단할 거요. 렴민 동무가 어떻게 이 추월리를 사상적으로 더럽혔는지 다 불 거요."

"그런 말 마오. 누가 들을까 두렵소."

노인이 아이를 달래듯 소곤거린다.

"들으라 하시오. 추월리 사람들은 다 들어야 하오. 정신 차리지 않으면 몰살될 거란 걸 알아야 한단 말이오."

취한 듯 기철은 아무 말이나 뱉어낸다.

"난 예전의 수령님께 충성스러운 당원으로 돌아갈 거요. 예전처럼 이곳의 망원경이고 총이고 확성기가 될 거요. 당에 충성을 다하는 예전의 기철이로 돌아갈 거란 말이오. 당 지침에 어긋나는 짓을 하는 자들은 모두 노동단련대나 구류소에 빠짐없이 보낼 거요."

기철의 횡설수설이 길어지고 있다.

"내가 제일 좋아하는 수령님의 가르침이 뭔 줄 아오? 우리식으로 사는 것이 최선이다. 우리식으로 사는 것을 용납해주지 않는 세력은 우리의 적이다. 그 적들이 우리를 호시탐탐 노리므로 우리끼리 단결해야 한다. 그러려면 적들과 내통하는 자들을 색출해서 신고하고 내통한 자는 제거해야 한다. 바로 그 수령의 1조 내용을 지키는 것이 내가 살아가는 이유였으니, 그렇게 살 거요. 난 수령의 혁명 역사를 줄줄 외우던 충성심 강한 일꾼이란 말이오."

노인은 기철에게 더는 술을 주지 않고 등을 두드리며 그만 한숨 자고 돌아가라고 말한다. 기철은 들은 척도 않고 술을 더 가져오라고 난리다.

바람이 불어오는 날

"그동안 영감이나 렴민이 말한 건 다 헛소리요. 영감과 렴민이 뭐라 했소? 우리 수령님이 독재했다고? 주민들한테 외부 세상을 못 보게 막는다고? 노예처럼 순종하게 한 거라고? 귀에 거슬렸지만 연이와 결혼하기 위해 렴민의 말을 잘 들었소. 연이가 렴민이 시키는 대로 나를 따를 거니까. 하지만 이젠 다 소용없소."

기철의 목소리가 점점 더 커지고 흥분으로 떨린다.

"우리 연이와 결혼하게 만들어주겠다는 말도 했소. 난 창자까지 내놓고 그동안 이중간첩, 첩자 노릇을 하면서 렴민 동무가 하는 일을 도와주었소. 연이를 설득해서 잘 살게 해주겠다고, 연이를 내 것으로 만들어주겠다고 그렇게 말하더니, 연이를 내 것으로 만들어주기는 개뿔. 우리 연이가……."

"……."

"다 아오. 지금 추월리에서 무슨 일을 벌이려고 하는지. 렴민이 무슨 짓을 하고 허 노인이 여기서 뭘 하는지."

"무슨 소리요? 누가 듣겠소."

"명단이 있습다. 그자들 며칠 안에 내가 다 정리하겠소. 그동안 연이 때문에 봐주고 있었지만. 이젠 그럴 이유가 없소."

"명단이라니?"

노인은 기철에게 한 마디라도 더 정보를 꺼내려는 듯 자꾸 묻는다.

"우리 연이가 내게 뭐라 했는지 알겠소? 수령님의 인민에 대한 확고하고 불변한 사랑이 영원하거나 절대적이지 않다고 했소. 우리 인민이 수령님에 대한 믿음에서 살아갈 힘을 얻고 있는데 연이에게 그게 헛것이라고 가르쳐서 연이가 싫어한 게 분명함. 당신들은 여기서 없어져야 할 반역자들이오. 스무 명의 반역자들도……."

"무슨 그런 소리를. 누가 듣겠소."

"들으라고 하오. 다 들으라고 하오. 다 체포할 거니까. 내가 우리 연이 묻었다는 것도 다 들으라 하오."

급기야 기철은 가장 밑바닥에 있던 말까지 꺼내놓자 오열한다. 노인은 기철의 등허리를 쓰다듬으며 울음이 잦아들기를 기다리더니 일어서더니 한참 뒤에 돌아와 기철의 옆에 앉는다.

"이거 마시오. 술 깨는 약이니까."

노인은 기철에게 약을 탄 물을 억지로 먹인다. 반쯤 흘리고 반쯤 마신 뒤 기철은 바닥에 널브러진다. 술에 삼켜진 사람답게 완전히 뻗는다. 노인은 기철의 몸 위로 이불을 덮어준다.

노인은 주머니 속에서 손전화기를 꺼내 어딘가로 연락한다. 손으로 입을 가리고 아주 작게 무언가 지시한다. 졸아든 것처럼 주름지고 작은 얼굴을 들고 한동안 허공을 응시한다.

*

탁은 방에서 나와 허 노인이 안내하는 골방으로 들어간다. 노인이 촛불을 켜자 희미한 빛이 노인의 얼굴을 어렴풋이 비춰준다.

바람이 불어오는 날

"기철이는 새벽이 되어야 깰 거네. 센 수면제를 타서 먹였거든. 자네는 좀 더 있다가 여길 빠져나가도록 하게."

"알겠습니다."

"내 아내가 죽은 것이 자기 때문이라고 자책해서 여길 자주 와서 술잔을 기울이다 보니, 들러서 신세타령하는 게 일이 됐네. 내 아내가 죽은 뒤 나도 한때는 기철이를 원수처럼 여겼지. 렴민 동지가 나서서 기철이를 우리 편으로 매수해서 이렇게 상대해준 거네."

노인이 한숨을 내쉰다.

"저자가 무슨 짓을 해도, 무슨 말을 해도 난 참아야 했네. 렴민 동지가 그러기를 원했으니까. 우리 일을 성취하기 위해서라면 적이라도 손잡고 마음을 끌어당겨야 했으니까. 살인자라도 우리 일에 도움이 된다면 동지처럼 품어서 끝까지 함께 가야 한다는 게 렴민 동지의 말이었으니까."

허 노인은 눈가를 손으로 만진다.

"비록 기철이 손에 끌려간 내 아내는 죽었지만 내가 입 다문 덕분에 우리 조직도 우리 사업도 살았네. 기철이는 연이와 혼인하고 싶은 욕심에 우리와 손잡은 거고. 그랬는데 연이가 죽었으니 저자의 본색이 드러난 거야. 이제 큰일이 벌어질 거네. 저자 때문에. 그래도 어쩌겠나. 우리가 힘을 합해서 저자의 입을 막아야지. 이제껏 어렵게 해온 길이니 이겨낼 수 있을 거네."

"민 씨란 분은 어쩌다가……."

"내 아내는 다른 사람들과 달랐네. 모두 생활총화 때 비판하느라 혈안이 되어 있어도 내 아내는 누구도 쉽게 비판하지 못했네. 그게 상대를 곤란하게 할 수 있다는 생각 때문에 그랬던 게지. 그 일로 하방을 다녀온 적도 있을 정도였네.”

“그게 끌려갈 만한 죄가 되나요?”

“아내는 소형 라디오를 들었어. 장마당에서 그걸 구해 와서 몰래 이불 속에서 듣곤 했거든. 보위원이 강연회에서 그런 걸 들으면 추방한다고 하고 절대 라디오를 가지고 있지 못하게 했는데 말이야. 더군다나 우리 방송을 듣는 게 아니라 반동의 방송에 주파수를 맞추고 노래나 드라마 같은 것을 듣는 반혁명분자가 된 거지. 그걸 혼자 들으면 되는데 어느 날 라디오에서 들은 이야기를 모두에게 나누고 싶었던 모양이야. 그게 입소문을 타서…….”

“그 정도 가지고 끌려가서 죽을 정도는 아닌 거 같은데요?”

“라디오에서 끝난 게 아니라 사실은 밤이면 이불 덮어쓰고, 시디기에 영상물을 넣어보는 일이 생긴 거야. 당에 신고하지 않은 영상물이었네. 실제로 그렇게 심각한 내용은 아니었지. 종교 영화나 서방에서 온 드라마 같은 거였네.”

“…….”

“인민반 회의에서 주민들에게 영상물을 불법적으로 들여와서 보는 자가 발각되자 반국가 행위로 처벌받았지. 아내는 그걸 사람들에게 보여주고 싶어 했네. 자기가 죽어도 사람들에게 저런 신기한 것이 있다는 것을, 신기한 세상이 있다는 것을 알게 해주고 싶다는 거네. 모두 귀먹은 것처럼 말 못 하는 사람처럼 사는 게 측은하다

　　　　　　　　　　　바람이 불어오는 날

고 말이지. 내가 말려도 당시에 아내는 그 영상을 접한 뒤 아예 눈이 뒤집힌 거 같았네. 성격이 자기가 옳다고 여기면 목에 칼이 들어와도 그걸 지키는 사람이었지. 사람들의 눈을 뜨게 해주면 자기에게 무슨 일이 닥쳐도 보람 있다고. 성경이든 뭐든 자유롭게 그것을 믿거나 받아들일 필요가 있다는 것을 알리고 싶어 했네. 자기가 백 번 말하는 거보다 단 한 번이라도 영상물을 대하면 사람들이 깨칠 거라고 믿던 사람이었지. 자기가 본 것을 다른 사람들에게 보여주는 게 소원이라는데 난들 어쩔 수 없었네."

"용감하셨네요."

"내가 부끄러워질 정도로 용감했지. 영화와 드라마가 볼수록 신기하고 재밌었던 것이지. 다른 세상에 눈을 떴네. 멋진 옷 입고 좋은 집에서 살고 남녀가 자유연애하고, 하고 싶은 일을 하고, 여가를 즐기는 걸 보니까 부럽기도 했을 거야."

"……."

"아내가 끌려가서 죽게 된 결정적인 것은 특별한 영상물 때문이었네. 그 영상물을 틀어서 보게 된 게 결정적인 화근이었지."

"어떤 영상물이길래…."

"백두산 화산에 대한 영상이었네. 화산이 폭발하는 장면과 그 주변의 핵시설 영상이었지. 화산이 폭발해서 핵시설을 해체하면 우리 북한 쪽 사람들이 몰살된다는 영상이었네. 우리는 핵무기가 완성되면 외세를 물리치고 주체적으로 살 수 있다고 믿었는데, 화산이 폭발하면 핵무기를 써보지도 못하고, 정작 죽어가는 것은 우리

네 사람이라니, 나도 그 영상을 보고 충격을 크게 받았지."

"그 영상물을 만들어서 민 씨에게 준 사람은 누구였을까요?"

"아마 혁명회에서 했겠지."

"혁명회라면?"

"아, 몰랐나?"

노인이 당황한 듯 손으로 입을 가린다. 렴민의 친척이니 탁이 그 정도는 알 것이라 짐작했던 모양이다.

"못 들은 거로 해. 실수였어. 실수…… 아무튼 그 일로 당한 거네. 그 영상이 워낙 충격적이니까 누군가 신고를 하는 바람에 붙잡혀 가서 사흘 만에 시신이 되어 돌아왔지. 심장마비였다는데, 당원들이 오갔고 당과는 아무런 상관이 없다는 걸 강조했네. 늘 웃고 다니고 언제나 긍정적이고 환한 아내가 죽었으니 믿을 수 없었지. 불행에 빠뜨리는 이곳을 얼마나 원망했는지 몰라. 별것도 아닌 일로 붙잡혀 가고 죽어서 나오니 어처구니가 없었지."

노인은 한동안 말을 잇지 못하더니 방에서 나간다. 한참 만에 돌아온 노인은 동지들이 와서 기철이를 데려갔다고 했다. 집으로 데려가서 재워야 화근이 없기 때문이라는 것이다.

"인제 그만 서둘러 돌아가게."

노인이 탁에게 안전하게 돌아갈 수 있는 길을 알려주었다.

바람이 불어오는 날

6

가장 끝에 있는 자

*

희명은 석이가 아직도 탄광전문학교에 돌아가지 않았다는 연락을 받았다. 학교에서 온 소식에 희명은 놀라서 렴민에게 달려갔다. 석이가 복귀해서 일상으로 돌아갔을 것이라고 믿고 있었다.

렴민은 이미 알고 있었다고 태연히 말했다.

"도수만 찾아오지 않았어도 석이가 이 지경을 당하지는 않았을 거요."

"도수가 뭘 잘못했겠어. 도수도 아들 잃은 아버지잖아. 아들을 찾아 다 포기하고 여기까지 왔다는데 너무 그러지 마. 이 모든 일이 우리의 잘못이 아니야. 알잖아?"

희명은 문득 중국에서 돌아와서 자신이 겪었던 인신매매를 비롯한 많은 일을 렴민에게 털어놓던 순간이 떠올랐다. 그때 렴민은 과거는 지나갔으니 잊고 오늘과 내일 일만 생각하라고 조언했다. 자신을 바꾸고 세상을 바꾸기 위해 공부하고 매일 새로워지려고 애쓰라는 말을 덧붙였다. 그럴 의지가 있다면 얼마든지 도울 것이고 노력하는 만큼 추월리의 사람들을 위해 무슨 일이든 할 수 있다고 충고했다. 렴민에게 그런 말을 들으면서 희명은 자신이 하나의 인격체로 누군가를 돕는 삶을 살 수도 있다는 사실을 처음으로 알게 되었다. 자신이 달라지면 나락에 떨어진 추월리의 여자들에게 도움을 주는 일을 할 수 있다는 렴민의 말에 정신이 번쩍 들었다. 그때 희명은 렴민에게 배울 기회를 달라고 했다. 렴민은 희명에게 일주일에 한 권씩 책을 빌려주었다. 누구나 변할 의지가 있으면 변하는 거라고 렴민은 늘 말했다. 희명은 변하고 싶었기 때문에 하루가 다르게 변했다. 렴민과 함께 식사하고 싶다고 먼저 말한 것도 자신이 변한 때문이었다. 자신감이 생겼고 이제 렴민이 시키는 일은 무엇이든 해줄 수 있을 정도가 된 것이다.

"석이는 어떻게든 살아갈 거니까 너무 걱정 마. 나도 알아볼 테니."

렴민이 다소 냉정한 어투로 말했다. 희명은 고개를 저었다. 그럴 수는 없는 일이었다. 아들이 어디서 무얼 하고 있는지 모르는데 걱정 말고 있으라니.

"우리 일을 잘 하는 게 석이를 돕고 추월리 사람들을 돕는 거야."

렴민은 마치 훈계하듯 말한다.

"그리고……."

렴민은 망설이며 어렵게 말문을 연다.

바람이 불어오는 날

"도수를 한 번 만나줘. 그자가 오늘도 내게 부탁을 했어. 십 년 만에 희명일 만나러 왔는데 언제까지 피할 수 있겠어? 선전실에서 기다려봐. 거기로 가보라고 할 테니. 희명이가 도수와 다시 합친다고 해도 난 괜찮지만, 도수는 이곳에서 살 수 없을 거야. 곧 보위부에서 처리하려고 들 테니까. 더 늦기 전에 그자를 만나봐야지."

렴민이 담담하게 말했지만 희명은 거절하고 돌아섰다.

10여 년 전, 도수는 추월리를 떠나기 전만 해도 마음이 심란하면 선전실로 가서 앉아 있다 오곤 했다. 그곳에서 조용히 눈을 감고 수령님을 추모하는 척 앉아 있으면 누구도 시비 거는 사람이 없어서 좋다고 했다. 오히려 당성이 충성스럽다는 평가를 받았다고 했다. 선전실로 들어서면 전쟁 유화가 벽면에 걸려 있다. 한때는 그런 유화를 보면 오래된 느티나무 아래 선 듯 마음이 넉넉하고 푸근해졌다. 물론 어린 시절이었다. 철들고 나서는 그림을 똑바로 본 기억이 없다. 외면했다는 것이 더 옳을 것이다.

그 선전실에 앉아서 도수가 자신을 기다리고 있다는 생각을 하는 것만으로도 거부감이 생겼다. 더는 도수를 만날 이유가 없다는 생각은 갈수록 분명해지고 있었다.

*

희명은 집으로 돌아와서 마루에 멍하게 앉아서 허공을 바라본다. 연이가 죽은 뒤 가슴 한쪽이 텅 빈 듯할 때마다 저절로 하게 된 버릇이다. 도수가 돌아오더니 이제는 석이가 실종되는 등 연거푸 일어나는 일들에 마음이 산만하다.

도수는 평소에도 집에만 오면 골방에 처박혀서 잎담배만 축내던 사람이었다. 성분이 좋지 않다는 이유로 대학에도 들어가지 못한 현실에 불만이 많았다. 뛰어나게 머리가 좋고 야심도 많던 남편은 족쇄 같은 성분을 풀어내기 위해 할 일을 찾아 떠났다.

물론 도수의 성분이 나쁜 것이 그의 탓은 아니었다. 외가 쪽에 월남자 가족이 있다는 이유만으로 청년기에 함경도로 추방당해 살게 된 것이다. 뼈다귀 파낸다는 말처럼 개인의 약점을 잡기 위한 성분 조사는 무덤 속의 조상 뼈까지 조사하는 듯 악착같았다. 도수는 성분 때문에 아무리 머리가 좋아도, 공부를 뛰어나게 잘해도, 성실히 일해도, 산골의 농장 일이나 탄광 일로 평생을 살아야 하는 성분에서 벗어날 수 없다는 사실에 절망하곤 했다.

그때가 희명에게는 가장 힘든 시련기였다. 둘째가 막 태어나서 설사병에 걸렸으나 약도 제대로 못 써보고 희명의 품에서 죽었다. 둘째를 잃은 슬픔에 잠길 사이도 없이 돈을 벌러 다녀야 했다. 배급이 끊어지자 굶어 죽는 사람도 생겼다. 배급을 줄 때도 배를 곯기는 마찬가지였다. 산나물을 넣고 강냉이 가루를 조금 풀어 죽을 끓여 먹었으나 곧 강냉이 가루마저도 끊어질 형편이었다.

어느 날 연길에 있는 식당으로 가면 돈을 벌 수 있다는 이웃집 노인의 말을 듣고 희명은 결단을 내렸다. 두 남동생과 함께 살던 어머니에게 석이를 맡기고 일 년 후 돌아오겠다고 약속한 뒤 강을 건너 중국으로 갔다. 둘째를 땅에 묻은 뒤 희명은 죽는 것이 두렵지 않았다. 석이라도 굶겨 죽이지 않기 위해서라면 자신이 나가서 돈을 벌어오는 방법밖에 없던 시절이었다.

희명이 떠나는 날 이웃한 렴민은 말렸다. 끝내 떠나려 하자, 아무리 힘들어도 '자기 자신을 사랑하는 것은 절대 포기하지 말라'는 당부의 말을 잊지 않았다.

*

희명은 과거의 기억에 붙잡히지 않으려고 고개를 저었으나 기억은 꼬리를 물고 이어진다.

밤새 강을 건너서 희명이 맨 처음 도착한 곳은 중국 쪽 국경의 한 민가였다. 민가에 사는 남자가 희명을 숨겨주고 밥을 주었다. 금방이라도 북한의 보위부나 중국 공안이 집 안으로 들이닥칠 것만 같아서 두 다리도 펴지 못하고 웅크리고 밤을 지새웠다.

아침이 되자 남자는 희명에게 취직을 시켜주겠다고 했다. 그런 뒤 전화를 걸어서 북한에서 나온 여자를 데려가라고 했다. 자전거를 탄 남자가 곧바로 희명을 데리러 왔다. 남자는 타고 온 자전거 뒤에 희명을 태우고 국경의 그 집에서 떠났다.

희명이 도착한 곳은 식당이 아니었다. 허베이성 친황다오의 술집이었다. 희명은 공안에 들킬세라 주방 구석에 숨어서 일만 했다. 공안에게 잡히면 곧바로 북송된다는 말에 주방에서 나오지도 못했다. 그렇게 며칠이 지났다.

밤마다 주인이 희명을 홀로 불러냈다. 술 시중을 들어야 했고 성추행을 당했다. 그래도 홀에 나와서 손님이 주는 팁을 챙기라고 주인이 회유했다. 술집에서 있은 지 반 년이 지나자 화상 채팅도 강요받았다. 그래야 공안에게 신고하지 않고 재워준다고 했다. 희명이 가진 것은 몸뚱이뿐이라고 주인은 공공연히 떠들었다. 가장 힘든 순간에, 가장 죽고 싶은 순간에, 가장 밑바닥을 치고 올라온 말은 '나는 소중하다'라는 렴민의 말이었다.

그렇게 시간이 흘렀다. 희명에게도 단골이 생겼다. 하루도 빠지지 않고 찾아오던 왕방이라는 이름을 가진 남자였다. 톈진의 한국 회사에서 일한다는 왕방이라는 남자는 북조선 말을 잘했다. 자신을 따라 톈진의 한 식당으로 자리를 옮겨보라고 권유했다. 희명은 왕방을 따라나섰다. 그곳에 가면 돈을 훨씬 많이 벌며 짧은 시간에 고향으로 돌아갈 수 있다고 했다.

하지만 왕방을 따라 승용차를 타고 도착한 곳은 톈진의 식당이 아니었다. 돈을 빨리 벌 생각으로 무작정 왕방을 쫓아왔던 희명은 당황했다. 차에서 내리지 않겠다고 버텼지만 오가는 사람들이 쳐다볼 뿐 아무도 도움을 주지 않았다.

"공안에 신고해서 북송하라 함까?"

왕방은 희명을 협박하며 손을 잡아끌었으므로 어쩔 수 없이 주택가에 있는 한 아파트 앞으로 걸어갔다. 왕방은 한 손으로는 희명의 어깨를 감싸 안고 다른 한 손으로는 희명의 손을 잡고 끌어당겼

바람이 불어오는 날

다. 아파트 계단 앞에 이르자 남자는 희명을 자신의 여자처럼 함부로 벽으로 밀어붙였다.

"내 아파트에 노모가 있소. 돌볼 사람이 마땅치 않아서 그래. 앞으로 석 달만 병시중 들어주면 내가 북한으로 돌려보내주겠소. 석 달 치 월급도 줄 거고."

왕방이 떠들었지만, 희명은 도망칠 생각으로 계단의 숫자를 세면서 올라갔다. 달리 방법이 없었다. 왕방은 10층에서 멈춰 섰다. 아파트 안으로 들어가자 노인의 기침 소리가 간헐적으로 들려왔다. 왕방이 기침 소리가 나는 방으로 희명을 데리고 갔다.

"인사하오."

여든이 넘어 보이는 노인은 탈모가 심해서 백발의 머리카락이 몇 가닥 없었다. 누워 있는 노인 옆에 앉자 지린내와 땀내가 진동했다.

"어머니, 아들 왔소."

왕방이 노인을 일으켜 앉혔다. 노인은 대뜸 희명의 손을 잡았다. 악착스레 붙잡은 손힘에 소름이 돋았다.

"며느리 왔구나. 며느리가 왔어."

며느리란 말에 희명이 놀라서 왕방을 쳐다보았다.

"일없어. 누구든 일하러 온 여자는 다 며느리라고 하니까."

왕방이 말했다.

희명은 노인의 손을 뿌리치려 했지만, 노인은 손을 놓아주지 않고 더욱 꽉 쥐었다.

"어머니, 오늘은 좀 쉬게 해주시오. 며느리가 여기까지 오느라 오늘 고생 많았소."

왕방이 손을 떼어내며 노인에게 말했다. 노인은 왕방의 말을 잘 들었다. 왕방은 노인을 다시 눕힌 뒤 희명을 데리고 거실로 나왔다.

거실 소파에 앉자 왕방이 주스를 가져다주었다. 주스 한 잔을 다 비웠지만, 여전히 속이 탔다. 주스를 마시면서 아파트 입구를 관찰했다. 아파트 현관문은 보조키까지 채워져 있어서 도망가기에 불가능해 보였다.

"벌써 몇 번째지 모르겠네. 너같이 강 넘어온 여자를 데려다가 시중들게 했는데 곧 도망쳤어. 노인은 그렇게 강 넘어온 여자들 시중을 받으며 거의 이십 년째 누워서 지냈어."

왕방은 대번에 반말을 시작했다.

"넌 그러지 마. 석 달만 있으면 내가 반드시 보내줄 테니까 나를 믿어. 고향 가는데 빈손으로 갈 순 없지. 한몫 챙겨서 다시 들어가야지. 여기 석 달 월급이면 북한에서 일 년도 넘게 먹고살 돈이니. 도망가는 건 제 무덤 파는 일이. 넌 어리석은 짓 안 할 거 같아서 식당에 몸값 주고 데리고 나온 거니까."

희명은 왕방의 말을 묵묵히 들었다.

"내가 알아서 보내줄 때까지 참아."

왕방이 희명의 옆에 바짝 붙으며 손을 잡았다. 입 냄새 때문에 저절로 고개가 돌려졌다.

바람이 불어오는 날

"나 벌어놓은 돈 많아."

왕방이 한참 동안 돈 자랑을 늘어놓았다.

"그러니까 돈 걱정은 말고. 일 잘하면 석 달 치 월급에 상여금까지 얹어서 줄 테니까. 너처럼 북한에서 도망친 애들은 술집으로 돌다가 병들거나 임신하면 일부러 공안에 신고해서 잡아가게 하거든. 장사에도 지장 있고 월급도 안 주려는 짓이지. 그런 데서 백날 있어 봐야 우리 집에서 착실히 집안일하면서 지내는 것보다 못해. 여긴 안전해. 내가 신고만 하지 않으면 절대 북송될 일은 없으니까. 안심하고 만신창이가 된 몸이나 잘 챙겨."

남자는 희명을 작은 방으로 데려다주었다. 그 방은 두 사람이 누우면 꽉 찰 만큼 작았다. 창문도 없는 방이었다.

"오늘은 아무 일 안 해도 되니까 밤새 푹 쉬어."

왕방은 문을 닫아주었다. 앞으로 어떤 일이 벌어질지 몰랐지만, 희명은 남자가 시킨 대로 이불을 덮고 눈을 감았다. 남자가 보내주지 않고는 나갈 수 없는 감옥 같았지만, 희명은 그런 걱정을 할 기운조차 없었다.

*

왕방은 밤이면 희명의 방으로 들어왔다. 안에서 잠그면 열쇠를 가지고 와서 금세 열었다. 반항할수록 남자에게 매질을 심하게 당했고 학대당했다. 잠자리의 변태적인 일들이 이어졌다. 그런 뒤 날이 밝으면 온종일 노인의 수발을 들어야 했다. 그래도 월급을 모아준다는 말에 참고 견뎠다. 돈을 모아서 어서 고향으로 돌아가고 싶다는 마음이 전부였다. 아들에게 돌아가야 한다는 마음 하나로 버텼다.

두 달이 지나자 몸이 이상했다. 임신이었다. 아이를 떼려고 할 방법을 다 써봤지만 유산되지 않았다. 왕방은 아이를 낳으면 곧바로 고향으로 보내주겠으니 아이를 낳아달라고 했다. 아이를 낳아두고 떠나라니. 희명은 배가 불러올수록 두고 온 석이와 태어날 아이 사이에서 번민의 밤을 지새웠다.

석 달만 지나면 고향에 돌아가려 했지만 일 년이 지나도록 고향으로 돌아가지 못한 채 희명은 딸을 낳았다. 딸을 낳은 지 한 달이 지나자 희명은 왕방에게 떠나겠다고 통보했다.

"아이를 두고 갈 테니 돌봐줄 여자를 데려와요."

"알았어. 알았다고. 내가 말해놨어. 곧 여자 하나가 올 거야."

하지만 기다려도 여자는 오지 않았다. 밤마다 희명이 가겠다고 보채자 어느 날 왕방은 브로커가 올 테니 따라가라고 말했다.

브로커가 오기로 한 날, 희명은 새벽 일찍부터 짐을 챙기고 있었다. 그러나 아파트 안으로 들어온 것은 브로커가 아니라 중국 공안이었다. 왕방은 약속을 어기고 공안에 신고했고 희명은 공안에게 끌려갔다.

공안에 끌려간 희명은 중국의 한 구류장에 갇혔다. 구류장에서 심사가 끝나면 곧 북송이었다. 북송되면 구류장과 수용소를 전전하면서 또 몇 달을 지내야 할 터였다. 돈을 벌어서 돌아가겠다고 중국으로 왔지만, 빈손은 둘째 치고 딸을 낳아서 왕방에게 주고 북송당할 처지가 된 것이다.

며칠이 지났을까. 날짜를 셀 수조차 없이 힘든 날이 이어졌다.

"면회다!"

어느 날 교도관이 희명을 면회실로 데려갔다.

면회실의 유리문 밖으로 왕방이 보였다. 희명은 왕방에게 침을 뱉었지만 침은 면회실의 유리문을 더럽혔을 뿐이었다. 교도관이 몽둥이로 희명의 등을 후려치며 알아들을 수 없는 중국말을 떠들어댔다. 말이 통하지 않는 북한 사람에게 무조건 몽둥이부터 휘둘렀다.

"어때?"

"……."

"난 희명이 없이 못 살겠어."

왕방이 말했다.

"또 내게 수작하는 거야?"

"딸이 보고 싶지 않아?"

"딸?"

희명의 입에서 울음이 터졌다. 한참 동안 흐느낌이 멈추지 않았다. 왕방은 참견하지 않고 기다려주었다.

"나한테 돌아올 거라면 당장이라도 감옥에서 꺼내줄게. 그리고 나중에 꼭 고향에 보내줄게."

왕방이 말했다.

"북송되면 네 아들도 안 좋아. 그리고 어머니와 두 동생도 있다면서. 아마 그자들도 잡혀갈 거야. 그리고 넌 집으로 영영 못 돌아갈 수도 있어."

"그런 걸 아는 놈이 날 신고해?"

"……."

"월급 주기가 아까우면 몸이라도 보내주지. 나쁜 놈아!"

희명이 소리를 지르자 희명의 뒤에 서 있던 공안이 또 한 번 몽둥이로 등을 후려갈겼다. 등살이 벗겨진 듯 화끈거리고 아팠다.

"내가 공안에게 작업해놨으니까 이틀 후면 나올 수 있을 거야. 이틀 뒤에도 북송당하는 게 더 좋다고 생각되면 그냥 끌려가. 그런 바보는 아닌 줄 아니까 내가 여기까지 찾아온 거야."

왕방은 하고 싶은 말만 한 뒤 돌아가버렸다.

*

결국, 희명은 또다시 왕방의 집으로 돌아가는 선택을 했다. 고향으로 가는 일이 영영 불가능할 것 같은 날이 이어졌다. 변태적인 성욕을 채우는 왕방을 참는 동안, 창문으로 모든 것을 까발리는 빛이 새어 들어왔고 그때마다 수치스러움에 혀를 깨물던 순간들. 빛은 희명에게는 어둠보다 참혹했고 견디기 힘들었다. 왕방이 일어나서 전등을 켜고 엎드린 자신의 알몸을 내려다볼까 봐, 공안이 갑자기 문을 열고 들이닥쳐서 손전등 불빛으로 희명의 알몸을 훑을까 봐, 얼마나 환한 빛을 향해 치를 떨었던가.

중국을 떠나오기 전 렴민이 해준 말이 자꾸 떠올랐다.

'어딜 가든지 자신이 가장 소중하다는 걸 잊지 마.'

소중하기는커녕 버리고 싶은 것이 자신이었다. 하지만 왕방이 성적으로 학대하거나 마음에 들지 않는다고 때릴 때마다 죽고 싶던 자신을 일으켜 세운 것은 '자신이 가장 소중하다는 걸 잊지 말라'던 렴민의 한마디 말이었다. 이대로 주저앉을 수는 없었다. 자신이 가장 소중하다는 것을 알게 될 때까지, 느끼게 될 때까지, 몸소 경험하게 될 때까지, 살아남아야 했다. 힘들 때마다 희명은 의도적으로 렴민이 한 말을 중얼거렸다.

'내가 가장 소중해. 언젠가는 자유를 얻을 거야. 언젠가는.'

렴민은 희명이 살던 마을로 추방당해 왔던 남자였다. 가족도 없이 달랑 혼자였다. 그런 렴민이 옆집에 살게 되면서 희명과 가깝게 지냈다.

지금까지 희명에게 '사랑'이란 단어는 가슴에서 나온 말이 아니라 습관적으로 입에 붙은 말이었다. 어릴 때부터, 수령님 사랑합니다. 선생님들 사랑합니다. 조국을 사랑합니다……! 그렇게 사랑을 소리 내어 말해왔다. 그런데 강을 건너기 전날, 렴민이 희명에게 사랑한다고 속삭였다. 그러자 '사랑'이란 단어가 지금까지와는 전혀 낯설게 들렸다. 누구에게도 들어보지 못한 어감으로 '사랑한다'는 말이 와닿았다. 가슴 한편에 한 번도 건드려진 적이 없는 감정이 건드려진 것 같은 말이었다. 눈이 마주치면 깊은 눈동자로 응시하다가 빙그레 미소 지으며 고개를 숙이던 렴민의 모습이 떠올랐다. 사랑은 자주 많이 생각한다는 뜻이야, 늘 사랑하고 있을게, 라고 하던 렴민의 말. 중국에서 지내는 시간이 길어질수록 차츰 제정신이 들어오는 사람처럼 렴민을 생각했다.

'언젠가는 자유를 얻을 거야, 언젠가는……'

그런 생각을 버리지 않으려고 애썼다.

자유란 말을 들려준 것도 렴민이었다. 자유를 누려보란 말 역시 렴민에게서 처음 들은 말이었다. 누구도 '자유를 누리라'는 말을 해준 적이 없었다. 당이 시키는 대로, 당의 지침대로 충실하게 살아야 했다. 모든 것은 정해진 규율 속에서 그 의미와 가치가 있다고 배웠다. 그러니 자유란 빈둥거리고 노는 것이란 뜻으로 알았다. 자유가 빈둥대는 것이라면 그럴 시간에 땔감을 구하고 산나물을 캐고 밭의 잡초를 뽑아야 했다.

'바쁜 중에도 자신만의 시간을 가지려고 해봐.'

렴민은 늘 희명에게 그렇게 말했다. 그 말이 무슨 뜻인지 알 수 없었다.

그 말을 하는 렴민과 눈이 마주치면 공연히 가슴이 뛰었다. 그것을 숨기려고 허공을 쳐다보면 렴민이 다가와서 손을 잡으며 웃어주었다.

렴민을 만나기 전까지 희명은 식량이 자신의 생명을 유지하게 하는 것인 줄 알았다. 눈에 보이지 않는 것, 한 번도 경험하지 못했고 무엇인지 몰랐던 것, 말하자면 렴민이 말하던 정신적인 것이 자신을 살아가게 하는 것이 될 줄은 몰랐다. 그것이 죽고 싶던 자신을 버티게 해준 것이다.

희명은 달라지기로 했다. 희명은 고향으로 돌아가기 위해 왕방의 말을 더 잘 듣기로 했다. 탈출하기 위해서 무엇보다 왕방의 환심을 사야 했다. 내키지 않아도 내키는 척하기로 했다. 왕방이 안심하게 되는 것이 현실에서 탈출을 위해 준비할 수 있는, 희명에게는 최선의 일이었다. 왕방이 출근하면 아이와 노인과 씨름해야 했고, 그러다 보면 왕방이 퇴근해서 아파트 문을 열었다. 아파트 문은 하루에 단 두 번 열리는 것이 전부였다.

희명이 잘 버티자 왕방은 또 한 번 희명이 임신을 해서 자신의 아이를 낳아주기를 바랐다. 끔찍한 일이었다. 어떻게든 배란일을 피해보려 했고 가능하면 몸을 따뜻하게 하지 않으려 했다. 렴민의 말대로 언제 어디서든 자신이 소중한 사람임을 잊지 않으니 점차 자신이 달라졌다. 내부에서 우러난 힘이었다. 자신이 소중한 사람이란 것을 잊지 않으면, 자신이 소중한 사람임을 분명히 경험하는 날이 올 것이라 믿었으므로 버틸 수 있었다.

*

어느 날 한 방문객이 왕방을 찾아왔다.

방문객은 왕방과 중국말로 사업 이야기를 떠들다가 희명과 눈이 마주쳤다. 희명은 방문객에게서 눈을 떼지 않았다. 제발 구해달라는 눈빛을 알아주기를 간절히 바라면서 쳐다보았다. 방문객은 왕방과 이야기를 나누는 동안에도 몇 번씩이나 희명을 유심히 보았다. 방문객은 한국인 회사에 다니는 왕방의 직장 동료인 원이란 남자였다. 희명은 원이란 방문객이 나갈 때 급하게 방에서 써온 쪽지를 손에 쥐여주었다.

'저를 제발 이곳에서 나가게 해주세요.'

방문객은 쪽지를 말없이 주머니에 넣었다.

며칠이 지난 뒤 방문객 원이 찾아왔다가 돌아갈 때 희명에게 다가와서 전화번호가 적힌 쪽지를 건넸다.

'언제든 전화하시오.'

라고 적혀 있었다.

희명은 다음 날 왕방이 없는 틈을 타서 쪽지에 적힌 번호로 전화를 걸었다.

방문객 원은 '내일 방문할 테니 아파트에서 도망칠 준비를 하고 있으라.'라고 당부했다. 왕방에게 줄 의자를 선물로 가져갈 것이니 철문을 활짝 열 것이라고 했다. 철문을 열어놓고 의자를 들여놓는 어수선한 틈에 현관에서 빠져나가라고 지시했다. 현관 철문을 빠져나가면 계단을 뛰어 내려가서 이 건물의 302호로 들어가라고 일러주었다.

방문객 원이를 믿을 수 있을 것인가.

희명은 밤새 고민했다. 이제 두 살 된 딸을 떼어놓고 간다는 것도 마음에 걸렸으나 두 살 된 딸을 데리고 강을 넘는 일은 불가능한 일이었다. 무엇보다 딸의 안전이 위험했으나 이대로 눌러살 수는 없었다. 석이와 어머니 형제들이 있는, 고향으로 돌아가야만 했다. 희명은 밤새워 뒤척이며 방문객의 말을 들을지 말지 고민했다.

지금처럼 살 거야? 아무려면 그렇게 사는 것보단 나은 방법이 있지 않겠어? 렴민이 속삭이는 소리가 들리는 것 같았다. 일단 빠져나와. 나중에 딸을 위해 해줄 수 있는 일이 있을 거야. 그때까지 살아 있어야 하잖아. 렴민이 들려주는 이야기는 꿈에서도 이어졌다. 그의 말이 맞았다. 희명은 이대로 왕방과 살 수 없다고 자신의 마음을 확인했다. 이대로 지내다가는 살아서 못 나갈 것 같았다. 석이를 맡기고 왔지만, 어머니는 어떻게 되었는지, 또 동생들은 잘 지내는지, 돌아가서 확인해야만 했다. 희명은 딸을 안고 밤새 용서를 구했다.

'언젠가는 널 데리러 올 거야. 언젠가는.'

희명은 자신할 수 없는 약속이나마 딸에게 하지 않을 수 없었다. 밤이 되자 왕방이 희명의 방으로 들어왔고 희명의 옷을 벗겼다. 희명은 딸을 붙들고 마지막 작별 인사마저도 할 수 없었다.

*

다음 날 방문객 원은 약속했던 시간에 철문을 두드렸다. 왕방이 문을 열어주자 남자가 들어왔다. 짐꾼이 계단으로 선물 의자를 들고 오고 있다고 말했다. 왕방은 입을 벌리며 좋아했다. 짐꾼이 올라올 때까지 왕방은 문을 활짝 열어두었다.

"차에서 의자를 내리는 걸 보고 먼저 올라왔으니 곧 들어올 겁니다."

방문객 원이 말했다.

"요새 어머니 건강은 좀 어떠세요?"

방문객 원은 주머니에 든 선물상자 하나를 꺼내 보이며 왕방에게 물었다.

"이거 어머니 드릴 약인데."

왕방은 방문객 원을 노인의 방으로 안내했다. 왕방을 따라 방으로 걸어가면서 방문객 원이 희명에게 눈짓했다. 희명은 노인의 방으로 두 남자가 들어가는 것을 확인하자마자 열린 철문으로 재빨리 뛰어 내려갔다. 미리 준비해둔 가방 하나가 짐의 전부였다.

금방이라도 붙잡힐 것 같아서 다리가 휘청거렸다. 몇 번이나 계단을 뒹굴 뻔했다. 의자를 든 짐꾼이 쿵쾅거리며 올라오는 소리가 들렸다. 희명은 짐꾼과 마주치지 않으려고 있는 힘을 다해 뛰어 내려갔다. 계단 끝에 302호가 보였고 현관문이 반쯤 열려 있었다. 희명은 재빨리 그 안으로 뛰어 들어갔다.

순간 박수가 터졌다. 여자들과 아이들이 희명을 에워쌌다. 희명은 어리둥절했다. 모두 열 명쯤 되었고 아이 셋을 빼면 대체로 희명과 또래로 보이는 여자들이었다.

"잘 왔어요."

"이리 와서 앉으세요."

여자들이 소파로 희명을 안내했다. 희명은 그때부터 302호에서 살게 되었다. 302호는 희명처럼 탈북해서 중국을 떠도는 여자들을 위해 한국에서 온 봉사자가 운영하는 '자유의 집'이라고 했다.

희명을 탈출시켜주었던 남자는 '자유의 집'을 운영하는 봉사자의 오빠라고 했다. 우연히 희명의 쪽지를 받고 희명을 구조해주기로 했고 무사히 구출된 것이다.

이곳에서 보호를 받다가 중국 여권을 위조해주면 그것을 들고 비행기를 타고 한국으로 나가는 것이 최종 목표라고 했다. 중국에서 탈출할 수 있다니 희명으로서는 꿈에도 그리던 뜻밖의 구원자를 만난 셈이었다. 그러나 여자들과는 정반대로 희명의 목표는 북한으로 되돌아가는 것이었다. 한국이 어딘지도 들어본 적도 없었고 그런 곳으로 갈 생각도 없었다. '자유의 집' 회원들에게 속마음을 말하면 보호해주지 않을까 봐 희명은 내색하지 않았다. 돌아가기 위해, 도망칠 궁리를 하며 지냈다.

*

희명은 302호 '자유의 집'에서 살았다. 그곳은 희명처럼 탈북해서 중국을 떠도는 여자들끼리 공동체 생활을 하는 곳이었다.

302호에서 지낸 지 보름이 지나자 그곳에 들어와 있는 사람들에게 희명이 물었다.

"여기서 언제까지 있어야 우린 이곳을 떠납니까?"

대답은 한결같았다.

"자세한 건 몰라요. 지원이 와야 하고 브로커와 잘 연결이 되어 있어야 해요. 우리에게 손을 언제 내밀고 잡으라고 할지 아무도 모르니까요. 이렇게 마냥 기다리고 있으면 순서대로 중국에서 탈출하게 된다고 했어요."

"우린 한국으로만 가야 해요?"

희명은 오랫동안 묻고 싶었던 말을 보름 만에야 꺼내놓았다.

"그렇습니다. 다른 나라에 가고 싶어요?"

자신이 가고 싶은 곳이 북한이라고 말할 수 없었다.

그렇게 한 달이 또 지났다.

"오늘 우리는 다른 곳으로 옮겨서 수용됩니다."

간사가 말했다. 거처가 노출되어 공안이 들이닥칠 위험이 있다는 것이다. 밤새 짐을 챙겼고 어둠이 가시지 않은 새벽에 두 대의 차에 옮겨 탔다.

온종일 달린 차가 잠시 정차했다. 화장실에 가는 무리에 끼어 희명은 차에서 내렸다. 화장실에 다녀오는 척하고 숲으로 들어가서 일행들로부터 이탈했다. 그런 뒤 숲길을 무작정 달렸다. 일행이 한 명도 보이지 않을 때까지 뛰고 또 뛰었다. 한국이란 곳으로 가지 않기 위해서였다.

추월리로 돌아가서 어머니와 두 동생과 아들 석이를 만나야만 했다. 도망치는 동안 어느새 저녁이 깊었다. 희명은 옥수수밭을 헤치고 들판을 걷다가 문득 나타난 불빛에 놀라 앞으로 고꾸라지고 말았다.

그날 밤 희명은 다시 공안에게 잡혀서 결국 북송되었다. 지프에 태워져서 국경 다리를 건너 칠성 세관을 통해 북송되었다. 국경에 펄럭이는 인공기를 보는 순간 희명은 이대로 잡혀가서 수용소에 갇히면 영영 석이를 못 만나게 되겠구나 하고 앞이 캄캄했다. 차가 정차한 곳은 도문 변방 감옥이란 곳이었다. 차를 정차시킨 뒤,

"언제 중국으로 들어왔어?"

"어디에 숨어 있었던 거야?"

"무슨 짓을 하다가 잡혔어?"

군인들이 연거푸 물었다. 조사를 끝내자 군인들은 서류를 넘겨받아 인원수를 확인했다. 그런 뒤 한 명씩 창고로 끌고 가서 담요와 죄수복과 수건을 주었으며 구류장으로 데리고 가서 6시에 기상해서 밤 10시까지 앉아 있게 했다.

구류장에는 북송당한 탈북자가 백 명이 넘게 뒤섞여 앉아 있었다. 종일 똑바로 앉아서 오직 시간을 보내는 일만 했다. 조금이라도 몸을 움직이면 곧바로 구타를 당했다. 가려워도 긁지 못해서 희명은 괴로웠다. 다리를 펴기만 해도 끌려나가서 구타를 당했다. 불려가서 조사받는 시간을 제외하고는 온종일 그렇게 앉아 있어야 했다. 일거수일투족이 CCTV에 찍혀 감시당하면서도 한 달 넘게 조사를 받았다. 그러면서도 언제 내보내준다는 이야기도 없었다. 무작정 앉아서 시간을 보내야 했다. 그 시간을 뭐라 해야 할까. 마

치 바다에 빠뜨려져서 물이 목구멍에 차고 곧 가라앉을 것 같은 고통 속에서도 널빤지 하나 발견하지 못한 고통과 같았다. 희명은 왕방 몰래 숨겨온 돈을 구류장에서 다 뺏겼다. 밀수꾼이거나 간첩질하려고 들어왔냐는 심문이 매일 이어졌다.

조사가 끝나자 온성보위부에서 조사를 받고 다시 회령의 노동단련대에 들어갔다. 6시에 기상해서 작업장에서 강제 노동을 했고 밤 10시까지 사상 교육 학습과 생활총화를 했다.

*

희명은 노동단련대에 있는 동안 첨이란 여자를 알게 되었다.

첨이란 여자는 자주 눈을 감고 중얼거렸다. 밥을 먹을 때도 마찬가지였다. 희명은 그것이 기도라는 것을 단번에 알았다.

어느 날 첨은 교관원에게 끌려갔다. 식사 시간까지 첨은 작업장에 돌아오지 않았다. 희명은 걱정이 되어서 화장실에 가는 척하고 첨을 찾아 건물을 돌아다녔다. 그때 희명은 첨이 구타를 당하는 것을 보았다. 건물 안에서 하나님을 믿느냐고 물었고 하나님을 믿는다고 대답하는 소리가 희미하게 들렸다. 계속 교관원은 같은 말을 물었다. 희명은 건물 안으로 돌아왔지만, 저녁 시간에도 첨은 들어오지 못했다.

첨에 대한 소문이 돌았다. 중국에서 북송되어 온 사람이 첨이 성경을 읽으라고 쪽지를 준 것을 가지고 있다가 들켰다는 것이다. 그

바람에 첨은 불려 다녔다. 희명은 첨이 단련대 사무실 옆에 쓰러져 있는 것을 발견했다. 모진 고문을 당한 뒤 식당에 가라고 했는데 쓰러졌다.

희명은 쓰러진 첨을 부축했다. 첨은 온몸과 얼굴이 짓밟혀져 있었다. 그런 첨을 일으켰지만, 첨은 축 늘어졌다. 그런 상태에서도 고개를 숙이고 계속 무어라고 중얼거렸다. 그것 역시 기도라는 것을 희명은 잘 알고 있었다.

정신을 차린 뒤 첨은 자신이 집으로 돌아갈 수 없을 것이라고 했다. 집에 혼자 있는 노모를 끝내 못 만나게 되는 일이 걱정이라면서 희명에게 주소를 적은 쪽지를 건넸다. 희명이 만약 구류장에서 나가게 되면 꼭 노모를 만나달라고 거듭 당부했다.

*

거짓말처럼 렴민이 노동단련대에 찾아왔다.

렴민은 뇌물을 써서 희명을 꺼내주었다. 그렇지 않았다면 희명은 거적때기에 말려서 버려졌을 것이다. 심한 고문으로 몸이 만신창이가 되어서 기어 다닐 때 렴민이 희명을 수소문해서 찾아왔고 꺼내준 것이다.

희명은 3년 만에 집으로 돌아왔으나 어머니는 돌아가신 지 한 해가 지났고 두 형제는 뿔뿔이 사라지고 없었다. 렴민이 석이를 거둬주고 있었다.

희명은 고향에 돌아와서 몸을 추스른 뒤 첨이 적어준 주소를 들고 첨의 노모를 만나러 갔다.

노인은 딸이 북송되어 온 사실도 모르고 있었다. 희명은 노인에게 첨의 안부를 어떻게 전해야 할지 망설였다. 중국에서 지냈던 날의 충격과 상처 그리고 중국 공안에게 잡힌 일과 북송된 뒤 구류장에서 지냈던 날까지, 그런 현실을 노인에게 들려줄 수도 없었다.

노인은 간소한 밥상을 차려주었다. 중국에서 만났던 친구란 말에 노인은 희명을 보는 것이 딸을 만난 것만큼이나 반갑다고 했다. 식사하는 동안 노인은 첨이 그랬듯이 눈을 감고 입 밖으로 소리는 내지 않은 채 입술만 달싹이며 무어라 중얼거렸다. 구류장에서 봤던 첨의 행동과 같았다. 그것 역시 기도였다. 수저를 내려놓는 소리를 들었는지 노인이 눈을 떴다.

"사실은 중국에 잡혀 북송당했어요. 그래서 구류장에 있다가 왔어요."

노인은 깜짝 놀라는 표정을 지었다.

"죄지은 것 없는 사람들을 교도소에 가두다니. 망할 것들."

누가 들으면 큰일 날 소리를 아무렇지 않게 말했다. 희명의 앞에서 대놓고 당에 대해 그렇게 노골적인 욕을 하는 사람을 본 적이 없었다.

"그런 말 함부로 하다가 끌려가요."

"나는 겁나는 게 없어. 믿는 게 따로 있어서."

"믿는 거요?"

희명이 물었다. 노인은 대답 대신 희명의 손을 잡고 웃었다. 그런 뒤 습관처럼 눈을 감고 오랫동안 기도를 했다. 죄지은 것 없이 고생하는 사람을 돌봐달라는 말이었다. 수령이 아니라 다른 누군가에게 기도하는 것. 첨의 노모는 기도하는 그 자체만으로도 당신의 마음에 쉴 공간을 지닌 듯 편안해 보였다.

'가장 끝에 있는 사람을 사랑하라.'

그 말을 속삭인 뒤 희명을 바라보던 첨의 미소가 떠올랐다. 그 미소는 모든 것을 다 가진 자가 그 행복을 타인에게 전해주고 난 뒤, 마치 두 사람이 하나가 되었음을 기뻐하는 듯한 미소였다. 희명은 첨에 대해 끝내 한마디도 못 한 채 노인의 집에서 나왔다.

희명은 꿈에서 깨어나듯 과거의 기억에서 빠져나온다.

다시는 기억하지 않을 거야. 희명은 고개를 저으며 일어나서 방으로 들어간다. 다락에 숨겨둔 가방에서 책을 한 권 꺼냈다. 이곳에서는 금지된 책이지만 벌써 열 번도 더 읽은, 렴민이 준 책 중 한 권이다.

7

혁명회 동지

*

정오가 지난 시간에 손님이 찾아왔다. 며칠 전에도 낯선 손님이 렴민을 찾아와서 은밀히 접촉한 것을 본 기억이 났다. 사내는 가방을 들고 있었는데 나갈 때는 빈손이었다.

그날 봤던 그 사내는 아니었다. 렴민이 약속을 제대로 지키지 않은 것인지 사내는 렴민이 집에 없다는 사실에 당황한 눈치다. 마루에 앉아 손으로 입을 가리고 한동안 전화를 걸더니 탁을 부른다. 수화기를 건네주면서 받아보라고 한다. 수화기 저편에서 렴민의 목소리가 들린다. 렴민은 사내에게서 가방을 받아 자신이 말하는 곳에 보관해달라고 했다.

전화를 끊자 사내는 가방을 탁에게 준 뒤 황망히 대문을 나섰다. 가방에 무엇이 들었기에 비밀 장소에 감추라고 하는지 궁금해서 가방을 살펴본다. 네모난 가죽 가방에는 비밀번호를 모르면 열 수 없는 전자로 된 잠금장치가 채워져 있다. 탁은 가방을 들고 렴민의 방으로 들어갔다. 렴민이 시킨 대로 앉은뱅이책상 아래에 놓은 담요를 들치고 방바닥을 두 손으로 힘껏 눌렀다. 그러자 바닥 한쪽이 널빤지를 깔아놓은 것처럼 아래로 쑥 들어갔다. 그 사이로 가방을 밀어 넣자 가방은 어딘가 통로로 이동되는 공간이 있는지 떨어지는 소리를 냈다. 바닥이 어디로 연결된 것인지 살폈지만 컴컴해서 아무것도 보이지 않았다.

탁은 방바닥을 원래대로 해두고 담요를 덮는다. 그런 뒤 방 안을 유심히 살핀다. 옷걸이와 책장, 서랍장이 전부인 방은 여느 집 방 안 풍경과 다르지 않다. 조금 다른 것이 있다면 앉은뱅이책상 위에 가득 쌓인 책들이다. 책은 무려 스무 권은 됨직한데 도자기 사업이나 인삼 재배법에 관련된 전문 서적도 있고, 영어나 러시아어 원서 등 다양하다. 그 책들을 하나씩 보다가 책들 사이에 낀 노트 하나를 발견한다. 노트를 펼치니 암호처럼 쓰인 작은 글씨가 한눈에 들어온다. 일기인 듯한데 반듯한 정자체로 꾹꾹 눌러 쓴 글씨가 렴민의 빈틈없는 성격을 드러내주는 듯하다. 렴민에 대해 갈수록 의문이 생기던 참이라서, 탁은 얼른 노트를 재킷 속에 감춘다.

*

방으로 돌아와 노트를 읽으려는데 인기척이 났다. 지레 놀라서 밖으로 나가니 렴민이 방에서 나왔다. 가방 때문에 걱정이 되어서 빨리 왔다고 한다. 가방을 잘 처리해줘서 고맙다고 인사를 하더니 바람을 좀 쐬게 해주겠다고 나오라고 한다.

카키색 작업복으로 갈아입은 뒤 대문을 나선다. 렴민은 장마당이 섰는데 한번 가보자고 말하며 마을 어귀에서 큰길로 가는 돌층계로 올라선다.

"직장은 오래전부터 노동을 기부하는 곳이 되었거든. 입에 풀칠하려면 외부 일이나 장사를 해야 하니까 다들 장사하느라 혈안이되어 있어. 하지만 장사를 못 하게 단속하는 자들 때문에 내 아는사람은 장사를 잘 하고도 단속 때문에 다 날렸어. 뇌물을 괴고 단속에 쫓겨 다니면서도 그게 당국에서 시키는 법이니까 무조건 따라야 하거든."

탁은 렴민을 뒤따라 걸으며 그의 말에 귀를 기울인다.

"그나마 우리 추월리는 운이 좋은 편이지. 농장에서 수익을 잘내니까 당에서 엄지손가락을 세우는 곳이 되었으니까. 추월리처럼농장 밭에서 옥수수를 훔쳐 가는 자가 없는 마을도 드물어. 농장마다 군인이 보초 서고 분조장도 신경을 쓰는데 우린 느슨한 편이지."

큰길을 한참 걸어서 장마당으로 가는 동안 길모퉁이마다 질서유지대나 순찰대가 서 있다. 탁은 모자를 더 깊이 써서 얼굴을 가린다. 렴민을 따라나선 것이 위험한 일이라고 마음을 졸이며 걷지만, 이상할 정도로 감시원은 탁에게 무관심하다.

장마당에는 좌판이나 흙바닥에 물건들을 늘어놓고 파는 장사꾼

바람이 불어오는 날

들이 오간다. 그들은 모여앉아 곡류, 고춧가루나 채소, 산나물을 팔고 있다. 장을 보는 사람들이 유난히 까맣고 왜소하게 보인다.

"장마당에는 고양이 뿔 빼고는 다 있다고 들었는데, 죄다 채소나 가내수공업으로 만든 물건뿐이네요."

"요새 단속이 심해서 그래. 저기 공터에 모여 있는 사람들 보이지?"

럼민이 가리키는 곳에는 사내 서너 명이 쪼그리고 앉아서 잡담하고 있다.

"저 사람들이 거간꾼이야. 단속이 심해서 생필품이나 휴대전화 같은 전자제품은 장마당에서 팔 수가 없거든. 팔다가 들키면 무조건 압수니까. 그래서 저기 거간꾼에게 살짝 가서 물건이 있는지 물어보고, 근처 살림집으로 가서 물건을 사 가는 거야."

"살림집에서요?"

"저 사람들이 공장 기업소나 국영상점에서 빼돌린 것들을 거래해서 사뒀다가 파는 거지. 중국에서 들어온 물건도 거간꾼을 통해 사고파는 거고. 그나마 여기가 중국 접경 지역이라 물건을 구하기 쉬운 편이지. 중국에서 들여온 컴퓨터와 거기에 쓰이게 특수 개발한 보조 배터리도 살 수 있을 정도니까. 돈만 있으면 뭐든 살 수 있지. 북한 보급용으로 제작한 노트텔이란 것도 파는데, 그것만 있으면 우리 같은 산간마을에서도 티브이를 볼 수 있지."

"사고 싶은 물건은 죄다 살림집에 숨겨져 있다면 여기도 돈이면 뭐든 살 수 있다는 말이네요."

"그렇지."

탁은 바닥에 앉아 도토리나 잣, 송이를 비닐에 담아 펼쳐놓고 파는 상인을 지나친다. 장마당에 내놓은 물건은 많지 않은데 오가는 사람은 적지 않다. 물건을 운반하는 손수레들이 골목마다 군데군데 서 있지만, 매대의 물건 양이 많지 않아서 수레가 소용이 없다. 거간꾼이라는 사람들의 무리가 물건을 파는 상인보다 더 자주 눈에 띈다.

길가에 쪼그려 앉아 있는 주민들 뒤편으로 발전 시설로 보이는 건물이 눈에 들어온다. 장마당에 전기를 보급하는 시설물 같은데, 그 건물 외벽 현판에는 '자력갱생만이 살길이다'라는 구호가 적힌 현판이 붙어 있다. 붉고 큰 글씨가 하도 힘찬 필체여서 오가는 장마당 사람이 주눅 들어 보인다. 장마당을 둘러보는 사이, 장마당 한쪽이 소란스러워지더니 사람들이 우르르 몰려간다.

"우리도 한번 가볼까요?"

탁은 사람들을 뒤쫓아 간다. 대여섯 명의 장사꾼들이 보안원 한 명을 둘러싸고 소리치고 있다.

"우리도 참을 만큼 참았어. 시장에 팔려고 가져온 걸 다 압수하면 우린 어떻게 하란 거야."

저마다 보안원들에게 불만을 터뜨리면서 장사꾼들이 집단으로 항의한다.

"보안원에게 덤비다니 돌았소?"

몇 명의 상인들이 대열에서 이탈시키려 해도 끄떡도 하지 않는

바람이 불어오는 날

다. 보안원이 장사꾼을 단속하겠다고 물건들을 압수하자 불만이 폭발한 모양이다. 장사꾼들에게 둘러싸인 보안원이 손전화기를 꺼내더니, 속히 현장에 출두하라고 큰 소리로 말한다.

"무서워서 벌벌 떠는 거 그만둘 거요. 우리 물건 가져가게 안 둘 거란 말이오."

"끝장나고 싶소? 다 끌려갈 거요?"

"이판사판이야. 우리도 참을 만큼 참았소. 우리도 살고 봐야겠소."

저항은 가라앉지 않았으나 보안원이 전화를 끊은 지 얼마 지나지 않아 무장한 보위부원과 보안원 네 명이 몰려온다. 호루라기를 불며 장사치들을 끌어내어 한 명씩 무릎을 꿇려 앉힌다. 그 기세에 놀란 상인들이 뿔뿔이 흩어져서 도망치느라 바쁘다.

"이런 일에 잘못 휘말리면 곤란해. 모른 척 어서 가지."

렴민이 탁의 팔을 붙잡아 당기며 재촉한다. 탁은 소란스러운 현장에서 빠져나온 뒤 장마당을 돌아본다. 보안원들이 폭력에 가담한 장사치들을 경찰차에 태우는 중이다. 권력 앞에 저항하는 상인들의 모습에 탁은 뒤통수를 한 대 맞은 듯 놀랍다.

"저 사람들, 어떻게 되는 겁니까?"

탁이 묻자 렴민은 그저 덤덤하게, 보안서가 인민반 회의를 긴급하게 소집해서 사건을 처리하고 다른 곳으로 입소문이 나지 않도록 철저히 비밀에 부칠 것이라고 한다.

"걸리면 끝장인데 장사꾼들이 너무 무모한 거 아닙니까?"

렴민을 바짝 따라가며 탁이 묻는다.

"잡혀가서 죽으나 굶어 죽으나 마찬가지라고 생각하니 덤볐지 않겠어? 저런 소동이 오늘만 일어난 건 아니야. 당을 위해, 조국을 위해, 순종하라지만 단속을 견디기 힘든데 어찌 순종만 할 수 있겠어?"

렴민은 서둘러 장마당을 벗어날 때까지 입을 꾹 다문 채 말이 없다.

*

장마당을 벗어나자 렴민은 산등성이의 하얀 건물을 구경시켜주겠다고 서두른다. 돌아다니는 것이 위험하지 않겠냐고 묻자, 미리 다 조처해뒀다고 안심시킨다.

한 시간 정도 걸어 산등성이로 올라가자 하얀 건물 앞에 멈추어 선다.

"추월리 어느 집에서나 보이는 하얀 건물이 바로 여기야. 산등성이에 높게 지었으니까."

"교회 같지는 않은데, 종교 시설입니까? 제가 들어갈 수 있는 곳입니까?"

"사상 교육관이야. 탁 동무는 내 친척이라고 했으니 입장이 허용될 거야. 미리 신청해뒀으니까 들어가서 잘 봐둬. 하나라도 더 봐야 돌아가서 본 대로 다 증언할 수 있잖나?"

바람이 불어오는 날

렴민을 따라 로비를 지나 교육관으로 들어선다. 작은 박물관 같은 내부에는 수령의 일대기를 중심으로 한 사진들과 자료들이 전시되어 있다. 벽마다 구호가 적힌 선전물들도 붙어 있다. 렴민의 말에 의하면, 예전에 당성이 강한 자가 돈을 끌어들여서 지은 건물을 당에서 활용하고 있다는 것이다.

렴민을 따라다니며 건물 안을 한 바퀴 돌면서 전시물을 봤다. 이곳이 톨스토이는 있어도 도스토옙스키는 없는 곳이란 말이 실감났다. 톨스토이의 계몽은 있어도 도스토옙스키의 실존은 용납되지 않는 곳이란 말처럼 선전 구호로 채워진 선전실이다.

여기에서 개인의 실존이 중시되면 사회는 굴러가지 않을 것이다. 인민은 독재자의 손에 쥐여져서 살아야 하니까 체제가 어떤 것을 지시하든 저항하지 않고 살아야 한다. 그런 수동적인 인간을 만들기 위해 이런 선전실에서 정기적으로 세뇌 교육을 하는 것인가.

나선형으로 된 2층 계단으로 올라갔다. 사방 벽마다 현수막이 붙어져 있었다. 대체로 붉은 글씨로 쓴 선전 문구였다.

'혁명과 건설의 주인은 인민이다.'

'혁명을 추동하는 힘은 인민에게 있다.'

'수령의 요구대로 사회를 개조하여 사상적 요새와 물질적 요새를 점령한다.'

벽마다 붙어 있는 현수막에 쓴 붉은 글씨는 하도 역동적인 필체여서 붉은 글씨가 소리치며 튀어나올 것 같다. 주체사상에서 수령을 추종하자는 유일사상으로 바뀐 단면이 구호들에 노골적으로 드러났다.

'위대한 수령님의 혁명사상으로 철저히 무장하자'라는 구호를 보고 있는데 렴민이 다가왔다. 3층에 올라갔다가 오겠다면서 탁에게 헤드셋을 씌워주었다. 헤드셋에서 시그널 음악이 들리더니 곧바로 딱딱한 목소리가 나온다. 수령님의 투쟁을 말하다가 수령님의 은혜를 언급하며 울먹이고 곧이어 수령님을 더욱 숭배하자는 연설이 이어진다. 유일사상 10대 원칙을 연이어 들려주는데 특히 유일사상의 열 번째 내용을 두 번씩 강조한다.

'혁명사상으로 온 사회를 일색화하고 수령을 충성으로 모시고 수령의 권위를 절대화하는 것이 우리 혁명의 지상 요구이며 우리 당과 인민혁명의 의지이니, 대를 이어 끝까지 계승하여 완성하자.'

세습 체제를 대를 이어 구축하자는 교육 내용이 이어진다.

'수령은 육체적 생명보다 더 귀중한 정치적 생명의 제공자다. 그러니 당은 생명의 모태다.'

'대중은 생명의 은인인 어버이 수령에 대해 충성과 효성을 다하자.'

'수령에 대한 절대복종을 요구하고 무조건 받들어야 한다.'

'우리는 사회주의 대가정에 살고 있으니 수령은 국가의 어버이이며 장군은 국가의 장자이며 인민은 가족이다.'

헤드셋에서 나오는 딱딱한 강령 낭독을 듣고 있는데 렴민이 3층에서 내려온다.

"그만 가지. 삼 층은 탁 동무가 올라갈 상황이 못 되네. 감시가 심하고 서명이 필요해서 여행자는 들어가지 못하겠어. 혁명화를 그린 유화들과 혁명 영상을 보여주고 싶었는데."

렴민이 아쉽다는 듯 눈을 찡긋하더니 입구 쪽으로 서둘러 걸어나간다. 렴민의 얼굴이 헤드셋에서 들려오던 목소리만큼이나 딱딱해져 있다. 탁은 헤드셋을 벗어서 입구에 두고 건물에서 나온다.

렴민은 건물을 지나 산기슭에 이르자 탁에게 건물을 본 소감을 묻는다. 탁은 구호밖에 떠오르지 않는다고 솔직히 털어놓는다.

"저 정도 구호는 아무것도 아니네. 혹시 구호바위라고 들어봤어?"

"들어는 봤습니다만."

"오대 명산의 바위에 모두 글씨를 남겼지. 큰 바위가 있는 곳에는 음각으로 글씨를 새기고 바위가 없는 곳에는 글씨를 새긴 육십 톤짜리 바위 여섯 개를 붙여서 구호바위를 만들었지."

그제야 구호바위에 대해 취재했던 내용이 떠오른다. 백두산은 눈이 덮여버리면 안 되니까 양각으로 새겼다고 했다. 금강산에만 구호바위가 여든 개소가 넘는다고 해서 놀랐던 기억이 났다. 글씨의 크기도 놀라웠다. 가로 25미터, 세로는 34미터, 깊이는 1.5미터나 되는 큰 글씨가 전국에 4만 자가 넘는다고 했다.

"수령 영생탑도 마찬가지야. 대단한 우상화 작업이지."

"사진으로 봤습니다. 어디서나 볼 수 있도록 높이 구십이 점 오 미터로, 탑신에는 '수령은 영원히 우리와 함께 계신다'라고 쓴 것을 본 기억이 나요. 어떻게 이런 우상화가 이렇게 오랫동안 가능한 건지, 늘 궁금했어요."

"이유는 간단해. 여긴 당원, 보위부, 보안원, 군 지휘 간부, 검찰소, 재판소, 행정 기관 등에 근무하는 사람들이 주민의 삼십 프로이상을 차지하거든. 이들이 전국 각 지역의 말단 기관에까지 중앙당 당원이 파견되어 있거든. 이들이 조직적으로 관리하고 저항을 못 하도록 움직이는 거지."

"……."

"우린 이렇게 완벽한 설계, 그 설계 속에 가둬져서 살아가고 있어. 이 설계 밖으로 뛰쳐나오는 일이 영영 불가능하다고 절망할 때도 있어. 이런 선전실에 왔다 가면 더욱 그래."

렴민은 목이 멘 듯 말을 잇지 못한다. 렴민의 어깨가 더욱 왜소해 보인다.

*

"사실은 탁 동무를 만나고 싶어 하는 사람이 있어. 그곳에 데려가기 위해 선전실 구경도 시켜준 거야. 그 사람들을 만나려면 우리현실을 좀 자세히 보여줄 필요가 있었거든."

"나를 어떻게 알고 만나고 싶어 한단 말입니까?"

"내가 남조선에서 넘어온 자가 있다고 말했더니 모두 호기심을 보였어. 궁금한 것도 많고 이런 기회가 흔치 않으니 대화를 좀 하고 싶다더군."

바람이 불어오는 날

"위험한 일 아닙니까?"

"물론 위험하지. 내가 얘기했잖나, 여긴 모든 게 다 감시고 위험한 일이라고. 그렇다고 아무것도 안 하는 건 저들의 술책에 넘어가는 거니까 목숨 내놓고 할 일은 해야 살아 있다고 할 수 있는 체제라고."

"그렇기는 하지만……."

"그럼 마음 준비를 단단히 하고 따라서 와. 어금니 꽉 물고. 하하."

렴민의 뒤를 따라 걷는 동안 탁은 자신이 다시 기자로 회귀한 듯하다. 시간이 지날수록 렴민은 탁에게 더 많은 것을 보여주고 알려주지 못해서 안달이 난 듯하다. 초조감이라고 할까. 이곳에서 내보내주기 전에 많은 것을 보여주는 것이 자신의 사명이라도 된다는 듯 적극적인 행보를 이어가는 것이다. 이러다가는 국경을 넘는 것보다 추월리를 벗어나는 일이 더 어려워질 듯하다.

렴민은 골짜기를 지나더니 나뭇잎으로 덮인 길로 들어선다. 토굴 같은 것 앞에서 멈추어 선다. 탁이 멈칫 서자, 렴민이 탁의 어깨를 툭 친다.

"걱정하지 마. 내 동지들이니까."

렴민이 천천히 사방을 둘러보더니, 탁을 먼저 문 안으로 밀어 넣고 뒤따라 들어와 쇠문을 잠근다. 구석에 놓인 손전등 불빛에 사람들의 실루엣이 어렴풋이 보였으나 모자를 깊이 눌러쓰고 있어서 모습을 구분하기 어렵다. 렴민이 지시하는 대로 탁은 가장 안쪽으로 들어가서 앉는다.

"인사하시오. 모두 나와 같은 일을 하는 동지들이오."

탁은 남자들과 고개를 숙여 인사를 주고받는다.

"우선 할 일부터 끝내고 이야기를 나눕시다."

렴민은 가방 속에 든 서류 봉투를 꺼내 남자들에게 일일이 나눠준다.

"세부적인 지시 사항은 그 안에 든 자료를 숙지하시오. 매뉴얼대로 움직이면 되오."

남자들은 서류 봉투를 품속에 넣어 감춘다.

"여기 모인 동지들이 남조선 기자가 왔다 하니 한번 만나보고 싶다고 해서 데려온 거요."

렴민은 남자들에게 말한 뒤 탁을 돌아본다.

"긴장할 거 없어. 아까도 말했지만, 이렇게 접촉하는 자체로도 위험하지만, 저들의 손아귀에서 벗어나려면 뭐라도 해야 해. 변화하려면 외부 사정을 알아야 하는데 여긴 언로가 막힌 게 문제야. 이렇게 우리가 만난 건 다시 없을 기회니 이야기를 좀 나누자고 큰맘 낸 거야."

손전등 불빛이 자신에게만 비추며 옷을 다 벗기는 듯한 섬뜩함을 떨치며 탁은 낯선 사람들의 눈과 마주칠 때마다 고개를 숙인다. 낯선 사람들의 눈빛이 자신의 온몸을 위험한 독으로 바르는 듯하다.

"우리 동지들도 탁 동무에게 각자의 생각을 털어놔주면 좋을 거요. 대화하다 보면 서로를 알 수 있으니까 말이오. 대화 없이 지냈기 때문에 우린 아직 이러고 사는 건지도 모르오."

남자들이 모두 고개를 끄덕인다.

"이야기 나누고 나면 탁 동무를 어떻게 대할지 결정할 수 있을 것이고 동무들 의견에 난 전적으로 따를 거요."

"뭘 결정한단 겁니까?"

탁이 묻는다.

"추월리는 한 덩어리처럼 움직이고 있으니까, 모두 한 배를 타야지. 이방인이라고 해도 우리 조직을 알게 된 이상 일심동체로 움직여야 하는 거지. 안 그러면 조직이 위태로워지니까 살려서 내보낼 수는 없지. 우리 조직을 알게 된 외지인이라고 무작정 제거할 수는 없다 보니 탁 동무를 여기까지 데려온 거고."

탁은 긴장감 때문에 아무 말도 하지 못한다.

"자, 그럼 시간이 많지 않으니까 어서 질문을 시작하오."

맨 앞에 앉은 남자가 말문을 연다.

"남조선의 언론은 왜 북조선의 인권에 무관심함까? 여기 정치범 수용소가 넘쳐나도 왜 외면하고 모른 척하냔 말임다. 또 북조선이 주체사상을 들먹이면서 삼대 세습을 이어가도, 핵무기 개발로 인민의 허리띠를 조르고 있어도, 왜 무심하오?"

"무심한 게 아닙니다."

탁이 말한다.

"사실은 그동안 많은 시도를 했으나 깨진 항아리에 물 붓는 식으로 허망해져서 이제는 속수무책인 상태라고 할 수 있지요."

"그렇다면 거기 사람들은 우리 실정을 얼마나 알고 있소? 2009년 신구 화폐를 백 대 일로 액면 저하해서 화폐를 교환하고 시장까지 폐쇄한, 화폐개혁 실패로 심각한 경제 문제를 겪은 사건은 알고 있소?"

탁은 그것은 잘 알고 있고 기사로도 내보낸 적이 있다고 했다. 탁의 말에 남자는, 북조선에 고려 링크가 설립되어 휴대전화 가입자가 18만 명이 넘어섰다는 것을 알고 있는지도 물었다. 그것 역시 탁의 신문사는 물론, 다양한 매체에서 기사화해서 관심 있는 사람들은 다 아는 사실이라고 전했다. 가입자가 늘수록 서구의 정보가 쉽게 노출되어 수령 일인 독재체제는 막을 내리지 않겠느냐고 말하고 싶었지만, 왠지 토굴 안에도 렴민의 의사와 다른 자가 섞여 있을 것 같아서 입을 다물었다.

"북조선의 유일 수령 체제가 무너질 가능성이 있다고 보오?"

가장 구석진 곳에 앉은 남자가 묻는다.

"경제가 추락하면 독재체제도 붕괴하지 않을까요? 배급이 안 나오니 국경을 넘은 탈북민이 백만이 넘지 않았습니까?"

1999년 러시아와 동구 공산 국가들은 자유 민주주의와 시장경제 체제로 변한 것처럼 이곳도 경제난이 심해지면 주민들이 시위하다가 내전이 일어날 가능성이 없지 않을 것이다. 그러나 한국은 북한을 포용할지 압박할지 논쟁하느라 시간을 허비해왔다. 북한이 테러해도 미온적으로 대응했고 분단을 유지하거나 관리해서 전쟁을 막으려는 정책만 유지해왔다. 그런 취재를 해서 언론에 많이 내보내고 어느 정도는 알고 있다고 했다.

"알고 있으면서도 모른 척하오? 언제까지."

구석의 남자가 마치 모든 무관심이 탁의 탓이란 듯 몰아붙인다.

"우리는 지금 식량, 에너지, 외화 등 경제적으로 엉망이오. 배급도 안 되어서 누구든 시장으로 나와서 메뚜기처럼 옮겨 다니면서 장사를 하다가 한자리에서 진을 치고 장사하는 진드기 시장으로 바뀌고 지금은 아예 배 째라는 식으로 시장이 형성되어 인민들이 시장에서 물건을 구하거나 파는 게 일상이오. 이러면서 우리 인민들도 변하고 있소. 일탈 행위도 늘고, 당국은 통제가 잘 안 되니까 공포정치로 정치범 수용소에 가두는 게 일이 됐소. 인민은 변하는데 당국이 변하지 않고 억누르지만 얼마나 버틸 수 있겠소? 그래서 우린 렴민 동지와 함께 그 변화를 추진하려고 애쓰는 거요."

"……."

"당이 남조선 문화가 유입되는 것을 죽어라 통제하는 걸 보면, 우리가 죽어라 남조선 문화를 유입해야 한다는 생각이 드오. 북한 인민이 당에 적대 세력이 될 거라는 걸 저들이 알게 되니까 불안에 떤다는 증거요. 장마당에 나온 남조선 가요와 드라마를 못 본 자가 없을 정도가 되면 통제할 수 없어지는 날이 올 거요. 그러면 우리도 확 변할 거요."

모인 사람들이 동의한다는 듯 고개를 끄덕인다. 그 옆에 앉은 남자가 발언하겠다고 표시하며 말문을 연다.

"모기장식 개방론이란 말 들어봤소? 그걸로 대북 지원과 협력은 수용하면서 주민 간 접촉은 차단하려 했지만 어림없었소. 이미 시장이 형성되고 의식주도 스스로 해결하는데 뭘 가지고 통제할 수 있겠소? 통제 불능이오. 인민도 직장에선 뒷짐 지고 자기들 텃밭이나 장사로 돈을 벌려고 설치지 않소? 다른 도시에서는 무단 이동과 상거래 뇌물 수수 같은 비리도 심심찮게 일어나고 절도와 매매춘도 생겨났다는 소문이 돌고, 전주들이 고리대금업을 하는 등 자본이 걷잡을 수 없이 퍼졌소. 어떤 둑으로도 이런 시장은 막아낼 방도가 없을 거요. 인민들이 자본의 맛을 봤고 자유롭다고 생각하게된 거요. 이러니 조금만 분발하면 여기가 확 변하지 않겠냔 말이오."

남자의 말이 끝나자 가운데 앉은 사람도 발언을 청한다.

남자는 이곳을 5년 안에 무너뜨릴 거라고 장담한다. 5년 후 대대적인 민주화 시위가 벌어질 것이며 위에서는 개혁개방을 할 수밖에 없을 거라고 확신한다. 누구도 이곳의 체제 붕괴나 민주화가 중국이라는 변수에 의해 어떻게 될지 모른다는 전망은 하지 않는다. 탁은 그 점이 안타까웠으나 그것까지 염두에 두면 아무 일도 할 수 없겠다 싶어서 경청만 한다.

"자, 탁 동무, 우릴 도와줄 수 있소? 국경을 넘기 전, 국경을 넘은 후에도. 사실 이건 선택의 문제가 아니라, 우리 조직을 알았으니 도와줘야 한단 결정 사항을 알려주는 차원이오."

렴민이 묻는다.

"국경을 넘게 해준다는 약속만 확실히 지켜준다면 떠날 때까지, 힘껏 돕겠습니다."

"좋아요. 자, 동지들. 이자를 활용할 것에 찬성하는 자는 손 드시오."

"이의 있습다. 돌아가서 우릴 배신하지 않을 거라는 약속을 받아내야 하오. 아들이라도 하나 북조선에 두고 가는 정도의 약속 말이오. 저자가 첩자거나 당에서 나온 자라면 우리 조직이 와해할 수 있으니 신중해야 하오."

"내가 이자의 신분을 증명하겠소. 난 이자가 첩자가 아니란 걸 확신하오. 문제가 생기면 내가 다 책임지겠소."

렴민이 거수를 요구하자 만장일치로 믿어보자는 의견에 동의한다.

"이제 탁 동무도 우리 조직의 일원이오."

탁은 졸지에 조직원이 되었다는 말에 어리둥절했으나 렴민을 만난 것이 이 모든 것의 이유라고밖에, 이 상황을 받아들일 수 없다.

*

집에 도착할 때까지 렴민은 별다른 이야기를 하지 않는다. 워낙 과묵하지만, 뭐라 한 마디쯤 따로 이야기해주었으면 싶었으나 끝내 아무 말 없이 방으로 들어간다. 긴장이 풀려 온몸이 아프다.

8

영원한 조부와 아버지

*

렴민은 누군가. 갈수록 오리무중이다. 아무도 없는 틈을 타서 몰래 훔쳐왔던 그의 일기를 꺼냈다. 웅크리고 앉아 그의 일기를 펼친다. 꾹꾹 눌러 쓴 필체가 한눈에 들어온다. 무언가 호소하는 듯, 열망이 넘쳐나는 글씨가 인상적이다. 그에 대해 제대로 알고 싶은 마음에, 미안함을 무릅쓰고, 그의 일기를 서너 페이지씩 넘겨가며 읽기 시작한다.

9월 2일

무엇을 할 것인가. 모든 인민이 두려움을 떨치고 저항하게 하려면. 두려움 너머 이 잘못된 실상을 바로잡아야 한다는 확신이 들게 하려면. 달걀로 바윗돌을 깨는 일이라 해도 돌 하나를 집어 들 용기를 내게 하려면. 오늘, 내일, 나는 무엇을 할 것인가.

인민이 돌 하나 던지고 돌 하나를 죽음과 바꾸는 것을 난 원한 적이 없다. 누구도 목숨을 걸고 무엇인가 해야 한다고 생각한 적이 없다. 목숨을 걸 일은 세상에 없다. 그런데도 아무것도 아닌 일에도 목숨을 함부로 빼앗는 세력이 여기에 있다.

누구도 다치지 않고 이 체제를 엎으려면, 나는 무엇을 해야 할 것인가.

탁은 노트를 몇 장 넘겨 아무 페이지나 읽는다.

9월 7일

마음을 개조하는 것. 나의 개조가 타인을 개조시키는 일. 그것이 확산하여 나중에는 누구나 개조되는 집단.

개조는 저마다의 개조로 이어지고 목숨과 맞바꾸지 않아도 마음의 저항을 하고 자발적인 인간이 되는 것. 스스로 의미를 찾아내기 위해 자신이 할 일을 돌아보고 답을 스스로 찾거나 서로에게 묻고 대답해주는 것.

그제야 그들은 '자기 자신의 것'이 되는 것이니까.

무엇보다 사고하는 힘이 필요하다. 인민들은 당이 주는 것만 받아먹는다. 그리고 그 지배에 놓여 있다. 가장 가슴 아픈 것이 그것이다. 인민들이 인간의 삶을 살도록 하는 것이 가장 큰 희망이다. 인간적인 삶을 못 살고 있다는 자각을 갖게 해야 한다.

동상에 경배하고 초상화에 절하는 것을 강요하는 것. 그것이 부당하다고 거부하게 하는 일. 거부하는, 그 자체만으로도 죄가 되는 이 체제를 거부하기 위해, 할 일은, 오늘 할 일은, 내일 할 일은……

11월 6일

주민들에게 군대식 전체주의를 정착시킨 것이 언제인지 아득하다. 툭하면 인민반 회의를 소집해서 시, 구역 동을 감시하는 것이 일상이 되었다. 인민반장과 세대주 반장들은 자신들이 하는 감시자 역할을 완장 찬 권력으로 여기고 주민들을 겁주고 어르고 허위를 사실처럼 주입하고 온갖 것에 벌금을 매겨 뜯어낸다. 그런 자들을 보면 캄캄절 벽에 선 듯, 무엇을 할 수 있을까 싶다.

주민들이라도 깨어나야 하는데, 예술이나 인문이나 모든 것을 틀어막아놓고 오직 주체사상만 가르친다. 인민이 아는 것은 감시를 피하는 일과 주체사상밖에 없다. 인민이 전체주의 감옥에 갇혀 살아도 대학을 나온 자들조차 모른 척 외면한다. 조국과 당과 수령을 위한다는 말을 주문처럼 입에 달고 다니면서도 인민을 위해 무엇을 할 것인가, 나서서 고민하자는 자가 없다.

조부와 아버지의 뜻은 인민들의 해방이었다. 조부는 해방된 조국을 위해 싸웠고 아버지는 인민들의 정신성을 해방하기 위해 싸웠다. 온갖 강압 속에서도 투쟁을 멈추지 않았다. 그렇다면 나는 지금 무엇을 할 것인가, 매 순간 고민한다.

바람이 불어오는 날

11월 30일

오늘 중국에서 손님이 왔다. 그가 중국에서 가져온 휴대전화를 주었고 그것을 혁명회의 정보원들에게 나눠주었다. 이제 중국 접경 지역에 현지 출장을 가지 않고도 우리의 소식과 필요한 것들을 조달받을 수 있는 길이 열렸다. 혁명은 빠르게 진화되고 있다. 이곳에도 휴대전화망이 있고 중국 휴대전화가 들어왔으니 이제 외부 세계와 점차 연결될 것이다. 이렇게 달라지는 것이다. 군과 경찰, 보위부 등의 기관에도 영향력을 미칠 수 있다.

회원 한 명에게 중국과 북한에 세포조직원들이 있다. 국가 보위부 등 정보 기관원이 감청 장비를 가지고 다녀서 위험한 상황이지만 정보 전달은 계속되어야 하기 때문이다.

곧 인민들 모두가 휴대전화를 사용할 날이 오기를 기대한다. 그리하여 이 폐쇄된 곳을 무너뜨릴 날이 얼마 남지 않게 되기를.

12월 9일

오늘 또 희명이 위험에 빠졌다.

한 회원이 중국에서 여러 남자에게 몸을 팔고 온 희명이 '렴민 동지와 가까이 지내는 것이 렴민 동지를 더럽히는 일'이라는 말을 했다.

희명이 탈북한 뒤 중국에서 술집을 전전했다는 고백을 듣고 도리어 희명이 자신들과 함께 혁명할 지도자가 못 된다고 거부하다니.

희명이 세상에 대해 정확히 볼 눈을 가진 것인데도 중국에 나가 있었기 때문에 이곳이 더 잘 보이는 것인데도. 그것을 경험으로 존중해주지 못하고 몹쓸 짓을 저지르고 돌아온 죄인처럼 취급하다니. 탈북했다가 돌아온 여자들이 한두 명이 아닌데 그런 취급을 하는 풍토는 사라지지 않고 있다. 아직 갈 길이 멀다. 희명이 스스로 극복해낸다면 희명은 그들의 지도자가 될 수 있다.

12월 16일

오늘 희명을 변호하는 말을 한마디 했다. 희명의 현재의 모습을 높이 사지 못하고 희명의 과거를 문제 삼아서 한 발도 나가지 못하는 자들에게 각성하도록 짚어주었다. 여성 동지들 얼굴이 굳어졌다. 자신들의 사고가 굳어져 있었다는 증거다. 깊이 생각하면 희명에게 손을 내밀게 될 것이다. 희명이 중국에 나간 것은 희명의 죄가 아니고 희명이 중국에서 술집을 전전하며 살던 것도 희명의 죄가 아니고 희명이 그곳에 딸을 낳고도 돌아온 것 역시 결코 희명의 죄가 아니라고 말했을 때, 앞에 있는 여자는 볼에 흘러내린 눈물을 훔치기도 했다.

체제가 영혼을 잠식한다는 생각이 든다. 이 체제에서 벗어나도록 더 몸부림쳐야 한다. 아무것도 하지 않고 있으면 자발적인 노예로 전락한다고 말해줬지만 스스로 깨닫는 것은 시간이 오래 걸릴 것이다. 다양한 책을 읽어야 하고 다양한 영상을 접해야 하는데 책도 영상도 자유롭게 소통되지 못하는 것이 문제다. 무엇이든 금지되지 않은 것이 없다. 무엇이든 다 부족하다. 다양한 책, 영상을 누구라도 더 지원해준다면. 중국에서 들여오는 것으로는 한계가 있으니 남조선이든 미국이든 그곳에 있는 자가 우리 인민이 볼거리를 가져오기를. 그런 누군가가 나타나주기를.

12월 23일

중국에 있는 북한 기업의 주재원을 만났다. 그가 새로운 중국 휴대전화를 개통해서 보내주었고 보안카드도 지급해주었다. 나는 혁명회의 활동에 필요한 세포조직원들의 정보와 혁명회의 향후 활동 계획서를 작성해서 보냈다. 위험을 무릅쓰고 그를 믿었으나 확신할 수는 없다. 언제든 불확실성 속에서 이 일을 계속해나갈 수밖에 없다. 누구라도 해야 할 일이므로. 그것이 왜 하필 나여야 하나, 라는 생각은 접은지 오래다. 반드시 나여야 하고 이런 나처럼 또 누군가가 나서주는 것이 확산한다면 우리에게 자유를 얻을 수 있는 희망이 있는 것이다.

부디 활동 계획서가 중국에서 활약하는 조직원에게 제대로 전달되기를. 이번 일만 무사히 잘 진행된다면, 자금이 원활히 운용되어 활동에 큰 원동력이 될 것이다.

12월 27일

고민해야 한다. 무엇이 삶이고 인민을 위해 무엇을 할 것인지, 인민에게 고민하게 해야 한다. 자유에 대해 열망하게 만들어야 한다.

비밀결사. 경제. 집회. 해외 강습소. 간부들을 감화시키고 접촉. 동조자로 만들기. 3단계 계획. 간부가 도와주도록 해야 한다. 간부에게 상하가 아니라 누구도 같은 인간임을 인식하게 해야 한다. 인삼농장과 수출만으로는 한계가 있다. 도자기 공장을 만들어보려 한다. 도자기 공장에 들어가는 자본은 어느 정도 확보되었다. 도자기 공장은 사실상 우리 조직이 되도록 할 것. 도자기 공장을 운영하고 도자기를 판매하는 일이 활성화되면 중국이나 러시아로 수출을 늘릴 것이다. 그쪽 사람들과는 곧 접선!

12월 30일

정치범 수용소가 늘어간다. 수용소가 인민의 입을 가로막고 인민의 행동을 막는 공포의 대상이다. 공포는 영혼을 잠식하고 상상력을 막아버린다. 밥 한 끼 먹는 일이 전부가 되어야 한다고 떠드는 것 같다. 그것이 전부라고 주입하는 것 같다. 너무 오래 이런 시간이 지나가고 있다. 더는 참을 수 없는 시간이……

책을 읽고 CD를 보고 사색하고 그렇게 만들 수 있을 때까지 가야 한다. 독재자가 만든 불안과 공포 너머의 것을 보게 만들어줘야 한다. 저들이 저항하는 것이 목적이 아니다. 저들은 적어도 자신이 어떻게 사는 것인지, 어떤 대우를 받으며, 어떤 인간으로 살고 있는지는 바라볼 수 있게 해줘야만 하는 것이다. 그렇게 하다 보면 저들은 어느 순간 저항하는 인간이 되고 주체적인 인간이 될 것이다.

1월 4일

이 마을에 추방되던 날을 생각해본다. 아버지가 반동 짓을 저질러서 끌려갔다지만 아직 아버지가 어디 있는지 모른다. 아무도 왜 여기에 나를 데려다 놓았는지 가르쳐주지 않았다. 짐작이라도 할 수 있는 말을 하지 않았다. 아, 보위원이 딱 한마디 말했던 기억이 난다. 반동분자인 네 목숨을 살려주는 건 위대한 수령님의 은덕 때문이니 평생 감사하고 살아, 라고 했다.

추방당했지만 나는 당에 충성심 강한 분조원이 되려고 했다. 악착같이 일해서 저들의 눈에 들려고 한 2년 동안 잠자는 시간을 줄이고 남들보다 먼저 출근하고 맨 나중에 퇴근하는 날들을 이어갔다. 열심히 하는 사람을 미워하는 사람은 없으니까. '열심'이 모이면 뭔가가 만들어지는 법이니까. 그러다 보니 모두 내게 고마워하고 신임을 보냈다.

이곳이 어떤 곳이고 왜 이렇게 살아야 하나 인민들에게 고민하자는 말도 많이 했다. 에둘러서 말해도 못 알아듣고 직설적으로 말해도 못 알아듣는 사람들. 세뇌당해서 내가 하는 말이 왜 살아가는 데 필요한 말인지, 왜 그런 위험한 책을 읽거나 이야기를 나누느라 잠 잘 시간이나 쉬는 시간을 줄여야 하는지 묻던 사람들이 대다수였다. 자신을 위해 살게 되기를 바란다는 말에 별다른 호응 없이 맹숭맹숭 쳐다보기만 하던 사람들. 인간이 동물과 다르게 만들어줄 기본적인 소양들, 이를테면, 종교나 철학이나 예술 같은 것을 알려주고 싶은데 아예 그런 것이 세상에 존재한다는 사실조차 모르도록 그 모든 것을 제공하지 않았다. 인민의 머릿속에 오직 수령 강령과 노동당원이라는 칩만 심어온 자들. 권력을 유지하기 위해 인민을 도구로 삼은 자들……. 인민에게 외부 정보를 더 많이 받아들이게 해서 변화시키는 것이, 앞으로도, 내가 해나갈 일이다.

1월 9일

고난의 행군 때 죽어간 인민을 늘 생각한다. 배급이 끊기자 굶어 죽을 수밖에 없던 인민에 관해 이야기를 전해 들으면서, 머리에 돌을 맞은 듯 앞이 깜깜해서 바닥에 쓰러지던 날 이후 나는 달라졌다. 내가 살던 평양과는 환경이나 분위기가 달라도 한참 달랐다.

인민이 죽어가도 반장은 절반만 해먹고 직장장은 직접 해먹는다고 했다. 세포비서는 세심하게 해먹고 지배인은 지시해서 해먹고 당비서는 당당하게 해먹으니 종업원들은 도둑질한다는 말이 노래처럼 사람들의 입에서 회자된다.

추월리에 추방당했지만, 무엇이든 하려고 버둥댔다. 돌투성이의 산을 개간해서 돼지밭을 만들고 돈이 되는 것이라면 뭐든 끌어모아 중국에 밀거래했다. 당에서는 내가 개입된 줄 모르지만, 조직책들이 당을 이용해서 사업을 잘 해나갔다. 그러느라 당에 바치는 대가성 돈이 반 이상 지출되었다. 하지만 곧 도자기 공장을 가동하는 데 거금을 지원할 것이다. 도자기 생산하는 것을 추월리가 할당받을 수 있다면 뭐든 할 수 있다. 그래야 추월리 경제가 좋아지고 인민들은 그 수입원으로 다른 지역보다 당의 간섭에서 벗어나게 될 수 있다.

어떤 경우에도 내가 드러나지 않아야 길게 간다고 동지들이 말한다. 조부와 아버지가 만들었던 조직이 여전히 중국과 러시아에서 건재하여 지금도 나를 도와주듯 말이다. 중국에서 자본이 들어오고 책과 CD가 들어오고 있다. 조부와 아버지가 일궜던 조직이 이 오지의 내게로 찾아와주는 것이 얼마나 다행인가.

　　　　　　　　　　바람이 불어오는 날

틈나는 대로 마을 길의 풀을 뽑고 청소를 하고 길을 내던 아버지. 누구의 집이든 창고든 수선해주던 아버지. 거처가 깨끗해야 마음이 깨끗하고 그래야 사물을 바로 보고 채워 넣을 수 있다고 늘 말하던 아버지.

1월 12일

이곳은, '폐쇄와 통제 그리고 획일적인 사회여서 하나는 전체를 위하여 전체는 하나를 위하여'라고 집단주의를 외쳤다. 후대들을 '사회와 인민을 위해 투쟁하는 혁명가로 지덕체를 갖춘 공산주의적 새 인간으로 키운다'라고 명시했다. 그래서 사회교육, 학교교육, 가정교육이 모두 당의 방침과 그 실현이 맞물려 있다. 이 모든 것을 빨리 끝내야 한다. 내가 앞장서서 끝내야 한다. 조직의 동지들과 함께. 기꺼이.

나는 지금 기꺼이 호랑이 굴로 들어와 있다.

아버지. 수용소에 계신가요? 인민의 자유와 해방을 위해 소명을 다해 살아가던, 아버지…….

1월 15일

끔찍한 건 이곳이 어떻게 손쓸 수 없는 곳이란 거다. 실핏줄처럼 감시망이 엮여 있다. 상호 비판하고. 유일사상밖에 모르고. 당의 이념과 조국을 위한 도구로 살라고 강요한다. 여긴 수령을 신격화시킨 비이성적 집단이고 한마디로 사교 집단이다.

산촌에 묻혀 산다고 해도 태어나서부터 죽을 때까지 정권의 하수인으로 살 수는 없다. 이곳 인민의 80%가 해방 뒤의 출생자니 그 인민들은 태어났을 때부터 우상화 정책의 희생자인 셈이다. 뼛속 깊이 우상화되어 있고 나중에 그것을 거부하려 해도 처벌이 강화되어 있어서 속마음을 감추고 살아간다.

우린 피가 흐르는 인간인데. 여기서 살다 보면 참기 힘들어서 피가 거꾸로 흐르는 거 같아서 자다가도 벌떡 일어날 때가 많다. 피가 역류하는 것을 느낀다.

1월 19일

당 간부를 잘 매수했다. 중국에서 온 황 동지께서 인삼 장사를 할 수 있도록 주선해줬다. 혁명을 할 수 있는 경제 기반이 착실히 다져지고 있다. 돈이 있어야 혁명을 할 수 있다고 누차 말했던 아버지. 사람들에게 기부하라는 것은 한계가 있으니 직접 경제를 일으켜 세워야 한다고 강조하던 아버지의 말대로 이뤄내고 있다. 돈을 많이 벌수록 활동 범위가 넓어지고 활동이 자유로워질 것이다. 자본과 조직을 갖추고 고위간부와 보위부까지 장악하면 뒤집을 수 있다.

전국에 많은 비밀결사체를 관리하고 그들에게 자금을 지원해주고 그들이 점차 자신들의 활동 영역을 넓혀서 인민들에게 철학과 예술과 사상을 조금씩이나마 전파하고 있다. 조용히 옷을 적시는 가랑비처럼 사람들의 가슴에 인간으로서의 활기를 돌게 하는 동지들. 고맙고도 기쁜 일이다.

　　　　　　　　　　　　　바람이 불어오는 날

1월 29일

'혁명'

혁명이라고 수십 번 써본다. 간부와 보위부까지 모두 장악해서 지원 단체의 협조를 받아 각지에 퍼져 있는 조직책에게 더 나은 정보를 전달하는 것이 최대의 과제다. 그런 날이 올 때까지 씨앗을 뿌리는 것. 더 많이 연구하고 더 아주 새로워져야 한다. 중국에서 조부와 아버지가 일궈놓았던 조직들을 안정적으로 성장시킨다면. 할 수 있다. 혁명은 가능하다.

탁은 중간까지 읽다가 일기를 덮는다. 이불 밑으로 일기를 밀어넣고 불을 끈 뒤 천장을 향해 반듯이 눕는다.

렴민의 일기에 쓰인, 혁명이라는 단어가 어둠 속에 어른댄다. 혁명이라는 단어에 커다랗게 네모를 하고 그 네모는 종이가 찢어지도록 깊이 밑줄 그어져 있다.

항상 바쁘게 움직이던 렴민의 모습이 어른거린다. 가뜩이나 불거진 광대뼈가 더욱 불거져 나오고 안경 속에 드러난 눈자위는 더욱 꺼져 피곤해 보이던 렴민의 모습이 떠오르자 울컥, 안쓰러움이 밀려들어 일기를 덮는다.

*

렴민이 눌러 쓴 '혁명'이란 글자는 오래전 가슴에 묻은 한 여자를 떠올리게 했다. 윤이었다. 참으로 오랫동안 잊고 지낸 윤을 이렇게 낯선 장소에서 떠올리게 되다니. 무엇보다 그녀는 혁명이 일어나야 한다는 말을 자주 했다. 사람이 모든 것의 주인이고 모든 것을 사람이 결정한다, 라든가, 자기 운명의 주인은 자신이며 자기 운명을 개척하는 힘도 자기 자신에게 있다는 말도 그녀의 입에서 늘 맴돌았다. 지금 이곳의 벽마다 붙어 있는 주체사상 강화라든가 자력갱생이라는 구호와 그녀가 떠들던 말들이 거짓말처럼 같다는 생각이 들었다.

탁은 어릴 때부터 조부의 고향인 북한에 대해 귀가 따갑도록 들으면서 자랐다. 대학 동기로 만난 윤은 북한에 관심이 많았다. 탁은 윤과 의기투합해서 '북한 연구'라는 언더 동아리에 가입했다.

그곳에서 북한의 유일 체제에 대한 것들을 학습했다. 북한을 연구하는 것이 아니라 일방적으로 주입되는 북한의 지도체제에 대한 학습이었다. 차츰 그런 체제를 비판이나 토론 없이 알아가는 것에 회의가 생겼다. 왜 독재자의 사상과 지도 체제를 배우느냐고 물으면 돌아오는 대답은 단순했다. 그런 질문을 하는 자체가 반공교육을 받은 후유증이라고 했다. 그 무렵 탁은 윤에게 빠져 있었으므로 그 동아리 회원으로 계속 남았다.

지금도 윤을 생각하면 가슴이 먹먹해지는 서러움을 느낀다. 윤이 동아리에서 어떤 활동을 하든지 상관없이 탁에게 윤은 오직 아름답고 귀여운 애인이라고 여겼다.

윤이 언더 동아리에 가입한 것은 두 살 터울이던 오빠가 군 복무

중 자살한 때문이라고 했다. 오빠의 자살을 정부 탓으로 돌렸고 반정부 활동이라면 언제든 운동화를 신고 머리띠를 이마에 두른 채 거리로 나섰다. 반정부 운동과 친북적인 성향의 북한 체제 학습과 어떤 논리로 연결되는지 탁은 이해할 수 없었다. 윤은 무작정이라고 할 정도로 지도부의 말에 따랐다.

그 무렵 윤은 탁의 자취방으로 자주 찾아들었다. 기차가 다니는 길옆에 있던 방이었다. 술을 전혀 입에 대지 않던 윤은 탁의 방에 들어오면 아무것도 하지 않고 이불 속에서 뒹굴기만 했다. 무표정하게 잠을 자고 일어나고 밥을 먹고 씻고 또 자거나 책을 읽었다. 그렇게 이유도 없이 불편한 기색도 없이 탁의 방에서 기생하듯 머물렀다.

그런 윤이 어느 날 갑자기 사라졌다. 쪽지 한 장 남기지 않은 채 없어졌다.

나중에 들은 이야기로는 동아리에서 떨어져 나가서 윗선이라 불리는 조직책으로 선발되어 갔다는 것이다. 윤은 자퇴했으며 아예 잠적하였다. 그 후 한 번도 윤을 볼 수 없었고 어떤 소식도 듣지 못했다. 윤은 탁이 가늠할 수 없는 다른 조직으로 흘러간 뒤였다.

어느 날 윤에게 연락이 왔고 함께 캠핑하러 가자는 제안이 있었다. 스물다섯, 캠핑하러 갔던 때, 그날은 달도 뜨지 않은 날이었다. 깊은 산속의 평지를 찾아 두 개의 텐트를 쳤다. 그중 한군데에 들어갔다. 안 선배와 윤과 후배가 어둠침침한 텐트 등 아래에 모여 앉았다. 윤만 빼고 모두 남자였다.

무엇보다 윤은 지난 2년 동안 탁의 애인이었고 자취방에 찾아와서 자고 가던 동거인이었다. 윤이 큰 조직으로 스카우트되어 갔다는 소식을 풍문으로 들었고 그곳에서 함께 일한다는 안 선배와 나타난 것이다. 윤은 안 선배의 여자가 되어 있었다. 잠적한 이유와 자신을 두고 안 선배의 여자가 된 이유를 윤에게 물었다.

"조직의 명령이니까."

윤은 빠르게, 간단히 대꾸했다. 조직이 움직여야 하니까 안 선배의 여자가 되어야 했다? 무슨 소린지 알 것도 같았으나 가슴으로 받아들이기는 어려웠다. 조직에서 그렇게 정했으니까. 두 번째 대답은 좀 더 이해하기 쉬웠지만, 처음의 대답보다 받아들이기는 어려웠다.

안 선배는 소위 말하는 전설적인 운동가였다. 탁은 그 선배가 캠핑에 참여하라는 대로 그들을 따라나섰다. 윤은 잘 단련된 조직원답게 어떤 감정적인 내색 없이 마치 사무실의 고용된 직원처럼 무표정하게 캠핑에 동행했다. 탁은 왜 자신을 불렀는지 물었다.

"우리 조직에 네가 초대된 거지. 새 조직원으로."

탁은 제안을 받은 적도, 허락한 적도 없다고 대꾸했다.

"오늘 밤 허락하게 될 거야. 조직이 너에게 기회를 줄 거니까."

탁은 자신의 의사와 상관없는 상황 앞에 놓였음을 알았다.

밤이 되어 텐트에 들어가자 선배는 프린트해온 네 장의 종이를 나눠주었다. 선배는 말했다. 오늘 이곳에서 이것을 공부하고 나면 서로를 배신하면 안 되는 조직원이 되는 것이다. 조직원이 된다는 것은 배신이 곧 죽음이란 말과 동의어다. 육체적 죽음뿐 아니라 영혼의 죽음이며 삶의 의미와 생존의 의미, 존재의 의미, 그 모든 것의 죽음이란 것을 명심하기 바란다, 라고. 탁은 준비되지 않은 채 맞이한 친한 친구의 부음을 들었을 때처럼 멍하게 안 선배를 쳐다보았다. 안 선배의 일방적인 선언이 황당했다.

"언제까지 하부구조에서 있을 수 없잖나. 너희 두 사람은 조직에서 발탁되어서 중간 조직책으로 임명된 거야. 그러니 더욱 조직에서 중책을 맡길 것이며 그로 인해 조직에서 너희들 위상도 커진 거지. 너희는 윤의 지시를 따르게 될 거야."

안 선배는 분명히 말했다. '윤의 지시'에 따르라고. 그제야 함께 토론하고 시위에 참석하던 동아리에서 윤이 사라졌던 과정을 생생히 알게 되었다. 윤도 갑자기 어딘가로 초대되었고 중간 조직책이란 거창한 이름으로 발탁되어 조직 관리 차원에서 잠적한 것이다. 그리고 이제 탁이 윤처럼 중간 조직책이 되고 윤은 보다 위의 조직책으로 발탁되었다는 것이다.

"맨 위는 누구고 내 위에는 도대체 몇 단계의 조직이 있는지 좀 알고 있어야겠습니다."

안 선배에게 물었다.

"조직이 뭔지 몰라? 조직에선 정보를 공유하면 안 되는 게 상식이야. 네 위에 바로 윤이 있다는 것만 알면 돼. 그래서 윤이 시키는 대로만 행동하면 되는 거야."

안 선배가 단호하게 말했다. 누가 명령을 내리고 어떻게 그 명령이 하달되는지 그런 설명조차 없이 무조건 시키는 대로 행동하는 게 정의 실현이라면 그렇게는 못 하겠다고 분명히 거절했다.

윤은 무표정했다. 충분히 모든 것을 받아들일 조직원이라고 확신했는데, 안 됐군, 이러는 거 윤 때문이야? 안 선배가 물었다. 물론 그것이 전부는 아니었지만 대꾸하고 싶지 않았다. 윤은 나와 아무 상관 없어. 난 다른 조직으로 가니까. 윤이 오늘 밤부턴 다른 선배와 밀착되는 거니까. 그렇게 옮겨 다니는 걸 당연히 받아들여. 조직이나 대의를 위해. 사사로운 감정은 찌꺼기여서 버려야 할 것들이야. 안 선배가 말했다. 탁은 감정을 숨기면서까지 해야 할 사명이 뭐냐고 묻고 싶었지만 참았다.

정의를 실현하기 위한 선택이라고 해도 자신이 하는 행동에서 자신이 배제될 수 없었다. 위에서 내려오는 명령을 수행하는 자신의 역할이 무엇인지, 수행할 것인지 아닌지 판단할 기회마저 배제된다는 것을 어떻게 견딜 수 있을 것인가. 자신의 중요한 감정이 한순간 감정의 찌꺼기라는 말로 폄훼하는 것도 참을 수 없었다. 다만 물었다. 자신이 하는 행동의 주인공은 그 누구도 아닌 바로 자신이어야만 한다고 하지 않았습니까, 라고.

안 선배는 대꾸하지 않았다. 우선은 강독부터 하자고 프린트해 온 종이를 펼쳤다. 강요된 강독을 할 수 없습니다. 탁은 강독을 거부했다. 안 선배의 표정이 일그러졌다. 탁을 조직원으로 받아들여서 비밀을 털어내기엔 껄끄러운 존재라고 확신한 듯했다. 탁은 텐트에서 곧장 밖으로 나왔고 그 장소에서 떠났다.

바람이 불어오는 날

그 뒤 3년이 더 지났고 윤이 죽었다는 소식을 풍문으로 들었다. 자살이라고 했다.

9

숨어서 기도하는 사람들

*

퇴근하여 돌아온 렴민이 탁을 보자마자 오늘 도수를 다시 만날 수 있을 거라고 말한다. 도수가 온다는 장소는 예전에 탁이 감금됐던 동굴이라고 한다. 그런 뒤 가방을 하나 주면서 동굴에 가져다 두라고 부탁한다. 도수를 만나는 일이야 바라던 일이지만 뭐가 들었을지 모르는 가방을 운반해달라는 부탁은 마치 마약 밀매책이라도 된 것처럼 꺼림칙하다.

"폭탄이라도 들었을까 봐 겁나나? 희명이가 할 일인데 도수가 거기서 희명이를 만나겠다고 버틴다니, 희명인 가기 싫대. 탁 동무는 도수를 만나서 강을 건널 의논도 하고 설득도 해봐. 내가 적어주는 루트로 가면 아무도 만나지 않고 곧바로 다녀올 수 있어. 자, 이건 비밀리에 가는 길을 적은 쪽지고 이건 동굴 문 열쇠야."

렴민은 가방도 건네주었다. 가방은 고정 벨트로 채워져 있고 벨

트에도 잠금장치가 있어서 파손하지 않으면 열 수 없도록 보안이 철저하다.

"저번에도 손님이 가방을 가져왔던데, 이 가방에는 뭐가 들어 있나요?"

"내 아버지가 평양에 있을 때 그분께도 중국에서 곧잘 이런 가방이 오갔다고 해. 매년 한 번씩 아버지는 누군가에게 이런 가방을 전했던 거야. 그때마다 가방에 든 내용물은 달라졌겠지만 말이야. 아버진 한 번도 가방을 뺏긴 적이 없었다고 했어. 아버지가 하던 일을 나도 하는 거지. 조부와 아버지처럼 갑자기 사라지게 되더라도 투쟁해야지. 여기선 두려워하면 아무 일도 못 해. 다 감시하고 있어서 우리가 당 간부들을 매수해놓느라 이 고생인 거고."

"……."

"아버지가 내게 그랬거든. 조부가 중국에서 독립운동을 하다가 귀국했지만, 그곳에 남은 조직원들이 끝까지 조부를 지원하고 응원했다고. 그 사람들이 중국뿐 아니라 해외 여러 곳에서 은밀히 활동하고 지원해주고 있다고. 비밀 조직에서 일하다가 수용소에 끌려간 자도 있고 끝까지 조직을 지키기 위해 죽어간 자들도 있어. 우린 자금으로 버티고 자금으로 틀어막을 건 틀어막아왔지. 독립투사들이 은행 강도까지 하면서 독립자금을 모았다고 했지만 지금도 우리를 도와주기 위해 어떤 사람들이 얼마나 고생하고 있을지 상상 이상이야. 생각해봐. 조부는 일본의 폭정 앞에 무슨 희망이 있어서 투쟁했겠어? 앞이 안 보여도 이대로 사는 것을 참을 수 없으니 저항했던 거지. 그게 그분의 양심이고 선택인 거고. 그게 투쟁을 한 이유의 전부였을지 모르지."

"……."

"나도 자유롭게 살 권리를 가진 인간이란 거야. 인간이 가질 수 있는 가장 마지막 자유가 뭔지 아나? 주어진 상황에서 어떻게 행동할지 스스로 정할 자유야. 읽고 쓰고 말할 수 있는 자유 말이야. 이 체제에서 뭘 할지 스스로 정하고 살려는 거야. 내 조부는 독립을 위해 싸웠지만, 부친과 난 이곳에 자유를 안겨주려고 몰두했어. 그 선택을 믿어. 자, 인제 그만 출발해."

"알겠습니다."

"도수 잘 만나고 와. 여기까지 숨어 들어와서 지금껏 기다린 거 잖아."

일방적으로 혁명회 회원이 되라더니 이런 식으로 일을 맡기는가 싶지만, 탁은 도수를 만나는 일에만 신경 쓰기로 한다.

*

탁은 미행하는 사람이 없는지 좌우를 살피며 걷는다. 동굴에 들어서자마자 구석의 손전등을 켜고 안쪽 깊숙한 곳에 놓인 상자에 가방을 밀어 넣는다. 그제야 입구 쪽으로 가서 도수가 오기를 기다린다.

어느새 이곳에 온 지도 일주일이 지났다. 하루하루가 피 마르는

190 　　　　　　　　　　　　　　　　바람이 불어오는 날

시간을 보냈지만, 도수와 함께 돌아갈 기대가 있었으므로 버틴 것이다. 도수를 만나면 어떻게든 설득해서 이제 그만 돌아갈 방법을 찾아야 한다.

발소리가 들리더니 동굴 문을 열고 도수가 들어온다. 머리와 어깨를 숙여 입구로 들어오다 말고 탁을 보더니 멈추어 선다.

"희명이는?"

"희명이가 안 오겠다고 해서 내가 대신 왔어."

"역시 믿을 놈이 못 돼! 렴민 이 자식!"

도수는 벽을 치며 소리를 지르더니 바닥에 주저앉는다. 불빛에 희미하게 드러난 도수의 얼굴은 볼이 푹 패어 몰라볼 정도로 야위었다. 한참 동안 침묵한 채 고개를 숙이고 있더니 한숨을 내쉰다.

"탁 기자는 아직도 렴민의 집에 있어? 수용소에 끌려갈 때까지 기다리는 중이야? 설마 나 때문에 아직 안 간 건 아니지?"

"렴민이 같이 가게 해준다고 해서 처분이 떨어지기만 기다리는 중이지."

"같이? 난 여기 안 떠나."

"렴민이 그러는데 자넬 감시하는 자들이 있다던데. 언제든 처넣으려고. 석이도 중국으로 갔으니 아들부터 구해야지?"

"렴민이 말을 믿어? 무슨 꿍꿍이인지 나를 못 내쫓아서 난리인 거지. 석이가 중국으로 가긴 갔을까? 알 수 없으니 어찌해야 할지 모르겠어."

도수가 깊이 한숨을 내쉰다.

"사실, 석이가 그날 이후 귀교하지 않아서 모든 게 엉망이 됐어. 석이를 휴가 보내달라고 했던 내게 죄를 뒤집어씌우려는 움직임이야. 마치 내가 석이를 빼돌리기라도 한 것처럼 말하는 자도 있어. 아직은 석이를 찾아보고 있는 모양인데 석이가 끝내 잠적해버리면 내가 대신 끌려 들어갈 거야. 이미 나를 감시하는 자들이 늘어난 거 같고 말이지."

"석이가 어디로 갔는지 짐작되는 건 없나?"

"석이가 그날 떠나겠다고 했거든. 녀석이 나를 닮아서 겁이 없고 저돌적이야. 내 젊었을 때도 그랬지. 앞뒤 안 가리고 하고 싶은 대로 저지르고 봤으니까."

"……"

"내가 사방으로 찾아봤지만 못 찾았어. 그런 걸 보면 어디 붙잡힌 거 아닌가 싶기도 하고. 나한테 함정을 파려고 석이를 붙잡아둔 것일 수도 있고. 아무튼, 마음이 심란해. 난 어떻게 되어도 괜찮은데 석이는 무사해야 할 텐데."

"여기로 돌아오지 말았어야지. 그랬다면 희명이와 석이도 예전처럼 자기식대로 살았을 거 아닌가?"

"자기식? 시키는 대로 사는 거지, 그게 어떻게 자기식대로 사는 일인가? 그나저나 이젠 틀린 거 같아. 모두 마음이 갈가리 찢어진 거 같으니."

"맞아. 더군다나 희명이와 렴민이 두 사람은 이미 보통 사이가 아니던데?"

탁의 입에서 불쑥 나와버린 말이었다. 순간 도수가 탁의 멱살을 잡았다. 두 손을 떼어내려 해도 도수는 제풀에 더 화가 나는 듯 멱살을 더욱 틀어쥔다. 탁이 캑캑거리고 발버둥 쳐도 놓아주지 않는다.

"어림없어!"

큰소리치더니 홧김에 잡았던 손을 놓는다.

"적반하장이네. 멱살 쥘 사람은 나야. 이렇게 도망쳐서 이 따위로 살 거면서, 어서 돌아갈 작전이나 짤 궁리나 할 것이지."

"미안하지만 난 도망칠 수밖에 없어서 온 거야. 속 시원히 말해 줘? 탁 기자나 다른 사람들이 떠벌리는 것처럼 내가 많은 돈을 횡령한 건 아냐. 사업이 망했거든. 돈을 닥치는 대로 빌려서 닥치는 대로 이자를 퍼줬으니까. 그래야 이리저리 움직이고 유명세를 치를 수 있었지. 끌어들인 자본은 그대로 지출비로 쓰기 바빴으니까. 피해자들은 이자를 어느 정도 받아 챙긴 자들도 많아. 사업이 몇 달 만에 수익을 내기 어렵다는 건 알고 있잖아. 다 깔리는 돈이지. 그 돈을 회수하기 전까지 빌려서 고금리 이자 갚는 데 쓰면서 버텼지. 그러다가 나중엔 더는 돈을 빌릴 수가 없어서 탁 기자를 찾아가서 언론에 뻥친 거야. 언론에서 띄워줘서 돈이 좀 돌면 정리를 하고 뜰 생각이었지. 뜻밖에도 너무 명성을 얻어서 더 일이 커지고 사업체를 시작한다고 홍보하는 경비나 고금리 이자로 날렸지. 그러다가는 내 손에 한 푼도 못 쥐겠다 싶은 시점이 와서 토낀 거야. 그 상태로 더 미적거렸다면 지금쯤 교도소에서 있겠지. 횡령죄나 사기죄로 고발당해서. 영영 가족들 얼굴은 못 볼 거고. 그러니 도망칠 수밖에 없었지. 돌아가면 전해줘. 나도 망했으니 미안하지만, 재수 없다고 여기라고."

"뻔뻔스럽긴……."

"내가 사업을 크게 벌인 이유를 모르겠어? 돈을 벌어야 여기로 돌아올 수 있어서 아등바등했던 거라고. 희명이와 석이가 국경을 넘어오지 않겠다고 하니, 달리 방법이 없었지. 석이와 아내가 풍족하게 살 정도로는 돈을 가지고 들어가고 싶었고."

"……."

"가져온 거 당에 바치고 이렇게 목숨은 부지하고 있지만, 희명을 한 번 더 만나서 꼭 전해줄 말이 있어. 희명이에게 전해. 오늘 종일 여기서 기다린다고. 안 오면 내가 직접 집으로 찾아가겠다고. 도망 다녀도 어디서든 찾아낼 거라고."

"그러지. 전해줄 테니까 희명이 만나면 곧바로 날 찾아와."

"글쎄, 내가 왜 그래야 하지?"

"난 절대 혼자서는 돌아가지 않아. 그러니까 우린 국경을 같이 넘거나 수용소에서 같이 만나든가 둘 중 하나야. 그걸 명심해."

"일단 희명이를 여기로 보내기나 해."

도수는 오직 희명이 생각으로 가득 찬 듯 떠들더니 일어서서 동굴 안을 정신없이 돈다.

"이 동굴에 오랜만에 와보네. 예전에 내가 발견한 동굴인데. 여기 숨었다가 한밤중에 경비대가 교대하는 시간에 맞춰 강 건너로 밀수하러 다녔지. 그때만 해도 옛날이네. 그땐 빙두도 곧잘 만들어 팔았는데. 십 년 만에 여기가 많이 변했어. 이 동굴도 렴민이 차지한 모양이지?"

도수가 아무 말이나 닥치는 대로 떠든다. 흥분이 가라앉지 않은 목소리가 듣기에 불편할 정도다.

*

탁은 도수와 헤어진 뒤 마을 어귀에 도착한다. 렴민의 말대로 동굴에서 집으로 오는 동안 단 한 사람도 만나지 않았다. 이미 손을 쓴 것인지, 렴민이 추월리의 많은 것을 통제하고 관리한다는 심증이 간다.

탁은 모자를 더 깊이 눌러쓰고 어둠 속에 더 움츠리며 걷는다. 나무 기둥 두 개를 연결해서 만든 전신주들이 오늘따라 더 을씨년스럽게 보인다. 전기가 잘 들어오지 않는 이유가 마치 나무 전신주 탓이라고 여겨질 정도로 초라하다.

주민들이 사는 인가를 더듬어 걸으며 탁은 다시 한번 렴민을 생각한다. 고통을 원하는 사람은 없으나 고통을 겪지 않고는 얻을 수 없는 진리도 있다. 금기도 역시 마찬가지다. 금기를 깨려면 고통이 따르지만, 금기를 넘어서려는 시도 없이는 금기 너머의 깨달음을 얻을 수 없다. 더군다나 금기는 깨뜨리지 않으려고 애써도 금기에 예속된다. 금기의 네 벽에 갇혀서 옴짝달싹도 못 하고 살아가는 사람들을 위해 렴민은 고통이나 위협을 대수롭지 않은 것으로 내던지고 사는 듯하다.

걷는 동안 점점 더 어두워진다. 주먹만 한 별이 한둘씩 하늘에 박힌다. 귀 기울이면 별이 반짝이는 소리가 들릴 정도로 조용한 저녁이다. 하늘의 별은 어디든 경계 없이 저토록 밝게 빛나는데 마을 주민들은 자신의 목소리를 방 안 깊숙이 가두어두고 사는 듯 인적이 끊겼다.

탁은 지칠 때까지, 추월리 전체를 걸어 다니고 싶은 충동을 느낀다. 모처럼 자신을 구속하던 감시의 눈길에서 벗어나서 자유로워진 기분이다.

선전실 앞을 지나가는데 누군가 그 문을 열고 나온다. 여자는 고개를 숙인 채 재빠르게 마을 쪽으로 걸어간다. 작은 키와 마른 몸, 어깨에 멘 천으로 된 가방이 어둠 속에서도 낯익다. 탁은 미행하듯 여자를 뒤따른다. 한밤중에 불도 켜지 않은 선전실에서 여자는 무엇을 하다가 나온 것일까. 여자가 따라붙는 탁의 발소리를 들었는지 뒤돌아본 뒤 멈추어 선다. 짐작대로 희명이다.

"이렇게 늦게 돌아다니면 렴민 동지에게 피해가 가요."

"누군가 했더니……. 선전실이 밤에도 여나요? 거기서 뭐 하다가 나온 겁니까?"

희명이 기겁을 하면서, 손을 젓는다. 자신은 그곳에서 나온 적이 없다는 것이다.

"그런 말 어디서도 하면 안 돼요. 괜한 오해 받아요."

196 　　　　　　　　　　　　　　　　　　　바람이 불어오는 날

희명이 안심이 안 되는지 거듭 주의를 시킨다.

"아 예, 그럼 내가 잘못 본 모양이네. 집에 가는 길이면 같이 걸어요."

"난 볼일이 좀 있소."

희명은 서둘러 걸어간다. 탁은 몇 발 떨어져서 희명을 뒤쫓는다. 희명이 걷다 말고 탁이 있는 곳으로 되돌아온다.

"그만 집으로 갑시다. 오늘은 약속이 틀려버린 듯하니."

누군가를 만나려 한 듯 주위를 두리번거리던 희명이 돌아선다.

"참, 조금 전에 도수를 만났어요. 동굴에서 기다린다고, 찾아오지 않으면 직접 집으로 찾아가겠다고 전해달라던데."

"그자는 나를 아직도 자기 사람으로 여기오? 그자가 날 찾아와서 뭐라 떠들어도 내 맘은 오래전에 떠났소."

탁은 희명의 마음을 돌리기 위해 도수가 얼마나 가족을 그리워했는지 자세히 들려준다. 동굴에서 기다릴 도수를 찾아가서 서로 간에 속마음을 나누라고 조언한다. 그래서 도수가 거취를 결정할 수 있도록 도와달라고 부탁한다. 묵묵히 듣기만 하던 희명은, 집에 가서 함께 차나 한잔하겠느냐고 묻는다.

*

희명은 진하게 끓인 대추차를 꺼내놓는다.

"옆집에 살면서도 차 한 잔 대접도 못 했소. 워낙 사는 게 전투 같아서."

"그나저나 석이 소식은 알고 있어요? 아직 탄광학교로 돌아가지 않았다던데."

"도수는 뭐라던가요?"

"도수도 아는 바가 없는 거 같던데. 사방으로 수소문했는데 감쪽같이 흔적도 찾을 수 없다더군요."

희명은 깊은 한숨을 내쉰다.

"렴민 동지에게 좀 알아봐달라고 했으니 조만간 소식을 알 수 있을 겁니다만, 그날 도수와 만나서 무슨 일이 있었는지를 모르니 난 짐작을 할 수가 없소."

"석이가 여길 떠나겠다는 말은 분명히 했습니다만."

"그렇다면 우리 석이가 그렇게 가기 싫어하던 중국으로 가려고 강을 건넜다는 거요?"

"도수는 아마 그럴 가능성이 가장 크다고 하던데."

"그럼 석이를 이제 영영 못 본단 말이오. 아니요. 살아만 있다면 언제든 만날 수 있으니 제발 살아 있기만 하면 좋겠소."

희명은 찻잔을 들어 차를 마저 마시고 컵을 내려놓는다. 석이는 어떻게든 제 갈 길을 찾아갈 것이라고 탁은 희명을 진정시켜준다.

"그건 그렇고, 여기 추월리는 평온한 것 같아도 도가니 속처럼 끓는 거 같아요. 마을 사람들은 자신이 그 도가니 속에 있는 줄 모르는 것 같지만."

희명이 찻잔 너머로 탁의 눈을 응시한다.

바람이 불어오는 날

"렴민은 뭔가 항상 일을 꾸미는 것 같고. 희명 씨에게도 렴민이 특별한 일을 시킵니까?"

"난 그저, 산골 농장의 농장원이오."

희명은 손까지 내저으며 부정한다.

"렴민 선생과 부엌을 같이 쓰는 거 보면 가까운 사이인 거 맞지요?"

기자로서 취재 본능이 작동하여 불쑥 나온 질문이다.

"가까운 사이라기보단, 내 은인이오. 목숨의 은인."

"은인이라면……."

대답을 물고 늘어지자 희명은 주저하다가 말문을 연다.

"사실 난 중국에 나갔었소. 한 삼 년 돈 벌러 갔다가 아들이 걱정되어서 도로 들어왔소. 강 건너 들어오다가 보위원에게 잡혀서 구류장에 끌려갔소. 그때 렴민 동지가 뇌물을 고여서 꺼내주지 않았다면 거기서 죽을 뻔했소."

"난 상상도 안 가는 일입니다만. 그런 일이 있었군요."

"부끄러운 일이지만 사실 난 중국에 나가서 오갈 데가 없어서 한족하고 살았어요. 딸도 하나 낳았지만 두고 와야 했소. 그때 몰래 숨겨온 돈을 구류장에서 다 뺏기고 간첩질을 하려고 들어가는 거냐고 죽도록 추궁당했소. 화장실도 못 가게 무릎 꿇리고 버티게 해서 신장병에 걸려 얼굴이 퉁퉁 부었더랬소."

"석이와 중국으로 건너갈 생각은 안 해봤어요?"

"언젠가는 두고 온 딸을 만나러 가야 하오. 언젠가는."

희명의 목소리가 힘없이 늘어져서 탁은 표면에 묵은 때가 앉은 전등으로 시선을 돌린다. 전구 안 열선이 파르르 떨린 듯하다.

"출소한 사람이 렴민 동지에게 내 소식을 전해줘서 곧바로 달려왔다고 했소. 그때의 고마움은 평생 못 갚을 거요. 다행히 멀지 않은 곳에 사니 이렇게 오갈 수 있는 것이오."

"어쩌다 이곳 추월리로 와서 살게 되었습니까? 렴민처럼 추방당한 겁니까?"

"맞소. 우리 집안이 기독교를 믿어서 추방된 거요."

"여긴 기독교인은 없다고 들었는데요?"

"초토화된 건 아니오. 협동농장마다 비밀 조직이 있어서 신도가 이만 명 정도 되오. 물론 목회를 하다가 발각된 목사가 처형되기도 했으나 여전히 비밀 예배를 드리는 사람이 있소. 그래서 난 꿈꾸는 게 있소."

"어떤?"

"생활총화 시간은 예배 시간으로 바꾸고 생활총화 때 서로를 고발하는 대신 회개 기도를 하는 거요. 당 비서가 당 정책을 설명하는 대신 설교를 하고 말이오. 교시를 인용하는 대신 성경 구절을 전해주거나 수령의 노래를 부르는 대신 찬송가를 부르고 회의가 끝나면 수령님 만수무강 축원합니다란 노래 대신에 하나님 찬양하는 노래를 부르는 꿈 말이오."

"……."

"어릴 때 우리 조부님이 하나님을 영접하라고 속삭였소. 그땐 하

나님이 무슨 말인지도 몰랐는데 말이오. 알지도 못하는 하나님 이
야기를 하면서, 하나님 이야기를 다른 사람에게는 하지 말라는 거
요. 가슴에만 하나님을 품고 섬기고 살라 했소."

희명은 두 손으로 가슴을 꾹 눌러 보인다.

"목사님이 마을 사람들의 몽둥이에 맞아서 죽임을 당한 적이 있
다는 이야길 해줘서 얼마나 놀랐던지. 할아버진 그 목사님과 같이
가정예배를 봤던 신도였다 하오. 그런 말을 들으면서 왜 믿고 싶은
걸 믿는다는 이유로 죽임을 당해야 하는지, 믿음조차 말하면 안 되
는지, 주머니에서 튀어나오는 송곳처럼, 의문이 자꾸 튀어나오려
했소. 신앙이 자랄수록 사랑처럼 숨길 수 없어서 자면서도 잠꼬대
로 하나님을 부를까 봐 두렵고 자나깨나 조심했소. 아버지도 조부
의 신앙을 거부했지만 결국은 믿게 되었단 말이오. 마을 협동조합
원들이 죄다 보위부에 끌려간 일이 생겼는데, 작업반원 열일곱 명
이 모두 끌려가서 조사를 받았소. 다행히 아버지는 특각을 나간 상
태라 화를 면했지만 붙잡혀 간 마을 사람 중에 일곱 명이 돌아오지
못하고 마을은 쑥대밭이 되었다고 했소."

"저런! 왜 끌려간 겁니까?"

"작업반원 중 한 사람이 집에 성경책을 숨겨둔 걸 들켰던 거요.
그 사람이 심문을 받고, 성경 통독을 한 사람들 세 명을 한꺼번에
교수형에 처했다 하오. 교수형을 당한 사람이 죽어가면서, 하나님
을 영접하기에 힘쓰라고. 그게 마지막 유언이었다 하오."

"순교자네요."

"아버진 늘 마을에서 일어난 일을 내게 말했소. 할아버지가 그랬 듯이 속삭이듯, 잠시라도 눈을 감고 기도하자고 했소. 다른 사람들에게도, 언덕에 올라서거나 논밭 한가운데 있을 때도, 누구라도 옆에 있으면 그랬다고 하오. 어두운 데서 아버지처럼 나도 고개를 숙이고 기도했는데 어느 날 아버지가 성경책이 묻힌 위치를 내게 일러줬소. 열 권도 넘는 성경책이 묻혀 있다고. 할머니가 조부에게 남긴 유품이라면서 세상이 바뀌면 그 성경책을 당당히 꺼내 마을 사람들과 기도하라고 했소. 평생 성경책 묻힌 곳이 발각될까 봐 가슴을 졸이면서, 성경책이 묻힌 뒷산의 커다란 소나무 근처에 얼씬도 하지 않았던 거요."

"……."

"장마가 길던 어느 여름에 검열원이 우리 집 뒷산에 토사가 씻겨 내려가고 형체가 드러난 상자 하나를 발견했다고 난리가 났소. 그 상자에 성경책이 가득 들었는데 하도 오래 묵은 데다 물이 스며들어서 곤죽이 되었더라고……."

"……."

"보위원이 그걸 가져갔는데, 공산당이 생기기 전에 묻은 것으로 결론 내고 폐기처분을 했지만, 그 상자가 우리 집 뒷산에서 발견됐다는 이유로 성분을 의심받아 온 가족이 추방당한 거요. 여기로."

"……."

"그렇게 성경책을, 조부의 유품을, 보위원이 가져가도 아버지는 만져보기는커녕 유품이라고 말도 못 해보고, 그렇게 끝난 거요. 우

바람이 불어오는 날

리 죽은 연이가 그랬듯이 나도 성경책에 한이 맺혔소."

탁은 위로할 말을 찾지 못한 채 빈 잔을 들어 마시는 시늉을 하다 찻잔을 내려놓는다.

*

어서 동굴에 있는 도수에게로 가보라는 말을 꺼내지 못한 채 탁은 희명의 방에서 물러 나왔다. 집에 들어서는데 렴민의 방에서 남자 하나가 나오다가 탁과 마주친다. 당황한 듯 남자는 모자를 더 깊이 눌러쓰며 인사도 없이 대문을 나선다.

방에 들어와 누워서 잠을 청했으나 잠이 오지 않아 뒤척이며 빗소리를 듣는다. 빗소리에 마음이 조금씩 가라앉으면서, 빗소리는 어디서든 같구나, 생각한다.

도수와 함께 곧 국경을 넘게 해주겠다는 렴민의 약속을 믿으면서도 어떤 불상사로 발이 묶일 것 같다. 이곳의 주민들은 밀폐된 작은 상자에 갇혀서 외부에서 툭툭 치는 대로 이리저리 움직이는 생물체 같다. 상자를 뚫고 나와도 안 되며 상자 밖에서 외쳐도 안 되며 상자 안에서 주입해주는 사상을 암기하면서 상자 안이 세상 전부라 여기고 순종하며 살아야 잡혀가거나 추방되지 않는 곳.

혹은, 이곳은 철조망 안에 던져놓은 작은 상자 같다. 상자 안에서 어떻게든 비집고 나오려고 몸부림쳐서 몸의 살갗이 찢긴 사람들과 그 사람들을 바라보면서 절대 상자 밖을 상상하지 않으려는 두 종류의 사람이 공존하는 곳이다. 밖에 대한 상상을 막아버리면 남는 것은 오직 비루한 현실뿐이다. 갈수록 철조망은 겹으로 쳐져 치밀하게 상자 밖과 차단되고 더욱 폐쇄된다. 오래 갇혀 있을수록 세뇌는 점점 바위처럼 단단해지고 다른 어떤 것도 받아들일 수 없이 굳어지게 만든다. 그 굳어진 상태가 바로 이곳이다.

탁은 복잡한 생각을 멈추고 빗소리에 다시 귀를 기울이려고 애쓴다. 어디서든 빗소리는 장작이 타들어가는 따뜻한 느낌이다. 특별히 빗소리를 좋아하기 때문이겠으나 아들과 아내의 모습이 떠오르면서, 이곳의 상황 앞에, 밤새 잠을 설친다.

바람이 불어오는 날

10

가방 전달자

*

조선족 브로커를 만나 국경을 넘기로 한 날이 되었다. 탁은 오후로 다가갈수록 초조해져서 좁은 방 안을 왔다 갔다 하면서 식은땀을 흘렸다. 그러면서도 도수를 데려가지 못한다면 강을 건너지 않겠다고 큰소리치고도 막상 조선족 브로커가 말한 도강 날짜가 닥치자 국경을 건너지 못할까 봐 초조해하는 자신이 마음에 들지 않았다. 도수의 소식을 전해주겠다는 렴민에게 아무런 언질도 없이 시간이 물처럼 흘러가고 있었다.

탁의 복잡한 마음을 알아채기라도 한 듯 일찍 퇴근한 렴민이 방문을 열었다.

"중앙당 조직에서 당일 군을 내려 보냈다고 해. 작업반 선전실에 가봐야 하는데 여행자도 데려오라는 지침이 내렸어."

"네? 제가요?"

탁의 목소리가 잔뜩 긴장된 탓인지 떨려 나왔다.

"아무 말 하지 않고 앉았다가 오면 문제 될 건 없어. 불참하면 도리어 더 의심을 살 거야. 같이 가보자고."

렴민은 자신의 모자를 벗어 탁에게 씌워준다. 눈이 가려지도록 깊숙이 쓰게 한 뒤 자신의 점퍼로 갈아입으라고 건네준다. 나갈 준비를 마치고 거울을 보니, 텁수룩한 머리며 어느새 길어진 수염 탓에 장사 다니느라 지친 개성상인의 행색이라 해도 어색하지 않은 몰골이다.

렴민의 옆에 바짝 붙어서 걷는다.

"퇴근하고 쉬지도 못하게 불러대니, 힘들어."

렴민이 쓴웃음을 짓는다.

"요샌 그나마 새벽에 부업을 하라고 안 하니까 다행이지. 부업에 못 나가면 대신 돈을 내야 하니까 그것도 부담스럽고. 그래도 난 일 년 치를 돈으로 지급해서 부업에 나가는 일을 면제받은 적이 많아서 덜 힘든 편이지. 한밤중에 반장이 집집이 문을 두드리면서 당에서 과제가 떨어졌다고, 동원 명령이 떨어지면 보통 사람들은 죽을 맛이지."

탁은 렴민을 따라걸으면서 묵묵히 듣기만 한다.

"직장은 직장대로 얼마나 피곤한 줄 아나? 아침에 출근하자마자 비서와 단위 책임자가 연설을 늘어놓거든. 당 방침이나 장군님 말씀을 들어야 하고 정책 과제나 수집 과제, 돈을 요구하는 사업은 책임자가 계산서를 내밀기 일쑤지. 단위 책임자야 계산서를 내밀

바람이 불어오는 날

면 그만이지만 우린 어떻게든 그 돈을 마련해줘야 하니까 앞이 캄캄하지."

"그렇게 바치고 나면 뭘 먹고 살아요? 오늘도 그런 이야기 들으러 가는 건가요?"

일일 총화나 월, 분기, 연간 총화에 대해 탁은 어느정도 알고 있었다. 오늘은 주말이 아니니 주간 반상회나 청년 동맹 단체장이 이끄는 총화를 하는 건 아닐 것이다. 그렇다면 김 부자의 지시 독본을 읽고 5분 동안 자아비판한 뒤 김 부자의 저작물에 대한 과제를 건네받는 것인가, 탁은 선전실에서 이뤄질 일이 궁금해서 지레짐작해본다.

"사고 방지 교육이나 사상 검토를 하겠지. 갑작스러운 소집이니까 당에서 특별한 지시가 내려왔는지도 모르고. 그나저나 탁 동무는 당 간부 같아."

"네?"

"여기 사람들을 그렇게 유심히 쳐다보면 안 돼. 눈에 힘을 빼고 사람들과 눈 마주치지 말도록 해."

탁은 알겠다고 말한 뒤 모자를 더 깊이 눌러쓰며 걷는다.

*

선전실 안으로 들어가자 10여 개의 긴 의자가 양쪽으로 놓여 있다. 참석한 주민들이 허리를 세운 채 꼿꼿한 자세로 연단을 바라보고 있다. 대부분 단체복 같은 국방색이나 검은 계통의 상의 차림을 하고 있다. 화려하게 입으면 수정주의 날라리풍이라고 옷차림을 검열하는 규찰대가 있으니 옷차림이 한결같은 것은 당연한 일 같다. 왜소한 체구의 사람들이 비슷한 종류의 옷을 입고 일사불란하게 앉아 있는 것이나 선전실 정면에 보이는 벽 위에 걸린 김 씨 부자의 초상화가 자신을 이방인으로 느끼게 해서 잔뜩 경계심이 생겼다.

렴민은 탁에게 바짝 붙어 앉으라고 시킨 뒤 군당 지도원이 나왔다고 속삭인다. 규찰대라고 쓴 완장을 찬 사람들도 간혹 보이고 인민반장은 연단 앞에 서류를 챙겨놓고 참석자들을 체크하고 있다. 탁은 인민반장과 눈이 마주치지 않으려고 고개를 푹 숙인다.

인민반장이 회의의 시작을 알리고 작업반장과 보안원이 돌아가며 마이크를 잡고 현안에 대해 발언을 이어간다. 군당 지도원이 마이크를 잡자 사뭇 긴장된 목소리로 발언을 시작한다.

"전당 전군 전 국민이 합세해서 당의 결정을 따르는 것이 우리의 살길이라는 걸 명심하시오. 서두에 내가 왜 이런 말부터 하는지 아시오? 옆 마을 대월리에서 최근 괴상한 일이 벌어졌소. 문화협동농장 현지 교시판에 수령님의 교시 옆에 누군가가 커다랗게 '독재자 타도'라는 글을 써놓았다 하오. 여러분. 독재자가 뭐임까?"

아무도 대답하지 않는다. 연단 아래 서 있는 인민반장은 얼굴이 상기되어 연신 네모난 안경테를 검지로 올려 쓴다. 당일군은 턱을 약간 위로 치켜들고 연설을 이어간다.

            바람이 불어오는 날

"그래서 대월리의 인민반장이 보위부에 끌려갔소. 그자가 수갑을 차고 머리를 무릎 사이에 박고 짐짝처럼 자동차에 처박히던 모습이 떠오르면 자다가도 벌떡 일어나오. 분주소의 보안원도 문책을 당해 아직 못 돌아왔소. 문제는 그런 괴상한 글이 옆 마을의 정평리와 서한리의 현지 교시판에도 적혔다는 거요. 지금 당에서 발칵 뒤집혔소."

회관 안은 기침 소리 하나 없이 긴장감이 흐른다.

"사실, 이 마을 입구의 청계 다리에도 그런 말이 쓰였다는 보고가 들어왔소. 내가 뛰어가서 재빨리 지웠기에 망정이지 그것을 당 중앙에서 보낸 간부가 봤다면 난 지금 이 자리에 없을 거요. 우리 추월리 사람들이 그런 괴상한 말을 청계 다리에 썼을 리는 없고 다른 데서 온 머저리 같은 놈이 그런 짓을 해서 추월리를 쑥대밭으로 만든 거요!"

한 여자가 손을 들더니 일어선다.

"저도 대월리에서 그런 일이 있었다는 걸 들었소. 듣기만 해도 간이 졸아붙는 것 같았소. 우리 마을에 그런 낙서가 보이면 누구든 재빨리 지워버려야 하오."

여자가 앉자 당일군이 다시 마이크를 잡는다.

"우리 추월리에 그런 말을 쓴 게 발각되면 신고부터 하오. 눈에 불을 켜고 그자가 누군지 잡아내야 하오. 우리 인민은 누구나 자기의 특정 사업을 하는 게 아니오. 다른 길을 가고 싶은 자는 사회에 해악을 끼치는 체제 위협 세력이오. 그런 자는 즉시 제거할 것이니

명심하시오.”

착석한 사람들은 침 삼키는 소리조차 내지 못한다.

“한마디만 더 하겠소. 지금까지 당 위원회에서 우리 인민들을 지지해주었소. 물론 당 조직 역시 우리 인민들이 어떤 잘못을 저질러도 관대히 봐주었소. 우리가 이만큼 사는 것도 그런 당의 은혜를 입었기에 가능한 거요. 그런 당을 배신하거나 악용하는 자는 내가 나서서 가만두지 않을 거요.”

당일군이 연설을 마치자 보안원이 연단 위로 올라간다. 보안원은 주머니에서 종이 한 장을 꺼낸다.

“지금부터 호명하는 사람은 정해진 시간에 보안서로 출두해서 사상 검증과 알리바이를 확인받도록 하오.”

보안원이 호명할 때마다 착석한 사람들이 오른손을 쳐들면서, 알았습니다! 라고 소리친다.

마지막으로 인민반장이 공지사항을 전달한다.

“당분간 일주일에 한 번씩 새벽 여섯 시에 선전실에 모이오. 사상 교육받는 것을 도당 책임 비서에게 보고해서 추월리의 사상 교육이 다른 어떤 마을보다도 철저하단 걸 보여줘야겠소. 우르르 피는 봄꽃처럼 독재 타도라고 쓰고 다니는 놈이 잡히기 전까지 당에 대한 충성심을 고취하겠소. 우리식 사회주의와 어긋난 잡사상을 전파하지 못하도록 사상을 단속하잔 말이오. 당의 유일한 영도 체계를 확립하기 위해 당 사상 사업을 강화하겠소. 자나 깨나 불순분자들을 감시해서 이상한 짓 하는 자를 바로 신고하오.”

인민반장의 말에 동의하는 표시로 모두 손뼉을 친다. 인민반장의 공지사항 전달을 마지막으로 회의가 끝난다.

선전실 밖으로 나온 사람들이 무리 지어 걱정을 쏟아내며 한마디씩 내뱉는다.

"이러다 추월리가 표적이 되지 않겠소? 당일군 기색이 좋지 않던데."

"그러게 말이오. 오늘은 저대로 돌아갔지만 조심해야겠소."

"내 평생 이렇게 어수선한 건 처음이오. 아무래도 뭔가 이상하오."

"누가 그런 짓을 했을까요?"

"죽을 작정을 하지 않으면 못 할 짓이오. 이러다가 다 끌려가는 건 아닌지 무섭습다."

"당 위원회나 순찰대가 가만있을 리 없으니 오죽 단속하겠소? 어떻게든 색출할 거요."

렴민에게 다가와서 한마디씩 의견을 말하고 집으로 뿔뿔이 흩어진다. 벽보를 떼어냈다는 이야기, 죽기로 작정한 머저리 같은 놈을 빨리 잡아야 한다는 이야기, 당에서 호출당할까 봐 잠이 안 온다는 이야기들이 오간다. 간혹 입을 가리고 소곤거리며 렴민에게 무언가 말하고 가는 사람들도 있다.

"며칠 지나면 잠잠해질 거요. 당에서도 이런 일을 내놓고 분란 일으키고 싶지 않을 거요. 제 얼굴에 침 뱉는 일이니 쉬쉬하면서 무마하려 들 거요."

렴민은 비슷한 말을 반복하며 사람들을 위로한다.

탁은 찬바람이 옷깃에 스미는 것을 느끼며 고개를 더욱 숙이고 걷는다.

"어때? 참석한 소감이?"

렴민이 탁을 잊고 있다가 생각났다는 듯 옆에 바짝 붙으며 작은 소리로 묻는다.

"여긴 중앙당 지시가 도당으로 내려오면 도당이 지시에 살을 더 붙여서 군당으로 내려보내고 군당에서는 다시 리당으로, 리당에서는 마을 부락당, 그리고 마지막으로 말단 당세포에게 지시가 내려가는 곳이야."

"철두철미합니다."

"오죽하면 참회를 생활총화로 하라고 하겠나? 생활총화를 하면서 자아 반성을 하고 잘못된 자를 비판하라고 하지. 우리에게 계율은 유일사상 체계 십대 원칙이야. 성물은 두 부자의 초상화고. 가정마다 사무실마다 그 초상화 밑에서 양심을 닦으라고 시키지. 명절이면 그 초상화를 쳐다보고 만세를 불러야 하고. 그걸 지키지 않고 고발당하면 정치범 수용소로 가야 해. 만약 두 부자에게 반역하는 짓을 했다가는 삼대가 멸족되는 벌을 받게 되어 있지. 그래서 난 결혼도 안 하고 아이도 갖지 않았지. 내 대에서 이런 비극이 끝나기를 바라니까."

"참담하네요."

"우리에게 성가는 뭔지 아나? 김 부자 찬양가야. 우린 티브이 방송 시작과 방송 마지막 음악을 김 부자의 노래로 듣는다네. 가사와 선율이 얼마나 장엄하고 경건한지 아나? 그 밝은 선율을 듣고 있으면 우리가 지상낙원에서 두 부자에게 보호받으며 잘살고 있다고 느껴진다네. 과연 여긴 김 씨 부자의 종교집단이야. 유치원 때부터 우린 혁명 역사책을 교과서로 배우거든. 두 부자의 어린 시절과 학창 시절에 관한 일대기를 수업 시간에 거의 십 년 동안 외워야 하거든."

북한 전문 기자를 하면서 거의 다 아는 내용이지만 렴민의 목소리로 직접 전해 들으니 가슴이 막히는 듯하다. 사방에 널린 빈 옥수숫대가 바람에 휩쓸리며 내는 소리가 탁의 등에 들러붙어 더욱 을씨년스럽고 스산하다.

*

한밤중에 세대주 반장이 렴민을 찾아왔다.

"보안소가 발칵 뒤집혔소!"

세대주 반장은 대문 밖에 서서 말 꺼내기도 겁난다고 수선을 떨면서 헛기침을 쏟아낸다.

"선전실에 간밤에 일이 났다는 거요. 보안원이 아파서 밤 근무를 못 섰다는데, 사실 다른 일이 많으니까 보안원이 거기 경비를 좀 허술하게 하긴 했소. 아침 일찍 청소하러 들어갔다가 알았다니. 이것 참! 혁명사업 유화가 찢겨 있었다는 거요. 말하기도 끔찍한 일이지. 그 소리를 듣자마자 렴민 동무에게 알려주려고 숨이 차도록 뛰어왔소."

"알겠습니다. 불똥이 엉뚱하게 튈까 걱정되네요."

"나도, 잔병치레에 곯고 있는 몸으로 노동단련대에 끌려가면 이번엔 못 버틸 거요."

"일단 내일 출근해서 사태를 알아봐야겠어요."

"그리고, 중국에서 왔다는 그 친척 동무는 언제 돌아간다고 하오? 빨리 내보내오. 이럴 땐 여행자들 있으면 안 좋으니까. 괜히 사건에 휘말리지 말고 서두르라 하오. 잘못되면 모두 곤란해지니까. 내 말 허투루 듣지 마오."

세대주 반장은 중언부언한 뒤 돌아간다. 렴민은 세대주 반장을 대문 밖까지 나가서 마중한 뒤 곧바로 탁을 불러낸다.

*

"어제, 희명을 봤다 했지?"

"네, 선전실에서 나오는 걸 봤어요. 희명이하고 관련이 있는 일입니까?"

"그러니까 내 말은, 탁 동무가 절대로 희명이 거기서 나온 걸 봤단 말하면 안 돼. 알겠지?"

"희명이 분명히 거기서 나오는 걸 봤는데도 아예 거기 들어간 적 없다고 시치미를 떼더라고요."

　　　　　　　　바람이 불어오는 날

"그런 큰일 날 말도 함부로 떠들지 말고. 생각나는 대로 입 밖으로 말을 뱉으면 큰일 나. 이번 일은 민심이 동요될까 봐 은밀히 수사할 거야. 오늘 밤에라도 보안원이 들이닥쳐서 차에 태워 가면 인사도 못 하고 영영 못 봐."

"그런 일이야 생기겠어요?"

"모르지. 희명이 본 이야긴 절대 꺼내지 말고. 옆 동네에선 초상화를 태운 일까지 일어났지. 초상화 그림에 빨갛게 엑스 자를 그린 포스터가 돌아다니고 있으니 보통 일이 아니지."

"뭔가, 변화의 바람 같은 게 느껴지네요."

"바람? 맞아. 캄캄절벽에 바람이 불 때도 됐지."

렴민이 어금니를 꽉 깨문 것인지 턱선이 도드라진다.

"여긴 추방당한 자들의 땅이지만 그래서 오히려 기회의 땅이기도 해. 중국 인접 지역이라서 중국에서 유에스비나 컴퓨터나 핸드폰 등을 사용할 기회가 생기는 거지. 그러니 이곳의 젊은이들은 그리 늦지 않은 시일에 우리가 하는 비밀 활동을 능가할 활약을 보일 거야. 이곳을 휩쓸 바람이 부는 건 시간문제야."

"여긴 모두 숨죽이고 사는 줄 알았는데 정보를 아주 완벽히 틀어막진 못하니 달라지는군요."

"맞아. 그전에도 이미 여러 사건이 있었어. 한때는 이백여 명의 대학생이 반정부 데모를 했다가 전원 체포된 적도 있었고 나진 선봉 자유무역 지대의 도로공사에서 폭동을 일으켜서 백이십 명이 처형되는 사건도 있었어. 또 화폐 개혁이 일어난 뒤에는 주민이 중앙정권을 불신해서 서로 충돌이 일어나기도 했지. 바위에 달걀 던지기지만 아무 일도 일어나지 않은 건 아니지."

렴민은 의미심장하게 말하더니 시계를 본다. 약속이 있다고 나가는 렴민을 뒤따라 나간다. 렴민이 또 언제 들어올지 모르므로 마냥 기다리느니 차라리 따라나서는 것이 마음이 편해서였다. 렴민은 뒤따라 붙는 탁을 말리지 않았다.

*

외진 곳의 한 허름한 가옥 앞에서 렴민이 인기척을 내자 한 사내가 렴민을 맞이한다. 렴민은 탁에게 밖에서 기다리고 있으라고 지시한 뒤 사내와 집 안으로 들어간다. 탁은 열린 문에 붙어 서서 귀를 바짝 대고 대화 내용을 엿듣는다.

"남 씨가 잡혀갔다고?"

"무참히 끌려갔습니다."

"요원들은 뭐 하고 있었기에?"

다소 커지던 렴민의 목소리가 작아지더니 전혀 들리지 않는다. 한참 뒤에야 렴민은 밖으로 나오더니 탁에게 안에 들어가서 기다리라고 한다. 만에 하나 자신이 돌아오지 못하면 사내의 지시에 따르라고 당부하더니 언제나처럼 탁의 어깨를 툭 친 뒤, 제 갈 길을 간다. 멀리서 지프차의 헤드라이트가 보이고 렴민이 그 차에 올라타자마자 차는 곧 출발한다.

216　　　　　　　　　　　　　　　바람이 불어오는 날

가옥 안 거실의 희미한 불빛 아래 사내는 책상에 앉아서 책을 읽을 뿐 말이 없다.

"위험한 일을 하러 간 건 아니오?"

시간이 지나도 렴민이 돌아오지 않자 탁이 사내에게 묻는다. 사내는 그제야 읽던 책에서 눈을 뗀다.

"우린 위험을 대단하게 생각하지 않소. 렴민 동지는 한 번도 실수한 적이 없으니 걱정하지 말고 기다리오."

사내가 미소를 짓더니 다시 책으로 시선을 고정한다.

탁은 책상 위에 있는 책을 펼쳐보지만, 글자가 눈에 들어오지 않는다. 건성으로 글자에 시선을 두지만 당장 한 치 앞의 일도 알 수 없는 상황에 놓인 채 며칠째 이렇게 보내는 것에 자괴감을 느낀다.

어둠이 짙어져도 렴민에게 소식이 없다. 태연히 책장을 넘기는 사내와 창밖 어둠을 번갈아 보면서 탁은 등줄기에 식은땀이 배는 것을 느낀다. 한밤중이 되어서야 불빛을 끈 채 어둠 속으로 지프한 대가 들어오는 소리가 들린다.

"무사히 돌아온 거요?"

탁은 창밖을 가리키며 사내에게 묻는다. 사내는 대꾸 대신 현관문을 열어 렴민을 맞이한다. 렴민의 손에는 커다란 가방이 들려 있다. 렴민이 들어오더니 물부터 한잔 가득 마신다. 탁에게 따라오라고 말한 다음, 거실을 지나 구석방으로 들어간다.

*

계단을 내려가자 지하 방이 나온다. 렴민과 탁이 들어서자 10여 명의 사람이 일어서서 고개를 깊이 숙인다. 렴민이 탁을 구석 자리로 안내한 뒤 사람들 앞에 나선다. 암호를 섞어가며 사람들에게 공지사항을 전달한다. 전화선에 연결한 모뎀이 보인다. 인터넷 접속이 가능한 상태 같다. 인터넷 접속 사실을 들키면 위험할 텐데 렴민의 대범함이 놀랍기만 하다.

"오늘도 많은 분이 우리를 도와주셨소. 여러분들이 이것을 잘 분배해서 전파해주기 바라오."

참가한 사람들에게 일일이 가방에서 꺼낸 커다란 봉투를 나눠주면서 개인적으로 따로 불러 임무를 부여한다. 렴민의 조부가 활약했던 임시정부처럼, 이들의 전초지인 듯하다. 렴민은 그 자리에 모인 사람들과 일대일 면담을 한다. 면담이 끝난 사람은 한 명씩 1층으로 올라가고 마침내 렴민과 탁, 두 사람만 남았다.

"걱정스럽습니다. 목숨이 두 개도 아니고."

"하하. 내 목숨은 여러 개야. 내가 죽어도 나 같은 사람이 여럿 나오면 그 사람들이 다 나라고 할 수 있지. 목숨을 부지하는 것에 골몰하느니 살고 싶은 대로 살다 가는 게 내 본성에 맞아. 더군다나 북조선이 이 지경인데 안주할 수는 없지."

"……."

"그동안 봐서 알겠지만 여긴 사회주의가 무너진 지 오래됐어. 지상 경제는 독재자가 사유화하고 지하경제는 지상경제보다 커져서 국유제가 불가능해졌어. 계획경제도 마찬가지야. 식량난이 본격화 되고 공장 가동도 거의 불가능해질 정도로 전력이 부족하니 계획 을 세우면 무슨 소용이겠나? 지금 남은 것은 독재자와 그 일가친척 들이 군을 장악하고 권력을 독점하는 거지. 외부의 정보를 다 막고 이곳의 정보도 새나가지 못하게 막아서 최소한의 교육도 못 받게 하는 걸 알면서도 내 목숨만 보전할 궁리를 하고 살겠나? 그렇다면 인간이 아니라 노예인 거지."

"하지만 바위에 달걀 던지는 일보다 더 무모해 보입니다. 언제 발각될지 조마조마하고."

"그래서 내가 탁 동무를 어떻게든 붙잡아둔 거야. 얼마나 심각한 지 보고 가서, 제발 우리가 어떻게 사는지, 우리에게도 인권이 있 다는 걸 호소해주길 바라서 말이지."

렴민은 일어서더니 탁을 창고 같은 곳으로 안내한다.

*

"여긴 내 아지트야. 내가 집에 돌아가지 않는 날은 주로 여기서 작업을 하지. 소설도 써."

"소설이라면?"

"여긴 나를 드러내는 일 자체가 목숨을 내거는 일이라서 조심스 러워. 그러니 내 감정이나 생각을 솔직히 드러내고 싶어서 쓰기 시작한 것들이야."

"……."

"아직 내 이름으로 발표하지는 못했지만, 출판하려고 해. 그래서 서방 세계로 번역해서 내보내는 게 목표거든. 좌파 정권 때 북한으로 들어온 남조선 기자가 많았지. 그 사람들이 남조선으로 돌아가서 정직하게 북한에 관해 쓰지 않았다고 들었어. 자, 우리 좀 솔직해지자. 그때 탁 기자 같은 남조선 기자들이 동상이나 영생탑, 혁명 사상 연구실 같은 것을 문제 삼은 적이 있나? 적당히 눈치 보면서 눈감아버리고 위에서 시키는 대로 받아 적은 기자들이 대다수였지. 난 그래서 남조선 기자들을 증오했어. 결과적으로 김씨 체제를 눈감아주고 용인해줬으니까."

"모두 그런 것은 아닙니다. 사실을 적시하려고 애쓴 기자들도 많았어요."

"그래? 내 보기엔 여길 방문한 대다수 인사가 독재의 압제에 숨통이 조이든 말든 김씨 왕조만 흥밋거리로 삼았던 거로 아는데? 남조선 기자들은 우상화 작업을 그저 체제의 특수성인 듯 눈감아주고 슬쩍 넘어갔던 거야. 비겁했어. 여전히 비겁하지. 곳곳에 구호들과 동상이 가득한데, 그걸 보고도 입 다문 언론인들이 통일이니, 민주화니, 그럴듯한 말만 떠들어댔지. 아니면 통일을 내세우며 자기들 배를 불리는 장사나 하고. 독재자를 비판하면 통일에 지장이 있기라도 하단 건지. 여기 머리 있는 사람들은 그자들이 독재자에게 서방에 대고 면죄부를 줬다 여겨서 치를 떨었지."

바람이 불어오는 날

탁은 그의 말에 이의를 제기할 수 없다.

"지금이라도 난, 이곳에 있는 삼만 오천 개의 동상에 대해 써줄 사람이 필요해. 대서특필해서 그걸 써줄 기자 말이지. 탁 기자는 할 수 있지 않을까. 무사히 국경을 넘어 보내주면 말이지. 내 소설이 특별하지도 않아. 그런데도 여기선 그런 소설 쓴단 말만 해도 잡혀간단 말일세. 그저 이 동네 사람들은 이렇게 산다는 걸 썼는데도 쓴 자체가 문제가 되고 출판은 어림도 없지. 전 세계로 번역된다면 그건 전혀 다른 문제가 될 수 있어. 우리가 사는 걸 소설만큼 적나라하게 드러낼 수 있는 것이 없잖나. 어떤가? 그쪽엔 우리 이야길 쓰는 작가가 있나?"

"간혹 있어요. 인기를 끌지는 못하지만. 일단 언론이 띄워주질 않고 사람들이 으레 재미없겠지, 하니까."

"그래서 적당히 북조선 냄새 풍기면서 문학이라는 당의정을 입혀서 팔아먹겠지."

"사실, 우리 작가들은 드러내놓고, 비판적이거나 이념적인 걸 문학으로 여기지 않아요. 문학의 본령은 그런 게 아니기도 하니까 그걸 뭐라 할 수는 없어요."

"우리 사람들을 있는 대로 그리는 게 왜 비판적이고 이념적으로 되는 거지? 그런 편견이 아마 이념처럼 머리에 박혔겠지. 그쪽 사람들도 알게 모르게 세뇌되어서 그럴 거야."

"그럴지도 모르죠."

"좋아. 아무튼, 난 꿈이 있어. 언젠가, 내 소설을 누구든 북조선의 집 평상에 여럿이 둘러앉아 읽을 수 있게 된다면, 그런 상상을 해보면 기분이 좋아져. 어떤 희생을 치르고라도 그런 날을 만들고 싶어져. 널찍한 테이블 앞에서 내 소설을 낭독하고 소설 이야기를 주고받는 자유가 생길 날을 말이지. 이런 소박한 일이 언제 가능할지 까마득하니. 사실 쓸 때마다 두려워. 쓰고 있다는 사실을 들킬까봐, 쓴 내용을 들킬까 봐, 그렇게 두려워하면서 쓴 소설이네. 연이가 살아 있을 땐 내 소설을 읽어줬지. 소설을 읽은 소감도 들려줬고 말이지."

"저도 그 소설을 읽고 싶네요."

"탁 동무를 우리 집에 머물게 하면서 많은 것을 보여준 건 바로 그 때문이야. 내 소설을 제대로 읽길 바라서. 가능하면 내 소설을 가져가서 세상에 알려주기를 바라서. 어때? 내 소설을 널리 출판해줄 수 있겠어? 국경을 건널 때 가져가서 말이지."

"국경을 넘다가 가방을 뺏기면? 유에스비에 담으면 간단할 텐데."

"소설을 컴퓨터로 쓸 형편만 되어도 우리가 이렇게 힘들지 않지. 다 감시하는데 컴퓨터에 함부로 쓸 수가 있어야 말이지."

"출판해준다고 약속할 테니 제가 언제 국경을 넘을 수 있는지 알려주세요."

"이틀 후면 가능할 거야."

"도수와 반드시 함께 가게 해준다는 약속은 지키는 겁니까?"

"좋아. 도수를 만나서 그렇게 하겠네."

바람이 불어오는 날

탁은 가슴을 쓸어내린다.

"국경을 건너가서 내 부탁을 들어준다면 탁 동무는 우리 혁명을 성공시키는 데 일조한 영웅이 되는 거야."

"영웅은 제가 좋아하지 않는 말입니다만, 알겠습니다. 영웅이든 호구든 시키는 대로 하겠습니다. 어서 가서 저도 아내와 아들을 만나야죠."

렴민이 탁을 힘껏 포용한다. 메마른 품에 안기자 문득 그의 몸에서 서러움 같은 비릿한 냄새가 풍기는 듯하다.

*

탁은 밤새 렴민의 꿈을 꾸었다. 탁이 타고 있던 버스 위로 렴민이 다가오는 꿈이었다. 렴민이 환히 웃으며 악수를 청한다. 그에게 안부를 묻기도 전에 그는 바쁘다면서 다음 정거장에서 황급히 내린다. 차창 밖으로 그가 언제나처럼 어딘가로 서둘러 가고 있다. 렴민이 어디로 가는지 탁은 차창 밖으로 내다본다. 렴민이 가고 있는 곳은 가파른 절벽이다. 가뭄에 뿌리가 드러난 나무들이 말라비틀어져서 엉겨 있는 절벽을 오르기 시작한다. 나뭇가지에 매달린 잎들은 죄다 검거나 회색이다. 바람이 불 때마다 검은색의 나뭇잎이 좌르르 소리를 내며 절벽 아래로 미끄러져 내린다. 그 나뭇잎을 온몸에 받으며 렴민이 절벽 위로 오른다. 버스가 다음 정거장에 멈추자 희명이 올라탄다. 희명은 탁을 못 본 척한다. 희명에게 다가가서 아는 척을 해도 희명의 시선은 렴민이 오르는 차창 밖의 절벽에 고정되어 있다. 렴민은 어떻게 되는가. 절벽에 불길이 몰아쳐도 렴민은 계속 절벽을 기어오른다. 희명이 차창 밖으로 몸을 내밀고 도망치라고 렴민에게 소리친다. 희명은 차창 밖으로 몸을 날려 렴민에게로 갈 듯하다. 탁은 희명의 몸이 떨어지지 않도록 붙잡는다. 떨어지면 안 된다고 소리치지만, 비명이 입 밖으로 터져 나오지 않는다. 살아야 한다고 속 시원히 희명에게 말하고 싶은데 한마디도 전할 수 없다. 온몸으로 버둥대다가 잠에서 깼다. 온몸이 땀에 젖어버린 한밤중이다.

바람이 불어오는 날

11

위험한 보안원

*

희명의 걸음이 자꾸 휘청댄다. 출근길에 렴민이 석이의 소식을 전해준 탓이다. 간밤에 석이가 국경을 넘다가 사고가 생겼다는 연락을 받았다고 했다. 며칠째 소식이 없어 애간장을 태웠는데 짐작대로 강 넘어 중국으로 가다가 사고가 났다는 것이다. 강을 건너다가 총에 맞아 물에 휩쓸려갔다는 말을 듣는 순간 주저앉고 말았다. 아직 시신은 수습하지 못한 상태라는 말에 희명은 오전 내내 기진해 있었다.

"죽은 건 아니오? 도망친 거요?"

희명은 렴민에게 추궁하듯 몇 번이나 물었다.

"총을 꼭 쏴야 했나요? 총을 왜 쐈단 말이오?"

그 말도 수없이 따져 물었다. 며칠 전부터 국경을 넘는 자가 발각되면 즉각 총을 쏘라는 명령이 있었는데 그런 사정을 모른 석이가,

무작정 강에 뛰어든 모양이라고 했다.

"잠수해서 기슭에라도 가마우지처럼 숨어 있다면 좋을 텐데……."

희명은 그렇게 중얼거렸다.

"중국으로 헤엄쳐 갔을 가능성이 더 커. 죽었다면 물에 떠올랐겠지. 시신을 못 건졌을 리가 없어."

"제발, 제발 살아 있어야 하는데."

렴민은 희명을 안고 오랫동안 등을 다독였다.

"석이가 국경을 건너다가 총 맞고 떠내려갔다는 말을 저들이 떠들고 다니는 이유를 모르겠어. 왜 내 귀에까지 들어오게 했겠냐는 말이지. 아무튼, 어딘가 석연치 않지. 그러니까 내 말은 저들은 도수에게도 이 소식이 전해지기를 바라는 거야. 그래서 도수를 함정에 빠뜨리려는 게 아닐까. 도수는 외부에서 들어온 공기 같으니까. 도수에게 거금을 받았지만, 외부에서 들어온 공기는 어떻게든 차단해야 할 테니까. 석이에게 굳이 총까지 쏜 것도 그런 때문이 아닐까 싶고."

렴민은 급히 처리할 일이 있다고 희명을 두고 나갔다. 희명은 넋이 나간 듯 앉아 있다가 간신히 일어나서 대문 밖으로 나왔다. 석이가 총을 맞아서 떠내려갔다는 말이 사실인지 확인해야 할 것 같았다. 국경 부근으로 가서 수비대를 붙잡고 물어볼 작정이었다. 하지만 다리에 힘이 풀려서 발걸음이 자꾸 엉기며 앞으로 고꾸라지기를 반복했다.

*

"어디 가?"

남자의 목소리가 희명을 가로막았다. 기철이었다. 이제 막 마을 어귀를 지났는데 기철이를 만난 것이다. 앞이 캄캄했다. 국경으로 가야 하는데 기철이 막아서니 그곳으로 가는 일은 피할 수 없을 듯 하다.

"출근 시간이 한참 지났는데 작업장에 안 가고 어딜 가는 거냐니 까?"

기철은 특유의 감각으로 조금이라도 의심스러운 일은 귀신같이 알아맞혔다. 그를 따돌릴 수 있을까. 기철은 평소와 달리 흉물스 러워 보이는 검은 장갑을 끼고 있다. 얼굴은 술을 하도 먹어서인지 두 볼이 볼썽사납게 늘어졌고 잔뜩 독이 오른 눈으로 희명을 노려 본다.

"출근하려고 나왔는데 열이 심해서 도로 집으로 가는 길이오."

"집은 반대쪽이잖아?"

"아, 바람 좀 쐬고 가려는 길이오."

"그렇다 치고, 렴민 동무도 작업장에 안 나왔다던데 지금 어딨는 지 아나?"

"모르오."

"몰라?"

"모른다지 않소? 그런데 렴민은 무슨 일로 찾고 다니오?"

"보위부에서 연락이 왔어. 도수란 자와 무슨 모의를 꾸미는 낌새가 있다는 정보가 있었다니 무슨 영문인지는 나도 모르지. 난 잡아 오라면 잡아서 대령하면 그만인 거야. 전에는 대충 얼버무려서 내 선에서 해결해줬지만, 지금은 그렇게는 못 하겠어. 이 자들을 예전 처럼 놔뒀다가는 내 모가지가 날아갈 지경이야. 하도 날뛰어대니. 내가 그동안 연이 때문에 눈이 회까닥 뒤집혀서 다 봐줬는데 연이가 없어졌으니 그럴 필요도 없어졌고."

"지금까지 렴민 동무 하는 일에 동조한 건 어쩔 거요? 렴민 동무가 잡히면 기철 동무도 무사하지 못할 거요."

"뭐야? 이것들이 간이 배 밖에 나왔어? 내 일은 내가 알아서 하니까 참견 마. 어서 렴민이 어디로 간다고 했는지 그거나 밝혀. 두 사람은 죽고 못 사는 사인데 그 정도도 모르겠어?"

기철이 렴민을 뒤쫓는 이유를 모르지만 렴민을 보호하기 위해서는 기철을 따돌려야겠다는 생각이 들었다. 석이의 소식을 전하면서도 렴민이 허겁지겁 나가던 뒷모습도 신경이 쓰였다. 희명은 석이 생각은 잊고 냉정해지려고 애썼다. 렴민이 무사하지 못하다면 모든 동지가 무사하지 못한 상황이 벌어지고 있었다.

"사실은……."

"사실은?"

"오늘 저 아래 기정리로 간다고 했으니까 지금쯤 그리로 가 있을 거요. 거기서 자고 내일 작업장에 곧바로 간다 했소."

"기정리?"

기철이 되묻는다.

"거긴 무슨 일로?"

"협동농장 가금 분조원들과 의논할 일이 있다고 들었소."

"기정리에서 가금 분조원들과? 지금 나 속이는 수작이지?"

"난 들은 대로 말해준 거요."

"그럼 나하고 같이 기정리로 가지."

"내가 왜 같이 가오?"

"렴민을 만나서 내가 잡으러 다닌단 말을 전하면 안 되니까."

"난 바쁘오."

"이제부터 내 옆에 바짝 붙어서 꼼짝 말고 따라오도록 해. 렴민을 잡을 때까지. 왜 대답이 없어?"

"렴민 동지가 무슨 잘못이라도 저질렀소? 왜 범인 취급을 하오?"

"일을 저지를 거라는 첩보가 들어왔어. 어서 잡아야 해."

희명은 애써 태연한 척 기철과 함께 걷는다.

*

기정리에 가까워질수록 기철이가 렴민과 마주칠 가능성은 희박하다.

기정리에 도착하면 거짓말이 곧 탄로 날 것이지만 그래도 달리 방법이 없다. 이제 한 30분 더 가면 기정리다. 그전에 기철이를 따돌리지 못하면 희명을 분주소로 데려가서 심문할 것이다. 기철의 백안의 눈은 더욱 허옇게 빛난다. 검은 가죽장갑을 낀 손으로 짧은 머리카락을 자꾸 쓸어 넘긴다.

희명은 주머니에 손을 넣어 칼을 만져본다. 렴민이 지시하는 일을 수행하게 된 뒤부터 줄곧 몸에 지니고 다니던 칼이다. 어떻게 기철을 제압할 것인지 궁리해본다. 저토록 큰 덩치로, 저토록 분노에 제 몸이 데일 것처럼 흥분한 사내를. 희명은 한숨을 내쉬며 칼을 만지던 손을 주머니 밖으로 꺼낸다.

두 갈래 길이 벌판 양쪽으로 갈라진다. 희명과 기철은 오른쪽 길로 접어든다. 걸을수록 산기슭에 가까워지고 흐르는 물소리가 크게 들려온다. 잡목과 억새가 뒤섞인 개천도 지난다. 비탈길로 들어서자 커다란 느티나무 한 그루가 보이고 작은 정자 하나가 보인다. 이제 낮은 언덕 하나만 넘으면 기정리다.

"다리에 쥐가 나서 더 못 걷겠어요. 잠시 쉬었다 가요."

그러자 기철이 정자 위로 올라간다. 희명이 올라가자 기철이 희명의 손을 잡더니 자신의 허벅지로 가져간다. 기철은 눈을 가늘게 뜨고 웃으며 희명의 손을 바지 속으로 넣는다. 희명을 강제로 정자 바닥에 눕힌다. 반항했지만 워낙 힘이 세서 저항도 못 하는 사이 기철은 희명의 몸 위로 올라온다. 희명에게 엎드리더니 치마 안으로 손을 집어넣고 허벅지를 지나 은밀한 곳을 더듬는다.

"먹이가 앞에 있을 때 먹어놔야지."

기철이 떠들며 희명의 허리를 더욱 감싸 안는다. 희명이 온몸으로 저항해도 먹이를 포획한 짐승처럼 꼼짝도 하지 않고 오히려 괴

바람이 불어오는 날

력이 느껴질 정도로 상체에 달라붙는다.

"렴민을 체포하고 추월리의 반사회주의자들을 몽땅 구류장에 처넣기 전에 포식하게 되다니. 두 마리 토끼를 잡는 날이야. 흐흐흐 운수 대통이야."

희명은 기철에게 광기를 느낀다. 기철은 희명의 옷을 마저 벗기려고 안간힘이고 정자 바닥에 떨어져 있던 낙엽과 잔가지들은 희명의 등을 사정없이 찌른다. 몸을 움직일 때마다 살을 파고드는 듯해서 소리를 지르는데 기철은 도리어 그 소리에 자극된다는 듯 더 헐떡대며 덤빈다. 희명은 주머니에 손을 넣고 칼을 집어 들지만, 기철의 등을 찌를 용기가 나지 않는다. 연이처럼 죽임을 당할지 모른다는 생각에 기철의 몸에서 벗어나려고 버둥거리면서 제발 이러지 말아달라고, 통사정한다. 기철은 조용히 하라면서 한 손으로는 희명의 입을 틀어막고 한 손으로는 하체를 더듬는다.

"악!"

순간 비명을 지르며 기철이 희명의 몸에서 나가떨어진다. 질끈 감았던 눈을 뜨자 기철의 머리 위쪽으로 한 남자가 돌을 번쩍 들고 있다.

"아니!"

기철이에게 돌을 겨누고 있는 남자는 분명히 도수다. 희명은 벌떡 일어나서 어지럽게 흐트러진 옷을 추스른다. 기철은 돌에 맞은 어깨를 감싸 쥐고 있는데 장갑 낀 손이 피범벅이다. 도수는 희명이 정자 아래로 내려서자 다시 기철에게 돌을 던지고 뒤따라 뛴다.

숨이 턱에 찰 때까지 뛰다가 희명이 앞으로 고꾸라지자 도수가 잡아 일으킨다.

"괜찮아?"

도수가 희명을 부축해서 일으키며 묻는다.

"놈의 머리를 부숴버려야 했는데. 빗나갔어. 놈이 신고하기 전에 빨리 여길 벗어나야 해."

희명은 도수가 이끄는 대로 무작정 뛴다.

*

계곡이 이어진다. 산모퉁이를 돌아도 계곡은 물소리를 내며 흘러내린다. 잡초가 우거진 좁다란 길로 숨어들자 희명은 더는 뛰지 못한다. 힘에 부쳐서 헛구역질이 나온다. 간신히 한 발씩 떼면서 그제야 도수를 쳐다본다.

"석이가 총, 총 맞아서 중국 쪽으로 떠내려갔다고……. 아오?"

도수가 고개를 끄덕인다.

"어서 국경으로 가오. 내가 거기로 가려다가 기철에게 붙잡혀서 이 지경이 됐으니. 나 대신 어서 우리 석이 어떻게 됐는지 알아봐 주오."

"그렇지 않아도 석이 소식 전하려고 이렇게 찾아다닌 거야."

"……."

"종일 작업장에도 가보고 집에도 가봤어. 아무 데도 없어서 어쩌나 싶었는데, 기철이와 기정리 쪽으로 가는 걸 봤단 사람이 있어서 뒤따라왔더니……. 왜 이렇게 힘들게 살아?"

한시라도 빨리 도망가야 할 위험한 상황이지만 도수는 원망을 늘어놓는다.

"어서 도망쳐야 하니까, 이거부터 받아."

도수가 주머니에서 종이를 한 장 꺼내준다.

"이거 받아. 중국에 오면 언제든 거기로 와. 내가 중국 어디서든 반드시 내 거처를 남겨놓을 테니까."

헤어지면 다시 못 볼지 모르는 도수의 가슴에 못을 박고 싶지 않아서 희명은 알았다고 말하며, 주소가 적힌 종이를 주머니에 넣는다. 도수와 말없이 숲길을 걷는 동안 도수는 10년 동안 못다 한 말을 다 털어내고 싶은 사람처럼 쉬지 않고 떠든다. 사는 것이 힘들고 억울해서 못 견디겠다고 쇳소리를 섞어 불평을 쏟아내던 그 목소리는 대신 회한에 가득 찬 목소리다.

"말없이 떠났던 건 미안해. 용서하기 어려웠겠지. 어쩔 수 없었어. 제대로 살아보려고 떠난 거야. 생각보다 오래 걸렸지만. 큰돈 들고 고향에 오면 영웅 취급 받을 거라 기대했고 당신과 우리 석이 잘 살게 해주고 싶었지. 당원이 되고 성분도 바뀔 수 있다고 믿었어."

"……."

"여긴 기회의 땅도 아니고 선택이란 단어를 쓰지도 않는 곳이고 게다가 성분이 이러니 평생 탄광에서 썩기도 싫었고, 중국이든 어디든 나가 있었지만, 마음은 편치 않았어. 둘째가 죽었다는 소식을 이쪽에서 나온 사람에게 전해 들었지. 석이가 나처럼 탄광전문 학교에 들어갔다는 소식을 들은 날은 밤새 잠을 못 잤어. 그때부터 오직 고향에 돌아올 생각뿐이었지."

도수가 쉬지 않고 떠든다.

"여길 떠나서도 살아보려고 발버둥 치다 보니 뿔이 나고 독이 생기고 피부가 쇠가죽처럼 두꺼워졌어. 손에는 피가 묻은 것처럼 피비린내가 나고 말이지. 그래도 이곳으로 돌아와서 당신과 석이 만난다는 희망으로 버틴 거야. 십 년 만에 돌아온 나를 환영해주는 사람이 없을 거란 생각은 안 해봤지. 솔직히, 난 여길 한시도 잊은 적이 없었어. 다른 여자를 만난 적도 없어. 당신과 언젠가는 같이 살 거란 생각뿐이었지. 돌아왔지만 이제 알겠어. 난 여기서도 살수 없는 놈이 된 거야. 이제 어딜 가도 살기 힘든 이상한 놈이 된거지. 여기서도 적응이 너무 힘들어. 여기선 하면 안 되는 짓들을안 할 자신이 없어. 내가 하고 싶은 것만 선택하는 일이나 사리에 맞지 않으면 항의하는 일이나 자유롭게 여행 다니는 일이나, 그런일이 내 몸에 너무 자연스럽게 배어버렸어."

"……."

"우린 이제 도저히 같이 살 수는 없는 건가?"

"난 여기서 할 일이 있소."

"할 일? 석이나 나보다 더 중요한 건 뭔가? 렴민인가?"

도수의 목소리에 사라졌던 예전의 쇳소리가 다시 섞여 들린다. 희명은 도수의 목소리를 들으면서 무기력해지는 것을 느낀다.

바람이 불어오는 날

"좋아. 그렇게 상심한 얼굴 할 필요 없어. 나도 눈치가 빠한 놈인데. 내가 떠나줄 테니까."

도수는 애써 웃어 보인다. 그러나 얼굴은 오히려 울고 있는 듯 일그러진다.

"지금도 청보리밭 좋아해? 참, 양귀비꽃밭도 좋아했지?"

도수가 느닷없이 묻는다. 청보리라니. 양귀비꽃이라니. 스무 살 때나 좋아하던 것들 아닌가. 도수는 쫓기는 상황을 잊은 듯하다.

"어딜 가든 청보리와 양귀비만 보면 난 좋더라."

그제야 희명은 도수의 옆얼굴을 쳐다본다. 인제 와서 도수에게 가장 중요한 것은 자기 자신이 아닌 모양이다.

"이제 그런 거 안 좋아하오. 저 위에 선전실 하얀 건물 보이오?"

"저게 좋아졌어?"

"저것만 없어지면 행복할 거 같소. 이제 내게 예쁘고 좋은 건 저런 것이 없는 곳이지 다른 것은 상관없소."

도수는 희명이 말한 하얀 건물을 올려다보며 걸을 뿐 더는 말이 없다.

*

산모퉁이를 돌자 산기슭의 좁다란 산길로 제복 입은 보안원이 걸어오고 있다.

"기철이 별로 안 다쳤나 보네. 벌써 저자들이 움직이는 걸 보니.

우린 그만 흩어지자. 난 저자가 오는 길로 갈 테니 희명인 숲 쪽으로 돌아가서 추월리로 가 있어."

"나하고 같이 피신해요."

"아니, 내가 저자에게로 가야 희명이라도 도망칠 수 있어. 아니면 우린 둘 다 잡히고 말아."

"……."

"중국 주소 잘 챙겨. 언제가 될지 모르지만, 강 건너는 날이 오면 날 꼭 찾아오고. 알았지?"

다시 만날 수 있다고 확신하는 도수의 낙관과 긍정이 지난 10년 동안 도수에게 생긴 가장 큰 변화인 모양이라고 희명은 생각한다. 어떤 '가능성'을 체험하고, 다소 무모한 사람이 되어 돌아왔으며, 이런 상황에서도 희명과 합칠 기대를 내보이다니. 희명은 도수의 뒷모습을 보다가 돌아선다.

한참을 도망치다가 돌아보니 예상대로 도수는 수갑을 찬 채 보안원에게 끌려가고 있다.

도수가 보안원에게 끌려가다 말고 문득 뒤돌아본다. 희명을 본 듯 수갑 찬 손을 들어 올려 마구 흔든다. 그 바람에 보안원에게 발길질을 당해 앞으로 고꾸라진다. 희명은 나무 뒤에 숨어서 도수가 눈에 보이지 않을 때까지 바라본다. 도수는 걷다가 돌아보고 또 걷다가 돌아보곤 한다. 도수의 그런 뒷모습을 더는 볼 수 없어서 추월리 방향으로 곧장 걷는다. 뜨거운 눈물이, 주체할 수 없이 흘러내려 앞길을 흐려놓는다.

*

석양에 물든 산자락이 양귀비 꽃잎처럼 붉다. 도수가 잡혀간 뒤 마주한 석양빛이 희명의 마음을 달래주는 듯하다. 여울목에 여유 있게 앉아 노는 물오리 떼를 보며 희명은 눈물을 훔친다. 도수가 잡혀간 일에 슬퍼할 여유조차 없다. 한편 돌이켜 생각하니, 만약 기철을 만나지 못했다면 지금쯤 렴민이 수난을 당했을 것이라는 생각에 자신의 힘겨웠던 일이 도리어 다행이다 싶다.

희명은 조금 전 일어난 일을 의논하고 대책을 세우기 위해 허 노인의 집으로 걸음을 재촉한다. 허 노인의 집으로 가는 부근의 저수지 둘레를 도는 동안 수면에 도수의 얼굴과 석이, 중국에 두고 온 딸의 얼굴이 스쳐 지나간다. 그 얼굴이 너무도 생생해서 애써 수면을 바라보던 눈길을 허공으로 돌리고 만다.

허 노인은 희명의 이야기를 듣자 연신 이마에 흘러내린 땀을 훔쳐낸다.

"기철이 지금 제정신이 아닐 거야. 워낙 다혈질이니까. 희명 동무는 몸을 숨겨야 할 거야. 기철에게 붙잡히면 큰일 나. 그자가 가만두지 않을 거야."

희명은 추월리로 돌아가서 평소처럼 지내겠다고 우긴다. 허 노인은 희명의 고집을 꺾지 못한 듯 어딘가로 오랫동안 전화를 건다.

"마을 사람들을 모아야겠어. 기철이를 가만뒀다가는 추월리가 쑥대밭이 되겠어."

"기철이를 우리가 감히 어떻게 할 수 있소? 총까지 지니고 다니는 자를."

"그러니 사람들을 모아야지. 한두 명은 함부로 하겠지만 많은 사람이 막아서면 희명이나 렴민 동지를 어찌할 수 없을 거야. 그렇게라도 그자를 막는 수밖에 지금은 도리가 없어. 기철이를 그냥 두기엔, 일이 너무 커졌어."

허 노인의 말에 희명은 고개를 끄덕일 수밖에 없다. 이 모든 일이 자신이 저지른 일인 것만 같다.

"도수가 돌을 던지는 짓만 하지 않았어도. 그자가 오랫동안 나가 있다 와서 이곳 사정을 잊었던 모양이오."

허 노인에게 도수의 경솔한 행동을 사과하자 허 노인은 손을 내젓는다.

"누구라도 그 상황에선 그랬을 거야. 자기 마누라를 겁탈하는 놈을 두고 가만있을 자가 어딨어? 문제는 기철이가 우리 추월리의 비밀을 너무 많이 알고 있다는 거지."

허 노인은 희명을 안심시키려고 애쓴다.

"이제부터 내가 시키는 대로 해."

희명은 허 노인이 지시하는 말을 듣고 집으로 향한다. 혹시라도 기철이나 보안원이 길을 막아설 듯 불안해서 허둥대며 숨 고를 틈도 없이 뛰기 시작한다.

12

들불처럼

*

오늘따라 마을이 폭풍전야처럼 조용하다. 아침저녁으로 고성능 확성기에서 노동력을 키우자거나 체제의 위대성을 선전하는 소리가 반복될 뿐 적막하기까지 하다. 장군님의 교시대로 사업하고 행동하라고 떠드는 소리는 일정한 시간에 울리도록 설정된 듯하다.

탁은 마당에 쪼그리고 앉아서 해바라기를 하고 있는데 누군가 어깨에 손을 올려놓는다. 뒤돌아보니 렴민이다.

"일이 급해졌어. 기철이가 냄새를 맡고 나를 잡으려고 혈안이 되어 있어. 우선 기철이를 따돌려야 하는데 그자가 이쪽으로 오고 있어. 탁 동무가 지금 당장 운전을 좀 해줘야겠어. 내 임무인데, 운전할 상황이 못 되거든."

"운전이요?"

"내가 알려주는 곳으로 곧장 가서 대기한 차에 올라타면 될 거야. 그 차에 탄 사람이 시키는 대로 하면 될 거야. 일이 끝나면 집으로 와서 내 방에서 있어줘. 내가 집에 있는 것처럼 가끔 인기척을 내주고. 그 시간에 내가 집에 있다는 알리바이가 필요해. 도와줄 수 있지?"

"운전이야 가능하지만……. 내일 도수와 함께 국경 넘어가는 일에는 지장 없겠지요?"

"물론이지. 탁 동무가 도수와 국경을 건너는 것은 확정이야. 내 소설을 출판해주기로 했잖나. 날 믿어. 불안해 말고. 오늘 돌발적인 상황만 수습해주면 내일 출발할 수 있도록 다 조처해놓았으니까 아무 걱정 하지 마. 도수도 그러기로 약속했어."

렴민이 다급하게 말한다.

"추월산 기슭으로 쭉 걸어가. 그러다 보면 차창 정면에 309라고 쓰인 지프가 올 거야. 그걸 타면 돼."

렴민은 대답도 듣지 않고 대문 밖으로 나간다.

렴민이 알려준 대로 지프에 올라탄다. 운전석에 탄 남자가 조수석으로 자리를 바꿔 앉는다. 탁은 운전대를 잡고 남자가 가라는 방향으로 운전을 해준다. 남자는 가방을 가슴에 안은 채 정면을 직시하며 탁에게 이동 방향을 손가락으로 가리킨다. 두 군데의 단속 초소를 지났지만 남자는 태연히 감시원에게 공민증을 보여주었고 차단봉을 무사히 통과했다.

"무슨 일인지 물을 수는 없고. 무섭지 않아요?"

"지시대로 움직이면 절대 안전하오. 철두철미하게 조직적으로 움직이니까 걱정 놓아도 좋소.”

차는 심하게 흔들리는 비포장도로를 달린다. 숲을 지나자 남자가 차를 세우게 한 뒤 가방을 가슴에 안고 뛰어내린다.

“삼십 분 후 돌아오겠소!”

남자가 숲속을 뛰어가더니 어느새 나무에 가려 모습은 보이지 않는다. 30분이 30시간처럼 느껴진다. 입술이 타 들어가고 입안이 쓰디쓰다. 알지 못할 손이 불쑥 나타나서 차창을 부수고 머리에 총구를 들이밀 것 같다.

이윽고 느리기만 하던 30분이 지나자 탁은 초조히 정면을 직시한다. 그때 남자가 뛰어나오더니 시동을 걸기도 전에 단숨에 차에 올라탄다.

“출발!”

최대한 속력을 내어 달린다. 멀리서 총소리가 들려온 듯하다. 남자는 더 빨리 달리라고 재촉하고 탁은 정신없이 운전한다. 추월리 부근에 도착하자 남자는 운전석을 교체한 뒤 탁에게 내리라고 지시한다. 탁이 내리기 무섭게, 지프는 줄행랑치듯 사라진다.

*

탁은 진땀을 흘리면서 마을 입구로 들어선다. 렴민의 방으로 가서 알리바이를 만들어줘야 한다고 서두르는데 공터에 사람들이 모여 있는 것이 보인다. 어림잡아 서른 명은 될 듯하다. 석양이 하늘을 유난히 붉게 물들이고 있고 모여든 사람들의 얼굴에도 붉은 기운이 어른댄다. 확성기를 들고 연설하는 소리가 들린다. 희명의 목소리인 듯하다.

"이 자리에 모이게 한 것은 부탁드릴 말씀이 있기 때문이오. 이제부터 제가 하는 말을 잘 들어주오!"

주민들은 숨소리도 줄이며 경청한다.

"연이가 이 마을에서 사라진 것을 알고 있소? 연이는 실종된 것이 아니라 죽었소. 저는 연이의 죽음에 대해 여러분에게 말하려고 하오. 연이는 사실 얼마 전에 살해당했소."

"뭐? 살해당했다고?"

주민들이 소리 지르거나 옆 사람과 수군댄다.

"말 그대로요."

"누가 죽였다는 거요?"

"보안원 김기철이오!"

주민들은 서로의 얼굴을 쳐다보며 웅성거린다.

"연이가 제 마음대로 말을 듣지 않자 그렇게 만든 거요. 연이가 죽자 비밀에 부치고 곧바로 암매장했소. 저는 연이가 어디 묻혔는지 아직도 모르오."

탄식과 욕설이 터져 나온다. 고개를 떨어뜨리거나 붉은 석양을 올려다보는 주민도 있다.

"그뿐만 아니오. 내 남편 도수가 이곳으로 돌아왔지만, 보안원에게 끌려갔소. 어제 내가 길을 가다가 기철이를 만난 것 때문이오.

바람이 불어오는 날

그자가 날 정자로 끌고 가서 겁탈하려 했소. 그 꼴을 보고 도수가 돌을 들어서 던지는 바람에 기철이 다쳤고, 내 남편이 끌려간 거요."

"저런, 저런!"

"기철이 제정신이 아닌 상태로 여기로 곧 쳐들어와서 추월리 주민들을 가만두지 않으려 들 거요. 그것 때문에 여기로 모이라고 한 거요. 그자가 이곳에 들이닥쳐도 마음을 굳게 먹어야 하오. 기철이는 무작정 렴민 동지를 잡아다가 모든 혐의를 다 덮어씌우려 할 거요. 연이가 죽은 뒤 기철이는 추월리를 쑥대밭으로 만들 작정인 거요. 무슨 일이 있어도 렴민 동지를 보호해야 하오. 안 그러면 추월리 주민 모두 화를 입을 거요."

"그게 무슨 말이오? 우리 렴민 동지가 무슨 죄가 있다고!"

"죄가 없소. 그건 분명하오. 기철이 렴민 동지를 잡아가겠다는 것은 이제까지 추월리를 봐준 것을 발뺌하려는 짓이오. 우리가 렴민 동지를 지켜야 하오."

"우리가 그럴 힘이 어디 있어?"

나이 든 여자가 희명의 말에 대뜸 반발하고 나선다.

"기철이는 힘이 막강해. 성질도 대단하고. 예전처럼 변했다면 그자가 독사보다 더한 놈이 됐다는 건데……."

"그렇다면 이대로 렴민 동지가 끌려가도록 둘 거요?"

"그건 안 되오. 우리에게 얼마나 많은 도움을 줬는데."

설왕설래가 이어진다.

"한 가지 분명한 건, 렴민 동지가 잡혀가면 추월리 주민 누구도 무사하지 못할 거란 말이오."

허 노인이 나서서 사람들을 설득하기 시작한다. 희명은 허 노인에게 확성기를 넘겨준다.

"렴민 동지가 잡혀가면 우리 마을은 뜨거운 솥에 든 개구리처럼 당할 거요. 솔직히 말해서 추월리 주민 중에는 렴민 동지의 도움을 받지 않은 사람이 있소? 기철은 렴민 동지에게 죄를 뒤집어씌우고 자기만 빠져나갈 거요. 우리 주민도 누구는 렴민 동지 편을 들겠지만, 누구는 기철이 시키는 대로 따를 거요."

"……."

"기철이 시키는 대로 하면 안 되오. 당의 지침대로 팍팍하게 살다가 렴민 동지가 여기로 추방당해 온 뒤 우리 형편이 얼마나 좋아졌소? 렴민 동지가 무역하고 그 소득으로 풍족하게 살아온 것을 기철이 방조해줬소. 그런데 인제 와서 연이를 죽인 것도 모자라서 렴민을 제거하여 이전의 추월리로 돌아가게 만들겠다면 가만있겠소?"

"우리가 그자를 이길 힘이 없단 말이오. 공연히 덤벼들다가 다 죽어야 한단 말이오?"

주민들이 다시 술렁거린다. 그 말에 동조하는 사람들이 한둘씩 늘어간다. 이대로 흩어져서 숨어 있자고 말하는 사내도 있다.

"우리가 힘을 모으면 되오. 렴민 동지를 끌고 가지 못하게 몸으로 막아야 하오. 그렇지 않으면 렴민 동지의 도움을 받아 살아온 혐의로 당에서 가만두지 않을 거요. 기철이 렴민 동지를 끌어내지 못하도록 설득시킵시다. 어서 렴민의 집 앞에서 진을 치고 지켜줍시다."

희명이 나서서 렴민의 집으로 향하자 몇몇 주민이 희명을 뒤따라 간다. 하지만 여전히 망설이는 주민들은 제자리에서 의견이 분분하다.

"분명히 말하지만, 누구도 다쳐서는 안 되오. 기철이도 잘 설득시키도록 해야지 위해를 가하면 안 되오. 그에게 가해하면 우린 몇 배로 힘들어진다는 걸 명심하오."

허 노인은 망설이는 사람들에게 다가가서 일일이 설득한다. 결국, 주민들은 렴민의 집 앞에 모두 모여든다.

*

렴민의 집 앞에 주민들이 진을 치고 앉는다.

"지금 렴민이 방 안에 있소. 이곳에서 기철에게 끌려 나오지 못하도록 지켜줘야 할 거요."

허 노인이 말한다. 미리 허 노인은 렴민과 작전을 세운 모양이다.

탁은 사람들 때문에 집 안으로 들어가지 못하고 그들의 대열 끝에 따라붙는다. 주민들을 뚫고 집으로 들어갈 방법이 없어서 난감하다.

"우리 중 누구라도 기철의 횡포에 연이처럼 더 희생당하지는 말아야 하오."

허 노인이 다시 확성기를 들고 연설을 시작한다.

"기철이 오면, 한목소리로, 렴민 동지를 데려가지 말아달라고 하소연하오. 안 되면 끝까지 몸으로 막아서 우리의 의지를 보여주면 설득될 거요. 두려워 마시고 대열을 이탈하지 말아주오."

"총이라도 쏘면 어쩔까?"

노인과 주민들의 설왕설래가 이어진다.

탁은 느티나무 뒤에 서 있는 희명에게로 다가간다. 희명은 탁을 보자 반색하며 손을 잡아 쥔다.

"도수는 어딨어요?"

"아마 렴민 동지와 함께 있을 거요."

"끌려갔다더니……."

"렴민 동지가 손을 써서 곧바로 빼냈다고 연락 왔소. 내일 탁 동무와 같이 강을 건너겠다고 약속했대요. 그러니 조용히 날 따라와요."

희명이 탁을 데리고 옆집으로 이동한다.

"렴민 동지처럼 앉은뱅이책상에 앉아 있으면 될 거요. 그다음 일은 우리가 알아서 할 거요."

희명은 대문이 열린 집 부엌으로 들어가서 바닥의 긴 널빤지를 올린다.

"여기 통로를 따라가면 곧장 렴민 동지의 방이 나올 거요. 그 방에 있는 옷으로 갈아입고 가끔 방문을 여닫아서 방에 있다는 걸 확인시켜줘요."

탁은 널빤지로 된 문을 닫고 캄캄한 통로를 지나 걷는다. 땅굴 같은 곳을 지나자 빛이 새어 나오고 그 안으로 올라가서 널빤지를 밀자 렴민의 방으로 바로 연결된다. 희명이 말한 대로 렴민이 벽에 걸어둔 옷을 입고 모자와 안경까지 착용하고 자리에 앉는다. 멀리서 본다면 분명 렴민이 방에서 버티고 있는 것처럼 보일 것이다.

*

몰려 있던 주민들 몇이 뒤돌아보더니 웅성댄다.

"저기!"

"기, 기철이 옵니다!"

기철이 절뚝거리며 걸어온다. 오른쪽 어깨부터 팔꿈치까지 붕대를 감고 왼손에는 권총을 들고 있다. 손가락만 움직이면 장전된 총알이 어디로 날아갈지 모르는 상황이다. 희명은 느티나무 뒤에 숨어서 기철의 행동을 쳐다본다. 그의 눈은 핏물이 든 것처럼 붉고 목소리는 뭐든 뚫을 듯 날이 서 있다.

"왜 여기 모인 거요?"

주민들은 기철의 험악한 모습과 기세에 질린 듯 눈을 마주치지 않으려고 죄다 고개를 숙인다.

"당장 해산하오! 이인 일조로 움직이는 거 모르오?"

주민들이 꼼짝도 하지 않자 기철이 더욱 소리를 지른다.

"누가 시켜서 여기 모인 거요?"

"그, 그런 게 아니오."

한 남자가 손을 내젓는다.

"아니다? 왜들 모인 건지 불어!"

"추월리에 내일 중앙당에서 내려온다 했소. 렴민 동무가 그 일로 우리에게 미리 해줄 말이 있다고 해서……."

기철이 손전화기를 꺼내더니 확인 전화를 건다. 전화를 끊자마자 기철이 남자에게 버럭 소리를 지른다.

"중앙당에서 추월리로 올 계획이 없다는데?"

"그, 그건 착오거나, 렴민 동지가 곧 나오면 밝혀질 겁니다."

"내가 렴민 동무에게 직접 들어가서 물어볼 테니 다들 비켜."

대열은 꼼짝도 하지 않는다. 기철이 한 발짝도 대문 앞으로 다가서지 못하자 울화통이 치미는지 욕을 퍼붓는다.

"여기 모인 동무들은 똑똑히 들어두라고. 당원은 죽지 않아. 당원은 영원하다고. 딴짓하면서 까불어도 우리 수령과 당원은 영원하다고!"

찍어 누르듯 뚝뚝 끊어서 소리친다. 허 노인이 그에게로 다가간다.

"돌아가오. 모른 척하면 될 일을 왜 이 사람들에게 해산하란 거요."

"뭐, 뭐 이 노인이 망령이 났나? 해산 안 하면 시위라도 하겠다는 거야?"

"모이든 말든 이 사람들 자유 아니오. 왜 가라 말라 하냔 말이오. 이자들이 폭력을 쓰는 것도 아니고 소란을 피우는 것도 아니잖소? 그저 렴민 동지 집 앞에 모여 있을 뿐이오. 그게 뭐가 문제요? 못 모이게 하는 게 이상하단 생각은 안 해봤소?"

"아니, 이자가……. 이상하다니, 우리 인민공화국에서 언제 여러 사람이 모이는 걸 허락했소? 두 명씩 짝지어서 일하러 다니는 건 몰라도 이렇게 몰려다니는 게 허락되오? 당에서 알면 큰일 날 일 아니오? 이제껏 잘하던 늙으신네가 뭔 망발이오?"

"내 말이 그 말 아니오. 왜 이 사람들을 해산시켜야 하는지 한 번이라도 생각해보고 행동한 적이 있냔 말이오. 당에서 시키는 대로 백날 심부름하다가 죽을 거요? 이들이 잘못을 저지르면 그때 끌고 가면 되지 잘못도 없는 이들에게 완장 차고 덤비는 짓 언제까지 할 거요?"

"무조건! 모이면 안 된다는 거, 그게 법이오."

"당은 누굴 위해 그런 법을 만든 거요? 당은 누굴 위해 있는 거냔 말이오. 부끄러운 줄 아시오!"

노인의 말에 주민들의 박수가 터졌다. 기철의 낯빛이 갈수록 벌겋게 달아오른다.

"허 동무가 사람들을 이렇게 모은 거요?"

"그래, 내가 했소! 렴민 동지 끌려가지 않게 도와달라고 불러 모았소. 정 해산시키겠다면 날 끌고 가오. 날 잡아가란 말이오."

"일을 키우려고 이러오? 물러나시오!"

기철이 무력으로 주민들 사이를 뚫고 렴민의 집으로 움직이려고 하지만 주민들은 한 발 내디딜 틈도 주지 않는다.

"비켜! 모두 해산해! 다 끌려가고 싶어?"

주민들을 밟고라도 갈 기세지만 그럴수록 주민들은 옆에 사람들과 방어벽을 치듯 팔짱을 끼고 대치한다.

"렴민 동무, 당장 나와! 이 사람들 다 끌고 가도 좋아? 추월리 사람들이 다 끌려가도 좋냐고!"

기철이 렴민의 집을 향해 소리친다.

"절대로 나오지 마오!"

"나오면 안 되오!"

주민들이 목소리를 높인다.

"동무들이 보호할 건 당신 자신들이오. 내 임무를 계속 방해하면 추월리는 이대로 끝장이오. 지금이라도 해산하면 오늘 일은 없었던 거로 봐주겠소. 이대로 죽치고 있으면 다 체포해서 도 보위부로 연락해서 이송하게 할 거요. 당의 은혜를 헌신짝처럼 버리다니. 당이 준 축복의 물을 마시고 감사의 눈물을 흘리고 행복한 잠을 잔 것을 잊은 거요?"

"당의 은혜? 우린 렴민 동지 때문에 잘 살았소. 렴민 동지를 데려가면 우린 다시 일어날 수 없소!"

기철의 턱 아래에 앉았던 남자가 소리치자 기철은 분을 못 이긴 듯 그의 머리를 권총 개머리판으로 내리친다. 남자가 힘없이 쓰러

바람이 불어오는 날

지자 옆에 앉아 있던 사람들이 기철의 다리를 잡고 기철을 넘어뜨린다. 넘어진 기철의 몸 위로 몇 명이 올라탄다. 기철의 손에 들려 있던 권총이 두 발의 총성을 울린다. 주민들이 혼비백산해서 순식간에 흩어지고 만다. 기철이 흥분한 채 도망치는 사람들을 향해 권총의 총구를 겨눈다.

느티나무 뒤에 숨어 있던 희명이 기철의 앞을 가로막아 선다. 기철이 도망치는 사람들에게 겨누던 총구를 희명에게로 정조준한다.

"나를 체포하오. 내가 가겠으니"

희명이 기철의 앞에 버티고 선다.

"흐흐. 어딨다가 튀어나왔어? 이자들 선동해서 모이게 한 게 희명 동무가 맞지? 렴민이 새끼 당장 데려와! 살리고 싶으면 렴민과 같이 따라와. 두 사람이 죽고 못 사는 사이니 같이 지옥으로 보내주지. 추월리 사람들 살리겠다고 난리더니 둘이 지옥 가서 다 살려 봐!"

그러는 사이 노인이 렴민의 집 앞을 지키려고 가서 앉자 도망쳤던 주민들도 다시 집 앞에 모여들어 조금 전과 같이 대오를 정비한다. 대열이 도무지 흐트러질 것 같잖자 기철이 총구를 허공에 대고 쏜다. 총소리가 허공을 찢을 듯하다. 사람들이 엎드리거나 도망치는 순간 대열이 무너진 틈을 타서 기철이 대문 안으로 들어서려고 한다. 그런 기철을 희명이 따라붙으며 두 팔을 붙잡고 늘어진다.

"죽기 싫으면 비켜. 당장!"

희명이 팔을 잡고 늘어지는데 마을 사람 하나가 기철의 발을 걸어 넘어뜨린다. 기철이 넘어지면서 순간적으로 방아쇠를 당겼고 총알이 발사된다. 주민들 사이에서 일시에 비명이 터져 나온다.

"희명이, 총 맞았어! 가슴을 맞았어!"

비명과 흐느낌, 기철에게 달려들어 욕설을 퍼붓는 소리, 기철을 다시 차고 밟고 때리며 덤벼든 주민들의 비명, 한 발의 총성처럼, 모든 것이 찢어진 듯한 순간이다.

*

희명에게 달려든 사람들이 옷을 벗어 희명의 가슴에서 솟아나는 피를 지혈한다. 다른 한편에서는 기철을 죽어라 때리고 밟는 사람들의 욕설과 기철의 비명도 잦아든다.

"빨리 옮겨! 김 의원에게로!"

허 노인의 말에 한 사내가 희명을 업고 뛴다. 허 노인은 희명을 보낸 뒤 기철을 폭행하는 사람들을 떼낸다.

"그만해. 죽여선 안 돼!"

"숨은 붙어 있슴다."

사람들이 기철에게서 비켜서자 허 노인은 축 늘어져서 기절한 기철을 살핀다. 노인의 지시로 차 한 대가 달려와서 기철을 태우고 허 노인과 함께 어디론가 사라진다.

바람이 불어오는 날

*

탁이 비밀 통로를 이용해서 공터로 나왔을 때 사람들의 외치는 소리가 들린다.

"불이야! 불!"

삽으로 흙을 파서 공터를 물들인 핏자국을 정리하고 있던 사람들이 소리친다. 당황한 사람들의 술렁임은 갈수록 두려움과 흥분으로 바뀐다. 불붙은 곳은 추월리 어디서나 보이는 건물인 선전실이다. 얼마 전 렴민이 구경시켜준 곳이다. 산기슭 위에 위풍당당하게 서 있던 흰 건물이 불길에 휩쓸리자 검은 연기에 가려졌다. 하늘을 뒤덮은 불빛과 연기에 사람들은 망연자실이다. 희명과 기철이 생사를 알 수 없는 상태로 어디론가 간 뒤 진정하지 못한 가슴에 불을 지핀 셈이다.

"선전 교육관이오. 저기에 불이 붙었어!"

"설마 방화는 아니겠지?"

"방화? 무슨 그런 끔찍한 소릴 하오? 선전실을 방화할 사람이 어디 있소?"

"맞소. 그렇지만 우린 이제 어떻게 되는 거냔 말이오?"

주민들은 연기 나는 곳을 발을 동동 구르며 쳐다본다.

"이거, 추월리에 피바람이 부는 거 아니오?"

한 주민이 두려움에 떨리는 목소리로 중얼거린다. 불길과 연기가 맹렬하게 치솟는 하늘을 올려다보면서 가장 나쁜 상황을 떠올

들불처럼

리는 표정이다. 자신의 집이 불에 탄 것보다 더욱 불안한 눈빛으로 불타는 건물을 올려다본다.

"우리 집으로 돌아갑시다. 여기 어정거리고 있다가 무슨 봉변 당할지 모르오. 집에 가면 여기 있었던 일은 입 딱 다무시오!"

한 주민의 말을 따라 사람들은 어디라도 숨어야겠다는 듯 대문 안으로 뿔뿔이 흩어진다. 탁은 공터에 혼자 남아 바닥에 남아 있는 핏자국을 흙으로 덮으면서 불타오르는 하얀 선전실 건물을 힐끗댄다.

*

렴민은 한밤중에 집으로 돌아왔다. 그의 방으로 가서 마을에서 일어난 일을 말해주자, 이미 다 알고 있다고 한다. 희명이 입원한 병원에서 지키고 있다가 오는 길이라고 한다.

"희명은 의식이 아직 돌아오지 않고 있어."

"생명에는 지장이 없을까요?"

"글쎄, 출혈이 많아서 한 이틀 지켜봐야 한다네."

렴민이 쓸쓸하게 말한다.

"살 겁니다. 살겠지요."

"꼭 살려야지."

렴민은 대문 밖으로 나가며 차오르는 달을 한동안 올려다본다.

"기철이는 어떻게 되었다고 합니까? 살았습니까? 그자를 어디에 데려다 놓은 겁니까? 허 노인이 차에 싣고 가는 걸 사람들이 다 봤는데."

"쓸데없이 많이 알려고 하지 마. 우리 동지들이 알아서 처리하고 있으니까."

"그럼 건물에 불을 지른 것은 누굽니까?"

"그것도 알려고 하지 마!"

"그럼 마지막으로 한 가지만 묻겠습니다. 도수는 내일, 나와 함께 국경을 넘을 수 있게 해주는 겁니까?"

"놀라지 말게."

"무슨 일이 있습니까?"

"정말 안됐네. 도수는 죽었어."

"네?"

"도수는 산기슭의 선전실 화재 현장에서 죽었어."

"그럼 도수가 방화를 저질렀다는 말입니까?"

"국경 너머 탁 동무와 같이 떠나게 해주려고 뇌물을 괴서 분주소에서 꺼내줬더니 기껏 날 찾아와서, 도수가 그러는 거야. 여길 떠나더라도 조용히 갈 수는 없다고."

"그건 무슨 말입니까?"

"할 일이 있다는 거야. 그리고 선전실 방화 이야기를 했어. 도수는 항상 감시가 따라붙는 위험인물이잖아. 남들보다 감시가 더 심해서 그런 일은 불가능하다고 말해줬지. 그런 식으로 막무가내로 폭력을 쓰는 걸 난 원하지 않으니까. 적절히 학습된 사람과 연대해서 새바람을 일으킬 층이 두터워져야 이곳의 혁명은 성공할 수 있거든. 난 그때까지 차곡차곡 조직을 다져놓고 교육을 강화하자는 쪽이거든. 그런데 도수가 과격하게 행동하겠단 거야."

"그래서요?"

"도수는 집요했어. 선전실을 파괴하는 것이 희명이 소원이라고 했다는 거야. 우상을 숭배하는 저 선전 건물을, 매일 눈만 뜨면 보이는 저 건물을, 보고 싶지 않다고 그랬단 거야. 희명에게 선물 대신 저 건물을 날려주고 떠나고 싶다고."

"어떻게 그런……."

"희명이 유화를 훼손하는 걸 도수가 직접 봤나 봐. 그때 충격이 컸던 거야. 희명이 중국에서 살았던 이야기도 내가 다 들려줬거든. 그 이야기를 듣고 도수가 많이 울었지. 희명이도 석이도 불쌍하다고. 그러더니 희명이를 위해 단 한 번이라도 소원하는 일을 해주고 떠나겠다고. 그 일을 하다가 기어코……."

"……."

"도수가 그런데. 사랑하는 아내를 찾아 돌아왔더니 희명이는 이미 자기가 알던 여자가 아니었다고. 혁명에 정신이 팔린 여자가 됐더라고. 자기도 석이와 희명에게 뭐라도 해줄 기회를 달라고. 국경을 넘어가겠다는 것도 희명이 자유롭게 살아보도록 기회를 주고 싶어서라고 했지. 그러니 내가 어쩌겠나? 물론 사람들에게 망을 보도록 지시했지만, 도수는 갑작스러운 일을 저지르는 바람에 미숙하고 확실히 어설펐어. 불 지르고 도망치다가 발각되어서 그 자리에서 사살되고 만 거야.”

탁은 머리가 하얗게 빈 것같이 멍해져서 렴민의 얼굴을 한동안 쳐다본다.

“끝까지 말렸어야 했는데. 탁 동무 혼자 국경을 넘게 해서 미안하네. 도수 찾아서 이렇게 왔는데…….”

“꼭 이런 일이 벌어져야 합니까? 여러 사람이 다치고 끌려가고…….”

렴민은 아무 말도 하지 않았다. 역시 입이 무거운 사람다웠다. 목숨을 건 사람들은 목숨을 잃었지만 아무런 일도 하지 않을 수는 없다고, 독재자 밑에서 사는 것을 언제까지 묵인할 수 있겠냐고, 렴민의 침묵은 그런 말을 들려주는 듯했다.

“저 회색 높은 울타리가 쳐졌던 건물을 파괴하는 것이 무슨 의미가 있겠어요? 여전히 견고할 독재자 앞에서.”

“단순히 하나의 건물을 파괴한 거로 생각하나?”

탁은 렴민의 다음 말을 기다렸다.

“전국의 신전이 파괴되는 것이 오래 걸릴 거 같나? 아마 신전들은 어느 날 누군가의 기획으로 한꺼번에 지어졌겠지. 그러니 한꺼번에 없어진다고 해도 이상할 건 없지. 동시다발적으로 십여 군데 건물이 폭발될 날도 올 거야. 조직적이고 동시다발적이라서 수사에 혼선을 주겠지. 마치 봄날에 제멋대로 무더기로 피는 봄꽃을 보는 것처럼 어, 하면서 한 시절이 지나갈 수도 있어. 손쓸 수 없을 정도로 전국적인 규모의 항거 같은 것이 진행될 수도 있고. 내 조부와 아버지가 중국을 떠돌면서 평생을 바쳐서 갈구하던 해방과 자유가 어느 날 문득, 오게 되겠지."

"추월리 사람들은 이런 짓을 저지르고도 안전하겠습니까?"

"물론이지. 우리 조직은 자본이 튼튼하거든. 입막음이 조직적으로 되어 있으니까. 점차 정예화된 부대처럼 추월리 사람들이 들불처럼 다른 도시로 불길을 옮겨붙일 날이 오겠지."

렴민은 활짝 웃는다. 아무런 두려움을 모르는 사람 같다. 하늘 한가운데 뜬 보름달이 창문 안으로 남김없이 비친다.

*

"떠나야지."

"오늘 떠날 수 있습니까?"

"도수가 저렇게 되었으니 더는 머뭇거릴 이유가 없어. 여기도 곧 수사하느라 한바탕 전쟁이 시작될 거고. 외지인인 탁 동지가 표적이 되기 전에 떠나야 나도 편하지."

"……."

"오늘 밤에 무사히 강을 건널 수 있도록 다 조처해놨어. 떠나라니까, 좋지?"

"좋습니다. 그런데……."

"그런데?"

"어떻게 이런 곳에, 이렇게 위험에 빠진 사람들을 두고, 나 혼자 빠져나갑니까?"

탁의 목소리가 예기치 않게 잠겨 들자 렴민이 탁의 어깨를 툭 치고 그것이 신호라도 된 양 탁은 참았던 눈물을 터뜨리고 만다.

*

"자, 우리 약속한 대로 이거 가져가줘야지. 벌써 세 번째 심부름인가?"

렴민이 다락문을 열어 가방을 꺼낸다. 가방 속에는 CD와 USB와 노트가 들어 있다.

"탁 동무에게 보내려고 며칠 동안 준비한 것들이야. 그쪽 사람들이 읽을 수 있도록 쓴 책도 있고 내가 제작한 시디와 유에스비도 있고. 연이가 좋아하던 성경 구절을 베껴 쓴 노트도 넣었어. 그쪽 사람들에게 보여주라고. 이런 연이라는 신도가 있었다고 전해달라고."

"그러지요."

"나머지는 내가 쓴 소설들이야. 이런 이야기도 들어 있어. 북한에서 백두산이 터지고 그로 인해서 평안도에 핵 기지가 영향을 받아 어마어마한 인명이 살상된다는 내용. 현실이 아니라 끝내 소설이기를 바라는 글이지. 언젠가 중국에서 가져온 '백두산 폭발과 그로 인한 핵 기지의 폭발을 다룬' 것을 읽고 쓴 거니까. 핵을 만들어야 우리 백성이 잘살 수 있다고 고혈을 쥐어짰지만, 실상은 핵으로 인해 언제 우리가 콩가루가 될지 모르지. 그것에 관해 쓴 소설도 있으니, 꼭 번역해서 미국이든 영국이든, 외국에도 내보내줘.”

노트에는 볼펜으로 눌러 쓴 글씨로 빼곡하다. 마치 렴민의 실핏줄이 그대로 문장 속에 흐르고 있는 것 같다.

“이제 내가 위험 부담을 각오하고 자네를 데리고 있던 당위성이 이해되나?”

“조금은요. 무사히 돌아가야 할 이유가 충분하네요. 목숨 걸고 시키는 대로 하겠습니다.”

“조금 후에 차가 올 거야. 그 차를 타고 내리면 자넬 국경을 잘 건너도록 안내해주는 사람을 만날 수 있을 거야. 그 사람을 따라가서 어서 살던 곳으로 돌아가게. 우린 결국 자유를 얻고 해방될 거야. 내가 못하면 나 다음 사람이 계속하게 될 거고.”

“그럴 겁니다. 꼭 그렇게 될 겁니다.”

탁은 렴민이 준 가방을 꼭 끌어안는다.

“위험한 일은 인제 그만두지는 못하더라도 살살 하십시오.”

“그건 약속하기 어려워. 내 역할은 하고 살아야지. 죽을 때까지 비겁하지 않게.”

“그러면 오늘도 또 지하실로 내려가서 글을 쓰겠군요. 책이 여기서도 출간되어서 모두에게 읽히도록 제가 할 수 있는 일을 찾아보겠습니다.”

“그래. 출판하면 그 책 들고 다시 올라와.”

“올라오는 일이 쉽습니까?”

바람이 불어오는 날

"쉬워지도록 탁 선생이 노력해야지. 안 그래?"

"물론 그렇습니다. 그렇고말고요!"

한바탕 유쾌한 웃음소리가 퍼진다. 렴민이 어딘가에 전화를 건다. 무언가 지시하더니 주머니에서 지도 한 장을 꺼낸다.

"만일을 위해서 내가 만든 지도야. 혹시라도 변수가 생겨서 혼자 고립되는 일이 생기면 이 지도를 보고 표시된 곳으로 가 있어."

"네! 이렇게 혼자 떠나는군요."

"마지막으로 한마디하지."

"하십시오. 뭐든."

"어떤 일이 생겨도 절대 우리를 배신하지 마. 우리를 잊지도 말고. 알겠지?"

"그러겠습니다. 절대로!"

멀리 불빛을 죽인 차 한 대가 달려올 때까지 기다린다. 차가 보이자 렴민이 탁을 와락 포옹한다.

*

차는 덜컹대며 오랫동안 험한 돌길을 달린다.

얼마나 달렸을까. 차가 숲속에서 멈춰 선다. 탁은 가방을 메고 내린다. 운전자가 따라 내리며 탁에게 90도 각도로 허리를 숙여 인사를 한다. 탁은 똑같이 인사를 건넨다. 지프는 탁을 두고 미끄러지듯 사라진다.

발길을 떼지 못한 채 차가 사라질 때까지 바라본다. 보름 동안 머물던 추월리가 아득하고 희미해 보인다. 그 끝에 한 남자가 보인다. 얼핏 렴민 같기도 하다.

'잡혀도 절대 추월리에서 있었던 일이나 나에 대해 발설 마!'

렴민의 목소리가 생생하게 들리는 듯하다.

탁은 주먹을 꽉 쥔다. 국경 수비대에 잡히거나 보위원에게 잡혀 되돌아간다고 해도 렴민이 부탁한 말을 지키리라 다짐한다. 어떤 고문을 당해도, 죽게 될지라도 발설하지 않는 것이 자신을 믿어준 렴민에 대한 우정이라고 생각한다. 희명의 기미가 가득 앉은 얼굴과 가는 목, 여린 손목이 떠오르자 눈물이 왈칵 쏟아진다. 무사히 돌아갈 때까지는 모두를, 모든 것을 잊어야만 하는 것이다. 조금이라도 남아 있을지 모를 기억을, 기억하면 안 되는 기억을, 기억하지 말라고 렴민이 말했던 기억을, 온 힘을 다해 삭제해본다.

얼마나 뛴 것일까. 자작나무가 열병하듯 늘어선 숲 사이로 두만강이 보인다. 하늘은 달도 별도 없이 컴컴하지만, 국경을 가르고 흐르는 강물은 어둠 속에서도 물결을 곤추세우며 흐른다. 저 강을 건너 돌아가면 예전과는 전혀 다른 삶을 시작하리라. 탁은 어깨에 멘 가방을 한 번 더 추스르며 빠르게 강을 향해 달린다.

"섯! 거기 서라!"

난데없는 외치는 소리. 이내 이어지는 총소리……. 숲을 통째로 흔들 만큼 커다란 총소리. 하지만 그 소리는 스크린에 상영되고 있는 영화의 한 장면처럼 현실감 없이 들려온다. 탁은 납작 엎드렸고 총알은 탁의 머리 위를 지나 바로 앞에 서 있던 자작나무에 박힌다.

탁은 기어서 두만강 수풀에 닿았고 이내 물결을 세운 채 흐르는 검은 강물로 뛰어들었다.